講談社文庫

新装版

祇園女御(上)

瀬戸内寂聴

講談社

目次

新装版　祇園女御

その後の世に

中世の宮廷女流日記のひとつとして伝わっている「とはずがたり」は、これから書きつづけようとする物語の時代よりは、更に百七十年ばかり後の時代について書かれたものである。その「とはずがたり」の中のある一章について、特に物語のはじめに想いをよせたくなるのは、私のこれから描こうとするひとりの女御《にょうご》の出生についての疑惑をも、このあたりからときおこすことが出来はしないかと考えるからである。

「とはずがたり」は後《ご》深草《ふかくさ》上皇の寵愛した宮廷の女房の一人、二条《にじょう》と呼ばれる久我《くが》家の出の一女性の手になっている。

二条は生れた翌年母に死別しており、四歳の時から後深草上皇の許《もと》に引きとられ、未来の女房として、宮廷の中で育てられている。

上皇は十二、三歳の少年の日、二条の母の大納言典侍《てんじ》に「新枕《にいまくら》のこと」を教えられた関係から、初恋の忘れ難い年上の女房の遺児を引き取り、「あこ、あこ」と呼んで寵愛した。典侍は、少年の上皇と愛のたわむれのあった頃からほどもなく、源《みなもとの》雅忠《まさただ》と結ばれて二条を生んだので、上皇にとっては、初恋の女から、新枕も失恋もともに教えられたことになる。それだけに、上皇が幼い二条の成長のうちに、忘れ難い女の俤《おもかげ》を認めようとする夢はひとしおだったことだろう。

二条が十四歳になった正月、上皇はこの長い歳月はぐくみつづけた夢の果実を味わった。

すでに上皇は十一歳年上の叔母にあたる公子を迎えていたが、もちろんそんな公子との仲がしっくりいっていた筈《はず》もないだろう。

光源氏《ひかるげんじ》が幼い紫《むらさき》の上《うえ》を、昔の恋人の姪だという理由でひきとり、その成長を待ちのぞみ妻にしたのと、まるでそっくりな上皇と二条の関係は、そもそもから物語めいているが、二条は、貞淑で理想的な紫の上にくらべ、はるかに情熱的で奔放《ほんぽう》な血を持っていた。

上皇の寵姫《ちょうき》でありながら、二条は、上皇以外の男幾人とも通じてしまい、その男たちの子供を何度か妊《みご》もっている。

紫の上の身の上に、和泉式部《いずみしきぶ》の情熱的な恋の経験を加えたようなのが二条の劇的な生涯だったといえるだろうか。「とはずがたり」は、二条が、晩年、世の無常を悟り、出家して女西行《さいぎょう》のように全国を流浪して歩いた後、自分の愛欲生活のすべてを大胆率直に書き綴《つづ》った日記である。

私が今、ここに引きだしたいのは、その中の、二条の初恋の人西園寺《さいおんじ》実兼《さねかね》の子を、上皇に秘密で二条が産み落す場面なのである。

西園寺実兼は、「とはずがたり」の中では、「雪の曙《あけぼの》」という仮称であらわされている。

実兼は後深草上皇とは従兄弟《いとこ》に当り、二条とは又従兄弟の関係になる。上皇より六歳若く、二条よりは九歳の年長だった。

二十三歳ですでに西園寺家の当主となり、後に四十三歳で内大臣、四十五歳で太政大臣にまで進んでいる一世の大政治家だったし、玉葉集《ぎょくようしゅう》に歌が五十七首も入選しているほどの文雅の人でもあったようだ。

後深草上皇が、はじめて二条を女として愛そうと思い定め、二条の宿下りをしていた父雅忠の家を訪れた夜、家じゅうこぞって祝宴をあげているのに、二条はそのわけものみこめず、頑是《がんぜ》なく、ひとりで先に寝こけてしまったほどの無邪気さだった。目が覚めた時、上皇がすぐ傍《そば》に添い伏しているのに気づき、驚きのあまり飛びおきて逃げ出そうとさえした。そんな稚純《ちじゅん》さのうちにも、すでにもう、西園寺実兼からは、恋文を受取っており、自分の方でもほのかな初恋を、それと自覚しないままに抱いているようであった。

二条が公然と上皇の寵姫となって後は、実兼の恋はあくまでも秘められなければならなかったが、実兼は、二条への恋を、忘れもあきらめもしようとはしなかった。

「お前が私の初恋の、恋しい人のおなかにいる時から憧《あこが》れて、この子こそ自分のものにしようと思いつづけてきたのだもの、可愛いくない筈があろうか」

そんな述懐をそそぐ上皇の子を、二条は翌十五歳で妊り、万事は二条を幸福な光りの座に導くように見えた。懐妊中、乳母《めのと》の家に里帰りしている時に実兼の訪れをうけ、父の喪中であるにもかかわらず、ついに六ヵ月の身重の軀《からだ》で契《ちぎ》ってしまう。

最初は、

「こんな身重な身でお情けをうけるなどとんでもないことです」

と、強硬《きようこう》にこばんでいても、男が、

「そんな身重のあなたに、どうして乱暴なことを出来るものですか。ただそっと、よりそわせて下さい。せめてあなたを静かに抱かせて下さい。清らかな添寝なら、伊勢《いせ》の大神宮だってよもやおとがめにはならないでしょう」

など、真面目らしく誓ってみせると、他愛なく男を受けいれ、たちまち防ぎようもなくふみこまれてしまうのだった。天性身を守る意志は薄く、男の情熱の波には、前後も忘れ、押し流される脆《もろ》さを持っていた。

その上、この怖ろしい秘密を、神が上皇の夢に告げられはしまいかと稚《おさな》くおびえながら、その一方、ひきつづき、次の夜も、また次の夜も、男を拒みきれない。

――とかくしつつ、あまた夜も重なれば、心に沁《し》む節々もおぼえて――

と、男の情熱に押し流され、次第にこの密男《まおとこ》への愛を深めている。

妊娠七ヵ月の終りまで、密会を重ね、表はさりげなく、二条十六歳の二月、上皇の皇子《みこ》を無事産みおとしている。当然将来の国母の地位まで予想される華やかな運命がめぐってきたのだった。それでもなお、秘密の恋を断ちきる強さは身にも心にもなく、その年の十二月の里帰りの折に、またしても密会を重ね、ついに実兼の罪の子を宿してしまう。

もうその頃は、実兼と夜をすごした朝のふたりの閨《ねや》に、上皇の便りがとどき、

「お前が誰かと袂を重ねて寝た夢を見たが」

などと問いかけられ、胸を騒がせながらも、

「独り寝に上皇さまのことばかり思い、自分の袖しか片敷かぬ私の袂には、月の光りだけが袖を重ねてくれるだけです」

など、ぬけぬけと、返事を送れる女の魔性をも具《そな》えていた。

年が改まり、二月の末頃ともなると、二条はもう、まごうこともない悪阻《つわり》の兆候におびえなければならなかった。

朝から胸がもたれ、ひねもす軀は熱っぽく、何をすすめられても、食べ物に箸《はし》がのびない。

皇子を産んだ経験にてらしあわせて、もうどうしようもないしるしだと思いしるにつけ、年の瀬の実兼との秘かな報いが、こうもすみやかに容赦なく下されたのかと思うと、上皇の夜の室に召《め》されても、身も心もすくむ思いで生きた空もない。

「二条はしばらく逢《あ》わない間に、すっかり熟しきった果実のような、柔かな匂いの濃い女に成長している。そのくせ、何だかよそよそしくなって、別の女を抱いているような不安な気がすることがあるのはどういうわけだろう」

上皇の睦言《むつごと》の中にそんなことばがさりげなくはさまれると、二条は乳房の渓《たに》や、脇のしげみの中に、じっとりと冷い汗がふきだすような脅《おび》えにつつまれ、ものもいえず、ただ、ひしと上皇にしがみついてしまう。

「御所さまが、あんまりかまって下さらないから、さまざまのことはみんな忘れてしまって、はじめて御所さまを父の家にお迎えした夜のように、気恥しく怖い気持ちになるのかもしれません」

「他愛もないことを。これで皇子の母となった人かと思うと不思議な気がする。どうしてだか、お前だけは、いつまでたっても、昔、懐に抱いて可愛がっていた時の気持ちが残っているせいか、頼りないいじらしく、片時も目が離せないような気がするのだよ」

そんなことばを聞くにつけ、罪深さにおののいてくる軀の震えを、上皇は、女の情熱の素直なあらわれだと思いちがえ、いっそう力をこめてかき抱くのも空怖ろしい。

たまたま、上皇は、新年のはじめから、二月の十七日までは、誓願事の為、潔斎《けっさい》し、女たちはいっさい遠ざけて、清らかに過されたから、尚のこと、上皇の胤《たね》を宿したとは、いいつくろうことはむつかしかった。

心苦しさのあまり、上皇の手まえは、何のかのと神詣《かみもう》でなどにかこつけて、里帰りする日を多くし、御所へは上らないようにはからっていた。

実兼は、そんな二条の態度を、自分への恋の深くなったあらわれとでも思ったのか、里居の二条の許へ、一日も欠かさず通いつめてくる。

ある夜、実兼は、女の黒髪の海に溺れながら、掌《て》の中の重い宝珠《ほうじゅ》をぎっしりと握りしめておいて、急に几帳《きちょう》のかげの燭台を片手でひきよせた。

「あれ、何をなさるのです」

二条が恥しさのあまり、黒髪でとっさにかくそうとする軀を、実兼は灯《ともしび》の中にひきこみ、二条の手も脚も自分の軀で押えこんでしまった。

「やっぱり、そうだったのですね。どうして早くうちあけてくれないのです。もともと豊かなあなたの乳房が、この日ごろ、とみに掌からあふれそうに実ってきたし、秋《しゅう》海棠《かいどう》の花びらのようだったあなたの乳首が野苺《のいちご》のように色づいてきた。まさか、上皇の御子《みこ》ではないのでしょう」

「あんまりな……どなたの子かは、神仏とあなただけが御存じの筈なのに……」

黒髪の波の中に小さな顔を沈めこんで、可憐な泣き声をあげる女を、実兼は力をこめてかき抱いた。

秘密の恋だけに女がいじらしく、秘密の子だけにそのいのちがいとしかった。

実兼は、もう世間も神仏も怖れない大胆さで、夜となく昼となく、二条の許に通いつづける。

それでも、やはり心の落ちついた日には、

「何とかして上皇に気づかれないうちに、すべてが無事に終らないことだろうか」

などと、もっともな心配を洩《も》らしてしまう。

五月頃になると、上皇にも、もう妊ったことはかくしようもなくなったので、二月の末上皇の潔斎の終った後で、愛を受けた時の子供らしいといいつくろってしまった。

六ヵ月になるのを四ヵ月だとごまかしている不自然さが、たとえ上皇の目はだませても、意地の悪い院の女房たちの穿鑿《せんさく》好きの鋭い目をごまかせるわけもあるまいと思うと、事の顕《あら》われた日の恥辱と仏罰の恐ろしさに、夢にもうなされつづけてしまう。

いっそどこかの川の瀬の底に身を沈めようかと思っても、源氏物語の浮舟《うきふね》のように、助けあげられる時の恥を想うと、それも決心がつきかねるのだった。

六月になると、しきたり通りに、四月目の腹帯を院からさずかって、着帯《ちゃくたい》の儀式がある。

実兼は、その二、三日前、無理やり二条を里に下らせ、自分で腹帯を持って来た。

「四月目にしてあげなければならないのに、あなたは院に上りっぱなしだし、私の方もついつい世間をはばかってのびのびになってしまったけれど、いよいよ上皇からの着帯が十二日にあると聞いたから、たまらなくなって持って来た。本当の父親の手で、さあ、帯をしてあげよう」

ふだんは、大きな袴《はかま》や、かさばった袿《うちぎ》のかげにかくされているお腹も、それらをとりさって見れば、もうあきらかに育ったもののいのちの大きさを示し、二条の軀つきはすっかり変っている。

青白くはりきっていて、いっそうすべすべと艶の出た下腹に頰を押しあて、実兼は、

「わこのいきづきが伝ってくる。ほら、あなたのあの時の胸の小鼓《こつづみ》のようなたくましい性急な声だ」

などという。

それから五日目に、そしらぬ顔で、院からの使いの上皇の腹帯を受けとった時、二条は、もう自分が赤子もろとも地獄に堕ちる未来しか思い描けず、使いの帰る足音がまだ門に聞えるというのに、声を放って泣き伏してしまった。

いよいよ九月という産み月を迎えて、二条は、お産の支度があるからといいつくろい、院をぬけだした。

その夜すぐ、実兼がかけつけ、傍につきっきりで命令する。

「いいですか。すぐ、重い病気にかかり、陰陽師《おんみようじ》が、人の嫌がる伝染病だと診《み》たてた

と、院に報告なさい」

もうこうなれば、男のいうままにするしかなかった。実兼の演出通りに院をあざむいて、門を閉ざし、誰にも逢わず、気心の許せる腹心の侍女を二人だけ身近に使って、来る日も来る日も寝て暮していた。

二人の侍女に、湯水も通らない程重病だといいふらさせ、院にも、御使いなどに伝染すると悪いからという理由で、手紙も見舞いもよこしてもらわないように工作する。

実兼はそれをいい都合にして、夜も昼も、二条に添い伏し、看病になみなみでない誠意を見せてくれるのだけが、せめてもの命綱だった。

勤めのある実兼が、そんなことをするには、それだけの苦心があって、世間へは春日《かすが》神社に参籠しているといいふらし、腹心の家司《けいし》には、

「そのつもりで、うかつに手紙の返事なども書かないように」

などいいきかせているのを聞くと、この男も、道ならぬ恋に落ちただけに、こんな切ない苦労をさせるのかと、二条はいっそう心細く、自分たちの将来が真暗な道にしか見えて来ない。

「このお産では、あらゆる神罰が当たって、私はきっと死んでしまうような気がしま

す」

実兼の胸にとりすがっている時だけが、苦しみを男の胸に預けられて、わずかな安らぎが得られる。

「私がついているのに、何をそんなに心細がるのだろう。どうせ、上皇の想い者に恋をしかけるという大それた決心を固めた瞬間から、私は神罰も仏罰も怖れてはいないのですよ。地獄があるなら、地獄の底まであなたを抱いていこう。地獄の火に焼かれるなら、あなたを抱きしめ、私の肉を先に焔《ほのお》になめさせよう。あなたの口を私の口でふさいで息をとめてあげる。地獄の火があなたの白い膚《はだ》にとどく前に、あなたは私の愛情で窒息死させられていて、何の苦しみもしらないだろう。上皇の御子を、あなたは愛の歓びもしらないうちに宿してしまったと私に告白したではありませんか。あなたが上皇にどれほど愛されていたとしても、私の触れるまでのあなたは、あんなに固い蕾《つぼみ》だった。女の軀は受身の愛だけでは花開くものではないということを、私はあなたに教えられたのですよ。恋の切なさと、罪の想いの苦しさからしぼりだされる涙が、蕾の固さを柔らげ、花の匂いをかもすのだということを、あなたは身を以って私に教えてくれたのですよ。この子の生まれたことは決して私たちの間がかりそめの遊びでなかったあかしだと思えばいいのです。この子のことはもう、何もかも私にまかせきっておきなさい。こうして抱いているあなたは、あんまり可憐《かれん》で可愛らしくて、この人がもうすでに母であったり、またもうひとり子供を生もうとしているなど信じられなくなってしまう。どうしてあなたは、こんなにいじらしく、男の心をいとしさでいっぱいにする女に生まれついているのだろう」

実兼は幾度くりかえしてもあきたりない二条への愛情を、ことばと愛撫にしてあびせつづける。

やがてその月も暮れ、九月ももうま近になったある暁方《あけがた》、二条は、いよいよ覚えのあるきざしを感じてきた。二人の侍女だけが、それと察して、湯をわかしたり、汚れを清める布を集めたりして、さしせまったお産の用意をするのを見るにつけても、二条は上皇の御子を産んだ時の華々しさを思いださずにはいられない。それにあの初産《ういざん》には、お産の怖ろしさと未経験の無知から、いよいよの陣痛まで、のんびりした気分でいられたのにくらべ、今度は、あの苦しみの上に、罪の子を産むという心のとがめが重なるから、二条の心細さは、かぎりもない。もしこのまま、お産で死んでしまったら、どんな不評判が世間にたち、上皇の御耳にも、ついにこの罪が聞こえるにちがいないと思うと、死ぬにも死にきれない切なさがのこるのだった。

灯《ひ》ともし頃から、いよいよ、もうその時が迫ったという自覚があるけれど、こんなひめやかなお産なので、魔除けの弦打《つるう》ちなどをしてもらうわけにもいかず、産屋の屋根にも、戸の周囲にも、さまざまな魔者の異形《いぎょう》の影がおしひしめいているような幻を見て、うなされ、全身冷汗に、しとどにぬれてしまうのだった。

間近になったさしこみの激痛のあまりの激しさにこらえかねて、われにもない呻《うめ》き声と共に、床の上にとび起き、のけぞりそうになった時、実兼がしっかり抱きしめて、「こんな難産の時は、産婦の腰を抱いてうながしてやるのだと聞いていたけれど、そんなこともしないから、こんなにとどこおって苦しむのだろうか。可哀そうに。さ、しっかりするのですよ、私にすがって、気をたしかに持って、しっかり産むのですよ」

と励ましてやる。二条は思わず、力まかせに男の胸にしがみついた時、熱いものがほとばしり、全身からすっと力がぬけていった。

赤子の泣き声が、気の遠くなりかけた二条の意識をよびもどした時、

「ああ、よかった。お手がらだった。よくこらえたね」

という実兼の声も二条の耳に入ってきた。

「気付けのおも湯を早くのましなさい」

どこで覚えてきたのか、実兼が、気も転倒している侍女に命じている。

実兼は、血みどろの赤子を腕にしたまま、片手で枕元の守り刀をとり、口でその鞘《さや》を払うと、臍《へそ》の緒を断ち切って、いつ用意していたのか麻糸で手早く血止めをする。初湯《はつゆ》で清め、きれいになった赤子を、実兼は、二条の顔の前に近づけてやった。

「ほら、きれいな女の子だよ。目もとがあなたそっくりだ」

赤子は黒々と髪がはえそろっていて目がぱっちりと見開き、さし出された燭台の灯がまだまぶしくもないのかまばたきもしない。

もう一目見たいと、二条が肩をもちあげようとした時、実兼は、真新しい白絹の産《うぶ》衣《ぎ》に赤子をくるっと包みこんでしまい、胸に抱きしめたまま、物もいわず、さっと部屋を走り出していった。

ほどなく、ひとりで帰って来た実兼は、二条の床の中にすべりこみ、女を柔かく抱きよせた。

「かわいそうに」

ひと言つぶやいただけで、女の黒髪の中に顔を沈めこんでいった。

実兼は、赤子をどこへやったか、ひと言も二条には打ちあけない。

「どうせ、いっしょに暮せない子供なら、なまじ、どこにどうしているかなど知らない方があきらめがつくというものです。私にとっても可愛い子供なのだもの、どうして悪いようにするだろう」

「こんなことになるなら、せめてもう一度よく見せて下さればよかったのに」

そういう嘆きをしている閑《ひま》もなく夜があけてしまったので、院へは、

「ずっと病気だったのが、特にひどくなったせいか、今朝方、流産してしまいました。女の御子と見わけられるくらいに大きくなっていましたのに」

と、まことしやかに奏上しておく。上皇は、

「熱などつづくと、よくそういうこともあるものだ。気をおとさず、養生して、産後百ヵ日もしたら、早く帰ってくるように」

というお返事があったのを、一つ床の中で実兼と頰をよせあって読み、ともかく、これで密事は闇から闇に葬《ほうむ》ることが出来たと、ほっと顔を見合すのだった。

この日とほとんど時を同じくして、実兼の北の方がやはり出産し、その子は死産していた。実兼は、二条の赤子を、死んだ吾子《あこ》とすりかえ、秘かに育て、妻にさえ気づかせなかった。

二条はこの女の子をはじめとして、後には上皇の腹ちがいの皇弟、性助法親王《しょうじょほうしんのう》、「とはずがたり」の中では「有明《ありあけ》の阿闍梨《あじゃり》」との間にも、不義の子を二人産んでいる。

阿闍梨との関係は、上皇に気付かれてしまって、半ば上皇の黙認の上でつづけられ

ていたので、二条にとっては、実兼の子を産む時ほどの脅えはなかったが、やはり、とても自分の手許に置ける子ではなかった。

産み月が近づき、乳母の家に里帰りしている二条の許へ、ある夜、身分の低い者の乗る網代車《あじろぐるま》に、しのんで上皇御自身が身をやつし、訪れてきた。

「お前と阿闍梨の仲の噂が、もうかくれようもない評判になって、都じゅうに取沙汰されているという。私のことまであることないこと聞き苦しく噂されているそうな。この上、お前が阿闍梨の子を産んだとなれば、どんな噂の根が後にひくかもしれない。たまたま、私のかくし女がつい先日、死産したのを、とりあえず、誰にもいうなといって、事を伏せてある。そこへ、お前と阿闍梨の子をつれていって、お前の子は死産だとしておきなさい。二人の情事の証拠の子供さえ居なくなれば、何とでも噂をいいつくろうことも出来るだろう」

上皇が二条の枕許で、しみじみそんな心配りを語って聞かせるのに、二条はかえすことばも出て来ない。七年前にやはり上皇の目を盗んで密かに産んだ実兼の子の処置と、全く同じことを上皇が考えつかれたのも、何かの因縁めいて恐ろしい。

まさか上皇が、実兼との女の子のことを承知の上で、そんなことをいいだすとも思えないけれど、阿闍梨との密通を黙認し、むしろ、時によってはこの不義の恋をそそのかすような気配もみせる複雑な上皇の本心は、二条には摑《つか》みきれないのだった。
政治の実権が、鎌倉《かまくら》の北条《ほうじょう》幕府に移り、皇室はただ華やかな形骸だけを止めていた有閑そのものの宮廷が、二条が仕えた頃の「とはずがたり」の宮廷内であり、後深草院の生活であった。

私のこれから書き継ごうとする時代はその頃より百七十年さかのぼった、院政の始められた白河《しらかわ》法皇の時代で、それまで摂関の手にゆだねられていた政治の実権が、朝廷にとりかえされた画期的な時代なのだから、同じ院といっても、その性質はちがうだろうし、院内の雰囲気も大いに異っていたことだろう。

けれども、宮廷という特殊な生活環境の中の習慣や、そこでくりかえされる、君主を中心とした男女の愛欲図絵の拡がりには、さして大差があったとも思えないのである。「とはずがたり」の中の、二条がたどる女の愛欲中心の運命の波や、そこに描かれている様々な恋の型や、挿話の経緯など、すべてみな、この物語に先だつこと三百年の昔に書かれた「源氏物語」の中に、その典型を探し出すことが出来るのを見ても、政権の移り変りや、時代の流れの曲折にかかわらず、宮廷内の男女関係、まして、そこに送りこまれた女の運命や生き方、ひいてはその心をしめる恋の哀歓《あいかん》の影は、それほどの進歩も変化も見られないような気がする。

宮廷に上がった貴族の女たちの貞操が、いかに頼りなく、守られ難いものであったかは、源氏物語にも書かれている。

天子の寵愛を一身に受ける中宮《ちゅうぐう》や女御でさえ、密男《まおとこ》を几帳のかげにひき入れる機会にはことかかなかったし、その秘密の子を、そしらぬ顔で天子の子だといいくるめることもあったのだから、一応、ものものしい家系図に名前のあがっているやんごとない皇族の血筋も、名ある貴族の血統も、実のところ、どんな血が入りまじっているともしれたものではないのである。

平清盛《たいらのきよもり》が、白河法皇の落胤だという説は、今では歴史学者の認めているところだし、鳥羽天皇の皇子と皇統系図では示されている崇徳《すとく》天皇さえ、まことは白河法皇の皇子だったと歴史家は証明しているのである。

そうしてみれば、今、私たちに残され、私たちが一応信じている、この時代の系図に頼る人間関係など、どこまで信じ、どこから疑っていいものやら、さっぱりめどもつきかねることになる。

その混沌ぶり曖昧さが、物語の作者にとっては、「空想」という便利なひとことで、どこまでも、想像や妄想の翅《はね》を押しのばせる所以《ゆえん》でもある。

たとえば、二条が十七歳で産んだ実兼の娘に、二条は二十歳の五月、実兼のはからいで逢っているが、それも、もし、実兼が、二条の心情をあわれんで、本当は死産などしなかった本妻の娘と逢わしていたと仮定したら――

また、後深草上皇が、自分の隠し女の子として育てようといって、つれ去った、二条と有明の阿闍梨の間に出来た不義の男の子も、実際は上皇の手で、どこかへ運び去られてしまっていたとしても――おそらく、上皇身辺の系図には残る筈もない子供の運命なのだから、杳《よう》として行方もわからなくなっていても仕方がないだろう。

今ほど戸籍法の厳しくなかった時代のことだから、不義の子は、どんな形ででも、親の周囲から抹殺されることがあったにちがいない。

罪の恋から生まれおちた子は、相当な金銀をつけて、しかるべき者のところへひそかに貰われていったかもしれないし、それを預った家来は、主人の命令か、あるいは自分のはからいで、白絹に包み、金襴《きんらん》の錦の守り袋をつけた赤子を、人の家の軒下や、竹藪の中にこっそり捨てて来はしなかっただろうか。

竹取物語の中の竹取の翁《おきな》が、竹の中からみつけたというかぐや姫だって、やはりこうしたわけのあるやんごとない姫が、こっそり竹藪《たけやぶ》の大竹の剪《き》り口に捨てられてあったのかもしれない。

平安朝時代が才女時代といわれても、紫式部や清少納言《せいしょうなごん》や和泉式部の本当の名前も伝わっていない。最近、紫式部の本名が学者の研究によって発見されたと、学界を賑わしたことがあったくらい、彼女等の名前が伝わるなどほとんどあり得ないのだった。女御に上がるような摂関家の娘たちならともかく、受領《ずりよう》の娘程度では、いくら宮廷に上がり、才質を誇ったところで、誰それの娘、誰それの妻と呼ばれるだけでことたりていた。

祇園《ぎおん》女御という、ある時期、並ぶ者もないほど、時めいた女性の素性が、今もってはっきりしたきめ手のある定説をみないというのも、当時の社会状勢や、習慣から見れば、さほど珍しいことでもなかったらしい。

もともと、祇園女御と呼ばれてはいても、この女御は、正式に宣旨《せんじ》を蒙《こうむ》った女御ではなくて、君寵《くんちょう》のあつかったあまり、女御と仮称せられたものであった。

今鏡《いまかがみ》には、このことを、

「その白川殿、あさましき御宿世《おんすくせ》おはしける人なるべし、宣旨《せんじ》などは下らざりけれども、世の人は、祇園の女御とぞ申すめりし」

と、書きのこしている。かの有名な源氏物語の冒頭も、「いづれの御時《おおんとき》にか、女御更衣《こうい》あまたさぶらひ給ひけるなかに」

という文章で初まっているが、昔の天子の後宮では、天子の夜のお伽《と》ぎをつとめる目的の女たちが、後宮佳麗《かれい》三千人とまでは及ばずとも、今では想像も出来ないくらい多く上がっていたのである。

大宝令《たいほうれい》では、皇后の下に妃《きさき》二員、夫人三員、嬪《ひめ》四員と定められており、延喜式《えんぎしき》では女御は夫人の下で、待遇は、嬪と同様となっていた。延喜の代には女御五人、その下の更衣は実に十九人もいたと河海抄《かかいしよう》には記されているのを見ても、往時の宮廷に、ただひとりの天子をめぐりいかにその寵を競う女たちがひしめいていたかが想像出来る。

女御の地位は次第に上がった。

藤原氏が隆盛を極め、外戚としての政権の掌握を志すようになって以来、一族の間で競って女子を宮廷に送りこむ習慣が出来てからは、藤原氏の摂関大臣の女は、先《ま》ず女御として宮廷に上げ、天子の枕席に侍らせ、その後寵を得れば、中宮とか皇后にあがるようになったのである。

元来、皇后は一人と決まっていたが、この頃は、后《きさき》が幾人も並立することがあったので、便宜にその一人を皇后とよび、他は、中宮、いま一人いた場合は皇太后と称した例がある。

皇后と中宮は同等の待遇を得ていたらしい。いつのまにか、妃、夫人、嬪という立場が消え、これにかわり、皇后、中宮についですぐ、女御が位するようになっていた。

女御から皇后に上がるには、自然に一種の定めが生まれていて、父親が大臣でなければならぬとか、皇子を産まなければならぬとかの例があった。

女御は宣旨が下って、位階も賜わる。人員は決まっていないので、一時に「あまたさぶらひ給ひける」という例も出来てくる。その時は、彼女たちの住いにあてがわれた宣耀殿《せんようでん》、弘徽殿《こきでん》、梅壺《うめつぼ》、桐壺《きりつぼ》など、御殿の名をつけて、宣耀殿女御、桐壺女御などと呼んだ。また女御の父の邸の名をとって堀河《ほりかわ》女御、高倉《たかくら》女御などとも呼んでいる。

女御の下に、更衣《こうい》、御息所《みやすどころ》、御匣殿《みくしげどの》、内侍司《ないしのつかさ》、尚侍《ないしのかみ》、典侍《ないしのすけ》などと呼ばれる女たちがつづき、天子の気持次第に、夜の伽を命じ寵愛することが出来たし、彼女たちが、いつ、女御にひきたてられるかわからなかった。

天子ばかりでなく、上皇、皇太子の妃も、女御と呼ぶことがあった。尤《もっと》も上皇になってから後に愛を受けた女には、鳥羽上皇以前は、女御の宣旨を下さない例であった。

今鏡「宇治《うじ》の川瀬《かわせ》」の巻に、

「高陽院《かやのゐん》と申しき。院の後参り給へるが、女御の宣旨、これや始めてに侍りけむ」

とあり、鳥羽上皇がその例をつくったことがのっている。

とすれば、白河上皇が上皇になって後寵愛された祇園女御が、正式の女御の宣旨を受けなかったのも、特に身分が低かったとか、出生がどうのという理由ともきめられず、単に、当時の習慣のままだったのを、上皇の寵があまりにきわだっていたため、人々がへつらいの意味で女御と呼び習わすようになったのだろうか。

例によって今鏡をみれば、

「もとよりかの院の、内の御局わたりにおはしけるを、はつかに御覧じつけさせ給ひて、三千の寵愛、一人のみなりけり。ただの人にはおはせざるべし」

といい、長門《ながと》本平家物語にも、中宮の女房であったという。これは祇園女御が、後宮のあまり身分の高くない女房であったのを、院がちらりと見染めてしまって、たちまちその寵愛を一身に集める幸運を捕えたという説である。

また吾妻鏡《あずまかがみ》の大江広元《おおえひろもと》説では、源頼信《よりのぶ》の孫仲宗《なかむね》の妻であったともいう。源平盛衰記では祇園の西大門の大路のとある小家の水汲女《みずくみ》だったのが、上皇の御幸《みゆき》を見物していてお目にとまったのだとある。

花の雨

吉川英治《よしかわえいじ》の「新・平家物語」では、祇園女御は泰子《やすこ》という名を与えられ、稀代《きたい》の悪女に描かれている。

身分は下賤な白拍子《しらびょうし》上りとし、ふとした機会から泰子を見染めた白河上皇が、祇園八坂《やさか》のほとりに秘かに囲われ、おしのびで通いつづけたのを、いつのまにか人呼んで、祇園女御というようになったとある。

けれども泰子は、性淫奔《いんぽん》で、すでに老境に入っていた上皇にあきたらず、八坂の寺僧、美男の覚然《かくねん》と通じ、上皇の目を盗んで快楽を分っていた。

ある時雨《しぐれ》の夜、例の如く、上皇がおしのびで、女の許に通っていくと、たまたま覚然が先着していて、危く上皇の御伴をしていた北面の武士、平忠盛《ただもり》に捕まりそうになった。

覚然は、辛うじて逃げのびたが、その夜のことを、上皇は、忠盛が雨夜坊主を生け捕ったというようにいいふらし、その功として、祇園女御を忠盛の妻として与えた。

忠盛に嫁いでほどなく、泰子が産みおとしたのが清盛である。

成人した清盛は、自分の出生の秘密を識り、真実の父は誰かと思い悩む。

この部分が、吉川平家の導入部となっている。

もちろん、これは、古典「平家物語」の巻六、「祇園女御」の章に書かれたものに依っている。

平家物語のこの章は、

「又ある人の申しけるは、清盛は忠盛が子にはあらず、まことには白河院の皇子なり。その故《ゆえ》は、去んぬる永久の頃ほひ、祇園女御と聞えしさいはひ人をはしける」

という書き出しではじまっている。

頃は永久のある年の五月《さつき》二十日あまり、五月雨《さみだれ》の降りこめる夜、上皇が二、三人の伴をつれ、しのびやかに件《くだん》の女の許に通っていった。

女は東山《ひがしやま》の麓《ふもと》、祇園のほとりに住んでいて、その家の傍には一宇《う》の御堂が建っていた。

上皇の一行が、五月雨の闇の中を、ようやくその御堂の近くまでたどりついた時、いきなり濃い闇の行手に、不気味に光る怪物があらわれた。

頭は銀の針を磨きたてたようにきらめき、両手を高くかかげ、片手には異様な光り物を持ち、もう一つの手には小槌《こづち》らしいものをふりかざしている。

一目見て、これこそ鬼というものだろうと、一同は恐怖に震え上ってしまった。上皇は、家来の中の平忠盛に、

「お前なら、あの鬼を、斬り捨てても射殺しも出来よう。すぐ、退治せよ」

と命じられる。平忠盛は沈着武勇の男なので、

――何、どうせ、古狐か、いたずら狸のしわざで、大した化物でもなさそうだ。斬ったり、射たり、仰山なことをしては、後でかえってみっともないことになり、後悔するだろう――

と、とっさの思案を固め、いきなり、光る怪物に素手で飛びかかり、組みついてしまった。

「わっ、何をする。助けてくれ」

忠盛の腕の中から悲鳴と共にわめきちらすのは、人間の声だった。

怪物でも狐狸《こり》の類《たぐい》でもなく、捕えてみれば、寺の坊主で、お堂に灯明をあげようと

して、油壺と、かわらけに火種をいれて持っていたのが光ったのだった。

たまたま五月雨が降るので、小麦の藁《わら》を束ね、傘がわりに頭にかぶったものが、灯をうけて、藁が一筋一筋輝き、銀の針のように見えた次第だった。上皇はこれを見て、

「こんな者を斬ったり射たりしていたら、後悔しただろう。忠盛の沈着さと、とっさの気転は、武士のたしなみだ。見事なものだ」

と、すっかり感心して、その勧賞《けんじょう》として、最愛の祇園女御を忠盛の妻として与えた。この時、すでに、女御は上皇の種を宿していたので、

「産れる子が女の子なら朕《ちん》の子としよう。男の子ならお前の子として武士に育てよ」

という。そして生れた子は男の子だったので、忠盛の子として育てた。そのことを改めて、上皇に奏する機会もなくすぎていった。やがて上皇が熊野《くまの》へ御幸になった。忠盛はそのお伴の中に加っていたが、紀伊の国糸鹿坂《いとがさか》という所に輿《こし》をかき据え、しばらく休息をとられた。

忠盛はこの時と思って、藪《やぶ》の中にある山芋のぬかごをとって袖に盛り入れ、人目のいない時を見はからい、上皇の前に進み出て、かしこまって、

「いもが子は這《は》ふ程にこそなりにけれ」

と歌いかけると、上皇はすぐ、忠盛の歌の意味をさとられ、

「ただもり取りてやしなひにせよ」

と、下の句をつけられた。

忠盛は、これで、上皇が、祇園女御の生んだ子供が男の子だったと知り、正式に、忠盛に養えとおっしゃったという意味にとり、その後は安心して、その上皇の子を育てていく。

その男の子は癇《かん》が強く、あんまり夜泣きが激しいので、忠盛が手古《てこ》ずっているという噂を、ふとした時上皇が聞かれ、忠盛に歌を一首おくられた。

夜泣すと忠盛立てよ末の代に
清く盛《さか》ふる事もこそあれ
その歌にちなんで、忠盛はそれ以来、赤子に清盛という名をつけた。この子は十二の歳元服して兵衛佐《ひょうえのすけ》になり、十八の歳四品《しほん》して四位《しい》の兵衛佐となったのを、本当の事情を知らぬ人々は、華族のような出世のしかただと評していた。鳥羽上皇は、この秘密を知っていて、清盛の出世はそれだけの理由があるのだともらしていた。

平家物語の祇園女御の巻は、大たいこういうことが書かれている。

天皇が自分の種を宿した女を家来に与えたという例は、昔からよくあったことで、

天智《てんじ》天皇が自分の子を妊った女御を藤原鎌足《ふじわらのかまたり》に与え、その生れた子が後に多武《とう》の峰《みね》の定慧《じょうえ》和尚だといわれている。

もちろん、女御が泰子などという名をもっていたとは、平家物語のどこにもないし、稀代の悪女という描写もないのである。

清盛が祇園女御の子供だという説は源平盛衰記では早くも異説が出ている。

ある晩、忠盛が宿直《とのい》を勤めていると、一人の女房が殿上口を忍びやかに通りぬけようとするのを見とがめて、その袖を捕えた。女は、

「おぼつかな誰が杣山《そまやま》の人ぞとよ此暮に引く主を知らずや」

と歌を詠《よ》みかけた。忠盛はそれをうけてすぐ、

「雲間より忠盛きぬる月なれば朧《おぼろ》げにてはいはじとぞ思ふ」

と返歌をして、ようやく女の袖をはなした。

この女は兵衛佐の局という美女で、白河上皇がその頃寵愛している上臈《じょうろう》だった。

その夜は上皇のお召で、上皇のお閨《ねや》に出かけている途中だったのである。兵衛佐はその夜の寝物語に、忠盛に袖を捕えられたことを上皇に話したところ、上皇が、忠盛が歌を詠んで返事をしたことが優雅だと感心され、兵衛佐の局を忠盛の妻にくれてやつたとある。

その時、局はすでに上皇の種を妊っていたとして、あとは平家物語と同じ筋書になり、夜泣きの話と、「いもが子」の歌の話がつづいている。

明治になってから、田口卯吉《たぐちうきち》氏が、祇園女御の年齢説から四十歳の女御と十九歳の忠盛の結びつきは不自然だとして、女御が清盛の母という説は否定している。

その後明治二十六年に、発見された史料、滋賀《しが》県胡宮《こみや》神社の古文書によって、清盛の実母は、祇園女御の妹だという説を星野恒《ほしのわたる》氏が発表している。即ち、胡宮神社の古文書というのは、白河上皇が中国の育王山《いくおうざん》、雁塔山《がんとうざん》から伝えられた仏舎利《ぶっしゃり》二千粒を祇園女御に伝え、それが、平清盛に伝えられた次第を書きのこしたもので、文暦《ぶんりゃく》二年の七月の日付がついている。これに系図が入っていて、祇園女御に一人の妹があり、この妹には、

「院に召され懐妊の後、刑部卿《ぎょうぶきょう》忠盛に之を賜い、忠盛の子息となし清盛と言う。仍《よ》って宮と号せず」

という説明がついており、清盛については、

「女御殿清盛を以て猶子となし併《しか》しながら此の舎利を渡し奉る」とある。

これによって、女御の妹にも上皇の手がつき、懐妊したその女を、忠盛がもらったという次第がわかる。この女御の妹は忠盛の妻になって保安《ほうあん》元年七月に急死してい

る。

女御はこの時、三歳になっていた清盛をあわれに思い、ひきとって養子として育てたというのが星野説で、その後和田英松《わだひでまつ》氏も、星野説に従い、清盛は白河上皇の皇子ではあるが、祇園女御の子ではないという説を称え、以来、清盛落胤説は、この線に定ってきたようである。

猶子というのは、今でいう養子よりは軽い保証で、必ずしもひきとって育てるというわけではなかったらしいから、女御が清盛の身分保証はしても育てたという証拠にはならない。

今年の京の春は、祇園円山公園のしだれ桜がいち早く花開いた四月初旬から、花曇りの日がつづき、やがて連日花の雨に明け暮れるという菜種《なたね》梅雨に移っていった。無気味なほど降りつづく雨の中を、それでも花見の客の足波は、円山公園にとだえることもなかったが、その花見客の誰もが、見すごしていく小さなお堂が公園の一隅にある。

円山公園から高台寺《こうだいじ》、清水《きよみず》へ行く道、双林寺《そうりんじ》の野外音楽堂の横に、道をはさんで、ひっそり建っているのがそれで、軒から幾つも下げられた提灯《ちょうちん》には「女御塚阿弥陀堂」という文字が見えている。

そのお堂の左横に小高い台地があって、雑草の茂るにまかせてある。台地の上に青竹をめぐらせた簡素な垣がつくられており、中に一本の卒塔婆《そとば》が建っているのが見える。

近づいてみると、垣の中には形ばかりに花が供《そな》えられ、誰の心づくしか、茶碗に水もくまれている。

風雨にうたれ、薄墨色になった卒塔婆には、祇園女御供養塚という文字が墨色も薄れがちに読みとれる。

お堂と女御塚の間に、一枚の立札が建ち、それに祇園女御の履歴が記されている。塚といっても、まるでごみ捨場の山のような感じの空地にすぎないし、そこだけ、ぽつんと整地され残された感じで、何とも陰気でわびしさを極めている。

夏になれば、丈なす雑草に、このか細い卒塔婆などたちまち姿を没してしまうのではないだろうか。

お堂の柱にはよく見ると、責任者として女名前と、住所、電話番号が記された紙が貼ってある。

祇園町とある、その女名前の人の許へ、私が電話をかけた夜も、終日降りつづいた春の雨が、夜に入っても一向に止みそうもない、底冷えのする四月のなかばのことであった。

電話口に出た人は、柔かな京なまりで、

「とにかくいっぺんお目にかからせていただきまして、何かとお話申しあげまひょう」

ということだった。教えられる住所を聞くと、祇園の八坂神社の赤門のすぐ東の露地のうちという。

祇園女御の邸があったと伝えられる祇園社の巽《たつみ》の方角と、それはあまりにも一致していて、つくり話めいている。

ますます雨脚のしげくなった京の町を車を走らせ、三十分ほど後に私が尋ねあてたその家は、まさしく、祇園社の巽の細い露地の突当りにあり、見るからに小粋な格子戸の、京風の家構えだった。

薄暗い軒灯の下で、紫の蛇の目を傾け、雨の雫《しずく》をきっている時、気配を感じてか、格子戸が内からあけられた。

「あ、ようおこしやす。この雨の中を、ごくろうさんどす」

ふっくらと下ぶくれの、老女というにはまだ残んの色香の匂うような姥桜《うばざくら》、年の頃、五十を出たか出ないかのそのひとが、例のお堂を守る「ひさ女《め》」という女人らしい。

家の中は京風に奥行が深く、二間ばかりを通りぬけると、そこが一番奥の部屋らしく、座敷の向うに、小さな庭が見えている。夜の雨におぼろになっているものの隣家との境のコンクリート塀は檜皮《ひわだ》で葺《ふ》かれていて、地には、石が敷きつめられている気配の中に、しのびやかな雨の音を裂くように、鼓《つづみ》の音に似た鹿《しし》おどしの音が、かんと、さわやかに響いてくる。

何の香か、たきこめられた床しい匂いがしめった部屋の空気を彩っている。

金泥《きんでい》無地の二双の屛風《びょうぶ》の前に、古備前《こびぜん》の壺、その中にさりげなく投げこまれた白椿《しろつばき》の花一輪、床の間には土牛《どぎゅう》の、これもたわわな白牡丹一輪、白い花が好きな主《あるじ》か——通りぬけて来た隣室との境の襖《ふすま》の前には、いつのまに出たのか裾濃《すそご》の紫のぼかしに春の野を描いた几帳が一台。

「ようおこしやす」

改めて手をつく女主《おんなあるじ》の額の白さ、眉《まゆ》のなだらかさ。

この人に丈なす黒髪を裾ひろがりにひかせ、袿《うちぎ》をきせ、檜扇《ひおうぎ》を持たせたら、さぞ似合いそうな……と思ってみていると、何やら、時代めいたこの部屋のつくりから、ふと、夢を見ているような気持がしてくる。

ひさ女《じょ》と名乗る女主のそれからの物語が夜の更《ふ》けるにつれ、いっそう怪談めいてくる。

「女御塚や阿弥陀堂のあるあのあたりが、昔は俗に真葛《まくず》ケ原《はら》と呼ばれたところでございます。あのお堂は、明治三十八年に、神戸《こうべ》の奥村《おくむら》ハナさんという御老人が、牧本《まきもと》という大工に用命されて建てたものにございます。その大工がわたくしの叔父に当ります。ところがこのお堂に関係したものは、妙に祟《たた》りにあいまして、次々不幸になるのでございます。

ハナさんはもちろんなくなられたあと、叔父も三人の男の子が戦死、三人の娘が、原因のわからぬ病で次々急死、叔父がその後を追うというわけで、叔母が堂守りをしておりましたが、お堂の隣の空地の整理をした植木屋も急死、朝晩、空地を通っていた南隣の人も急死という次第で、どうも気持の悪いことつづきでございます。

どうやら、ここは何かの祟りがあるらしいと、えらい歴史家の先生にしらべてもらいましたところ、このお堂の地続きを早くから借りて菊の栽培しておられた料亭平野《ひらの》屋《や》さんも、明治の末に失火して焼けてしまい、その西北の藤の棚の近くに再建したところ、またまた、店員さんが何やら恨みをいだいて御主人と仲居さんを殺して放火、その後、キャバレーが建ちましたがまたまた火事で焼けてしまったという不気味な話が出揃いました。

昔のことを調べてもらいましたところ、貞亨元年《じょうきょう》の雍州府志《ようしゅうふし》に『祇園女御屋敷双林寺前にあり今田疇《でんちゅう》となる、此地を掘ると古石壁に用いられた石が出てくる。又仮山《かざん》の石もある』とあり、その後出版された地誌にも同じような文面が見えているそうにございます。ですけれど祟るいうことはまだその時分は出ておりません。

それから七十年後の宝暦《ほうれき》四年に出ました山城《やましろ》名跡巡行誌という本の中にはじめて、『双林寺門前北にあり女御畠という、今二間四方叢《くさむら》あり、此所に霊あり地を動かす者必ず祟あり』とございます」

ひさ女の話は、いよいよ、雨月物語の中の怪談でも聞いているような雰囲気をたたえてきた。

その後に刊行された郡名所図絵にも、

「東西八間南北五間、此地を耕せんとすれば祟ありとぞ」

というふうに記されており、以後はずっとこの祟りありの文章が受けつがれているという。

「だんだんに聞いてまいりますと、何でも、祇園女御というお方が、どんなわけやら存じませんが、おしまいに罪に追われて、あの空地まで逃げのびてきたので、近所の人があわれんで、捕吏《ほり》の目をごまかすため、女御の上にごもくのごみをなげかけてかくまったのだそうにございます。けれども、捕吏がゆきすぎ、人々がごもくをかきのけてみますと、もう女御は逃げのびるのに力つかいはたしてか、息たえていたそうにございます。

そのせいか、わたくしら子供のころは、あのあたりを『ごもくの塚』と呼んでいた老人たちもございました。深い、わけもしらないまま、子供たちもごもくの塚とか、ごもくの女御塚とか申しておりましたものでございます。

そういうわけで、お気の毒な女御の祟りが今でもつづいているなら、何としてもおなぐさめしてあげようと、わたくし思いたちまして、叔母の死後はひとりで、お堂を守ってまいりました。粗末ながら、法にかなった卒塔婆もたて、春秋のお彼岸《ひがん》には形ばかりのお供養もしてさしあげております。

どうやら祟りもおさまったらしく、このわたくしには大した難儀もふってまいらぬようでございます。

この長雨で、ついつい不精《ぶしょう》になり、しばらくお掃除にもまいりませなんだのが、今日のひるすぎから、むやみに気がかりになり、急に思いついて、さっき、日の暮れ方に、雨の中をお詣《まい》りしてまいりました。そうして帰りましたら、じきに、あなたさまのお電話を頂だいして、何やら、因縁めいて、不思議でなりません。それに、因縁と申しますと、今日は阿弥陀堂にまいって、思いがけないものを拾ってまいりました」

ひさ女は、背後に手をのばし、金蒔絵《きんまきえ》のついた、これまたたいそう時代色のかかった手箱をひきよせ、中から油紙につつみこまれたものをとりだしてきた。

それをまるい膝にのせ、

「阿弥陀堂には、わずかばかりお賽銭《さいせん》も上ります。また、それをねらう賽銭泥棒も、年に、二、三度はまいります。それでも、これまで、何かが置き忘れられてあったり、供えてあったりということは、一度もありませなんだ。今夜は、わたくしが、いつものように女御塚のまわりの草をざっとぬきとり、お堂の周囲をお掃除して、お灯明をあげようと、マッチをすりましたところ、お堂の格子の前にこの包みが置いてあったのを見つけたのでございます。

はじめからそこにありましたのを、もう黄昏《たそが》れていて、見おとしたものか、どうか、今もってわかりません。何だろうとあけてみましたところ、お灯明の灯《ひ》あかりにこの品をあらためまして、これはまあ、ただごとではないとさとりまして、一まず持ち帰ってきたものにございます」

ひさ女は、話し終ると、その油紙の包みを膝の上でひらいていった。

中からしぼの高い古代紫縮緬《ちりめん》の風呂敷にくるんだものがあらわれる。更にそれをときひらいていくと、五帖の和とじの本が出てきた。

「まあ、ごらん下さいまし」

ひさ女は、私の方へそれをさしだした。

うけとった時、私はそのかさにくらべて、軽さにおどろかされた。何か、だまされているような現実感のない軽さが気になって、私はその五帖重ねの和本を、一帖ずつとりあげて見た。

縦二十糎《センチ》あまり、横は十六、七糎に見えるその本の表紙は、四ツ花菱の文様を織りだした薄緑色と、藍の羅《うすもの》で張られている。その上に、鳥、花、柳、橋などが描きこまれている。とじ糸は古代紫の組み絹紐《きぬひも》である。

手入れがよかったのか、よほど古いものらしいのに、まるで今作ったように傷んでいない。

見返しは文綸子《りんず》。料紙は陸奥紙《みちのくがみ》だろうか。白紙に、金、銀、群青、緑青《ろくしょう》などで、鳥、蝶、花、草、枝などの文様が描きこまれ、その上に、流れるような筆跡で、唐墨《からすみ》が、匂いたつばかりである。

行成《こうぜい》流のふっくらした上品な文字は、女手だろうか。

か。

「ぬばたま記」

と記した文字だけが、別の手らしく、墨の色もちがってみえるのは気のせいだろう

いとせめて恋しきときはぬばたまの
　夜のころもをかへしてぞぬる
小野《おの》の小町《こまち》の歌が、ふと、その文字から浮んでくるのだが、そんな恋物語でも書か
れているというのだろうか。
「ひかるのきみのたぐひなきおんものがたり、ものしたまへるかたにはおよびもかな
はねど、かげろふのはかなきものおもひかきつづりたるかたには心のえにしむすばれ
る身になん思ひはべれば老いの身のぬばたまの闇夜をてらす月かげをたよりに、つれ
づれなる筆のすさび、をだまきの昔くりかへしいたづらにうつりにけり花の色のあと
たずねんとおもひたちしは、いかばかりいみじくもあやしきこころのまよひにやあり
けん」
ようやく読みとれる文字のあとを追うにつれ、私は不思議な目まいに誘いこまれる
のを覚えてきた。
その第一頁は、薄卵色ともみえる白地に、銀泥で、秋草が一面に描かれていたが、

文字を読みすすむにつれ、その秋草がいっせいに、風にゆれ動き波立つように見えてきたのである。

私は、膝の上に、その古風な本を押えたまま、あわてて目をあげてみた。

目の前には、ひさ女が、さっきと同じ姿勢で、ひっそりと坐っていたが、その白い顔は、私の視線をうけ、みるみる能面のように艶《あで》やかに固まり、瞳は泥眼《でいがん》さながらに一文字にきれこみ、すっと私から遠のくように身をひいていく。

夢をみているのかともう一度膝の上の美しい文字を追いはじめた私の耳を、雨の音を裂く鹿《しし》おどしの音が、かんと、打ち、夢ではない証《あか》しをみせるかのようであった。

「持って帰られて、よう読んであげておくれやす」

というひさ女のことばに甘え、私はその夜、五帖の和とじの本を持ちかえった。

ひさ女がしきりに連発した、祟りとか、因縁とかいうことばが、私の耳にある種の不気味さでこびりついているものの、一度読みはじめてみると、まるできれめというもののないような、昔の文章のなだらかさと、その文字に誘いこまれて、私は夜の更《ふ》けるのも明けるのもしらず、一晩中読みふけっていた。

光源氏の物語を書いた紫式部の才能には及びもつかないけれど、蜻蛉《かげろう》日記の作者の心にはつながるものを感じるという自覚を見ても、自分の老いの境涯をぬばたまの闇と観《かん》じるところをみても、作者が幸福なかがやかしい生涯に恵まれた女ではないように思えるのである。

五帖のうち、どこにも日付らしいものは見当らないので、いつ書かれたものやらわからないが、読みすすむにつれ、それがある院に取材した宮廷の日記だということがわかってきた。開巻まもなく、

「その年のふみづき（七月）にや女御の宣旨《せんじ》かうむり承香殿《しようきやうでん》を曹司《ざうし》として賜はる」

とあるのを見ると、承香殿の女御と呼ばれた人の記録であるらしい。

承香殿の女御として歴史に残っている女はひとりではなく村上《むらかみ》天皇の後宮に侍した徽子女王、一条天皇の後宮元子、後三条《ごさんじよう》天皇の後宮昭子、白河天皇の後宮道子《みちこ》等が挙げられるが、院に仕えたというところから、白河院の時の承香殿の女御藤原道子を作者と考えていいのではないだろうか。

王朝の女流日記は、もうすでにほとんど発見研究しつくされていて、今更、こんな日記が新しくあらわれるということは考えられない。とはいっても、やはり、写本から写本へという方法で伝えられたこの時代の日記や物語りが、どこかの家の蔵の長持ちの中に奥深くかくされ、千年の夢をむさぼりつづけているかもしれないという場合も、全くないとは断定出来ないのである。

それとも、後世の好事家《こうずか》が、このような筆のすさびをひそかに愉《たの》しんで、自分を慰めていたものが、何世紀もたった今、ふとした偶然から発見され、ゆかりのある女御塚にこっそり供養のつもりでささげられたとでもいうのだろうか。

何はともあれ、これが夢なら、今時、優雅な夢を見るものと、私はこの手記の中に溺れこみ、王朝の末路に生きたひとりの女の生涯の哀歓に、身をゆだねることにしたのであった。

たまたま、心惹かれ、その栄華の生涯のかげの女の真実の生をたどってみようと思っていた祇園女御が、この手記の中では、かりそめでないかたちで、作者の生涯にまつわりついているのも、私にとっては思いがけない賜物を受けたような気持ちになるのであった。

以下、「ぬばたま日記」をたどりながら、詠調《えいちょう》に流れがちな一人称書きを三人称の客観描写に写しかえることを私の仕事として、この物語を綴ってゆく。

黒　髪

その年、延久元年《えんきゅう》（一〇六九）は花の季節から天候が定まらず、五月雨の頃には、来る日も来る日もたえまもない雨に明け暮れて、人々は、冴えた瑠璃《るり》色の空の色や、朝夕に染まるあかね色の雲の気配など、もう思い出すことも出来ないような気持ちになっていた。

姉小路《あねこうじ》にある東宮大夫《とうぐうだいぶ》藤原能長《よしなが》の邸でも、連日の雨に、池の水が、今にもあふれそうになり、濁りきった池水に、紫の簾《すだれ》のように下っている藤波の影も、どんよりと霞《かす》んで見えた。

昼日中も、うす暗く、まるで永遠に黄昏がつづくような感じに、人々の心もしめりきっている。

糊《のり》が萎《な》えてしまって、袿《うちぎ》がしどけなく肩をすべるのを嘆きながら、女房たちは、頭痛や歯痛に悩まされると、顔を見合せるとぐちの投げあいであった。

陰気なことの嫌いなこの家の主人の能長は、昼日中でも、燭台に火をともさせ、あかあかと灯をたやさないように命じてあった。

都の中でも最高の名邸といわれる堀川院を小規模にして写したこの邸は三条院と呼ばれ、庭のたたずまいから、樹や石の配置まで、どこかものものしく、いわくありげに見える。

この年の四月、貞仁《さだひと》親王が東宮《とうぐう》に立たれ、能長が、東宮大夫に任じられて以来、能長は、目にみえて笑い声が高くなっている。

もともと能長は、これまで養父の能信《よしのぶ》の大きな器量の影にかくされ、とりたてて人目も惹かない、地味な存在だった。

実父は堀河殿と呼ばれた藤原頼宗《よりむね》で、能長は、生れるとすぐ、叔父の能信の許に養子としてひきとられている。実父も養父も同腹で、道長《みちなが》の側室明子《あきこ》を母にして生れている。

したがって能長は藤原氏の栄華のもとを築いた御堂関白道長のれっきとした、孫に当る。それにしては凡庸だという世間の評判を、小耳にはさみ、それと気づかぬふりをしてきただけに、能長の今年の春にかける夢は、人知れず気負いたっていた。

父の能信は豪気な気性で、後三条天皇が東宮に立たれる時の、強硬な押しの強さは、今に語り草になっていた。

後朱雀《ごすざく》帝の御病気が篤《あつ》くなり、いよいよ位を第一親王に譲られ、後冷泉《ごれいぜい》天皇が立たれた時、まだ東宮は決めようとされなかったのを、能信が進言して、二の宮でいられた後三条天皇を東宮に押した。

「東宮のことはまあ、せかずにゆっくり決めよう」

と、新天皇がおっしゃるのに、能信はおっかぶせて、

「とんでもありません。こういうことは、今、只今、決めてしまわなければ、法に適っていません、ごたごたのおこるもとです」

と、頑としてゆずらなかった。その勢いに押されて、その日のうちに二の宮が東宮に立たれることになったのである。

そういう能信が東宮大夫として後三条天皇の信任を得たのは当然であり、能信の養女の茂子は、後三条天皇の東宮時代に早くも女御として上り、貞仁《さだひと》親王（後の白河天皇）をはじめ、四人の内親王を生んでいた。

あれほど期待していた後三条天皇の即位を、能信も、茂子女御もまたずに世を去っ

た。

能信は臨終のせまった時、能長を枕元近くよびよせて人払いをさせた。

「あこは」

能信の最初のことばだった。能信は孫娘の道子を異常なほど愛していて、吾子《あこ》と呼び通している。もうすでに二十を四つも越えている道子を、まるで、懐に抱いていた時のような呼び方しかしなかった。

「昨夜眠らず、御看護申しあげておりましたので、さきほど、無理にひきさがらせ、休ませております」

「ふむ」

能信の蠟《ろう》色になり、すでに死相のしのびよった頰に、ほのかな灯のさすようななごんだ表情があらわれた。

「やさしい女だ。情の深い、またとはない瑞々《みずみず》しい心の乙女だ」

能信の道子びいきは、もう病いに近いと思っているので、能長はただかしこまって聞き流している。このいまわの際《きわ》に、もっと大切な遺言がある筈なのだ。

「心ばえだけでない、姿もみめも、当代にあこにまさる女がまたといようか。そちは堀河殿の伯母御をなつかしいであろう」

「は？」

能長は即答が出来なかった。堀河殿というのは実父頼宗のことだし、堀河殿の伯母御と、この家で呼んでいるのは、能長の実母のことなのだ。生れてすぐ、叔父の能信に養子にされた能長にとっては、なつかしいも何も、伯母としての感情しか抱くことはなかった。

「美しいお方だった」

病父のことばは、もう能長にむかっているとも思えない恍惚《こうこつ》とした響きの懐古調になっている。

「そちも噂には聞いているだろう。故一条帝の后《きさき》として、歴史にもまたとはないほどの君寵《くんちょう》を得た御方のことを」

「はい、皇后定子《ていし》のことでございましょう」

「ふむ、われらが姉の彰子《しょうし》が、後に中宮として上って、さまざまな悲しい運命におあわせ申しあげ、お気の毒な生涯を送ってしまわれた。一時は髪もおきりになったのを、帝が、どうしてもお許しにならず、短い髪のまま宮中に召されるなどという異例のことまでなさったほど、こよない愛をおうけになった方だ」

「その話も承っております」

「あんな美しい方は、わしの長い生涯にも、またとめぐりあったことはない。父（道長）が、権勢と知謀と財力の限りをかたむけて、彰子を中宮として輝かせて、帝の御心をひきよせようとしたものの、帝の御心は、最後まで、皇后の方に捕えられていたのも無理はなかった」

能信の頰には、いつのまにか血の色がさし、落ち窪んだ眼蓋の下から、壮健な時のように光りにみちた輝きの瞳があらわれてきていた。

「今なら、いってもよかろう。あの類いまれな美しいいとこが、わしの初恋人であった。誰にも知られなかった秘めつづけた片恋《かたこい》だ」

能長は愕《おどろ》きのあまり、声も出ない。思わず伏せていた目をあげ、ま近に病人の顔をのぞきこんだ。死霊にのりうつられ、もう病人の魂は錯乱しはじめているのだろうか。

「恋が永遠に適わぬものとなった時、出家したいと思ったものだ。それも凡夫の浅ましさから、思いきりもならず、月日をいたずらにすごしてしまった。出家して、この世の煩悩《ぼんのう》を断ち切る自信がなかったのだ。出家や死で思いきれる恋とも思えなかった。生霊《いきりよう》や悪鬼《あつき》になって、あの御方にのりうつるのも自分が恐しく、死も出家も選びとることは出来なかった。そのうち、わしらには同じいとこに当る后の兄君の伊周《これちか》のあの御方の俤《おもかげ》をしのぶようになったのだ。藤壺の姪の紫の上に、藤壺を偲《しの》び、このことかと思ったものよ。ところが、恋にはよくよく悲運な男に生れついているのか、兄の頼宗が、いち早く大姫をめとってしまった」

能長は、病人の述懐が、うわごとでも、狂気のせいでもないのをようやくさとった。

病人の話には筋道が通っているし、いわれてみれば、すべてうなずけることばかりであった。

能信は、漢詩も和歌もよくし、音楽にもくわしく、優雅な趣味人として聞えていたにもかかわらず、その生涯に、およそ、なまめいた噂は聞かれなかった。

北の方との間も一通りで、むしろ冷く、子供の産れないにもかかわらず、外で女に需《もと》めることもない。

能長や茂子を養子として育てただけで、ついに生涯、自分の子は持たなかったのだ。そんな能信の心の底に、二度の失恋の傷手が秘められていたとは、誰しらぬのも当然だった。

「ここまで話せばそちを、むつきの上から貰いうけたわしの心が察しられもしよう」

能長は、ただ、口の中ではっと答えただけで、頭を下げていた。

「そちの産んでくれた道子に、わしはあの御方の美しさと、心やさしさを与え給えと、神仏にどれほど祈ったことか」

道子に対する能信の盲愛ぶりが、はじめてうなずけてくる気がして、能長は、何とはなしに背筋が寒くなってきた。

これまで、どんな公達《きんだち》から、道子に縁談をもちこまれても、頑として能信が拒み通したのは、こんな夢がさせていたことだったのか。

「あこは、宮中にあげる姫だ。そのつもりであらゆる教養をつけてある」

能信は口癖にいって、道子の教育には、人まかせにせず、自分から、師を厳選するし、和歌や琵琶など、自分の得意とするものは、自ら手をとって教えてきた。

道子の成長につれ、監視のきびしさはこの上もなく、みだりがましい噂の少しでもたった女房は、即刻閑《ひま》を出されてしまう。

深窓の姫たちに男が通じる道は、姫のまわりの女房の手びきしかないことを能信はよく心得ていた。

「よいか、これが遺言だ」

能信は、急に、枯木のような上体をむっくりと起き上らせかけた。

あわてて能長が、その背を抱きとめた。

「あこは、必ず、宮中に」

能長は、病父の口調の激しさに吊《つ》りこまれ、思わず訊《き》いてしまった。

「いずれに」

「一の宮の外にいずれがある。次の東宮、やがては天子……」

はっと、能長が病父の最後のことばを胸に抱きとめた時、急に腕の中が重くなった。

権大納言藤原能信は七十一歳の生涯を、この時終えていた。

あれから既に四年もの歳月が流れている。

能長は、父が息をひきとった西の対《たい》への渡殿《わたどの》にさしかかり、四年前の亡父の最後の日を思いだしていた。

あの日は、三日三晩降りつづいた雪に、この庭も池も、一面雪におおわれていたものだった。

――姫はいくつになったのだろうか――

雪にかわる雨脚のしげさに目をとめながら、能長は心の中で指を折っていた。

能信の妄執《もうしゅう》に近い執着から、ひたすら、宮中にあげることだけを念じて、深窓にとじこめるようにして守りつづけてきたものの、道子は、数えてみれば今年二十八の春を迎えたわけになる。

東宮は……能長は、さっきまで親しく話しあってきた東宮貞仁親王の若々しい表情や身のこなしを思い浮べる。

東宮は十七歳、道子より十一歳の年少であられた。

いくら何でも年齢の差がひどすぎる。

能長は、そのことから、いつも想いをそらせるように自分にしむけてきている。

東宮は、陽気で、気さくな方で、能信を人物だったと、かく別心にとめていられるし、能長の実直さをも、認めてくれていて、何でも気易くうちあけてくれる。

東宮にたたれた夜の添ぶしには、それ相当の女をたてるのがならわしだったが、その女がそのまま、東宮妃に上ることもあれば、全くの添伏しの役目だけのこともある。

道子を東宮妃にということは、かねがね能信がそれとなくお願いしてあったことだったので、添伏しの女をきめる時も、東宮は、能長に、冗談めかして、

「なくなった爺《じ》いに、怨《うら》まれぬような女がいいのではないか」

と笑っておっしゃったものだ。

まだ十七歳の御年若なのにと、能長は、年よりませて見える心づかいを何かにつけ

てあらわされる東宮の顔をつくづく見上げたものだった。

「大夫の新枕の手ほどきは誰にされた」

「おからかいを」

「いいではないか。どうせ、北の方ではなかったのだろう」

東宮は色が白く、目もとが爽《さわ》やかで、笑うと目尻に男でも気になるようななまめいた色気がこぼれる。顎《あご》が張って、唇が厚く大きいのが、男性的だった。身長も十三、四歳から急にのびて、今ではどちらかというと小男の能長をとうに追いこしていた。

後三条帝は、聡明さが、額や目許にあふれていて、向いあうと、相手の心の中を透視するような鋭さが、眼の奥から光りになって射るようにさしてくる。

好き嫌いの感情がきわめてはっきりしていて、自分の気持ちをかくしたりごまかしたりすることが出来ない。

何に対しても黒白をはっきりつけたがり、中途半端なことをお許しにならない。

藤原氏の勢力の許に、皇室が実力を失っている現状に早くから不満を持っていられて、事あるごとに、藤原氏の勢力を押えようというお気持が性急に露骨にあらわれるのだった。

全身が神経質に固り、張りきった弓のように感じられる帝にくらべ、東宮は、まだお若いせいもあるのか、おだやかで、相手にまず、心をゆるめさすような、なごやかな雰囲気を持っていられる。

もっと御幼少の頃は、並より知恵の発育もおそいようで、父君に似ないお方ではないかと、側近たちは内々《うちうち》の噂を申しあげていたりしたものだが、故能信だけは、早くから、

「あれこそ帝王の器というものだ。帝王の大器というものは凡人の窺《うかが》いしれるような鋭さは生れながらに撓《たわ》めていられるものだ」

と、いっていた。

あれほど帝位におつけすることを夢みていた後三条帝よりも、晩年は、孫に当る貞仁親王の方に能信の期待はすっかりよせられていたのだ。

能長には、まだ亡父の能信ほど、東宮のすべてがのみこめない。日によれば、まだいかにも稚《おさ》なじみて、頼りないほど無邪気な御方かと思われると、突然人の心の奥の奥まで射ぬくような鋭い老成した観察をちらっと洩らしたりすることもある。

根が単純で、実直一方の能長などは、からかわれているのか、本気で扱われているのかわからないような想いにうろうろさせられることが何度もあった。

道子のことも、いつまでたっても、東宮からはいいだされることがないので、能長

は内心気をもんでいた。

　今年四月の七日に、後三条帝が能長の妹、といっても、やはり、子のない能信が養女にしていた昭子を召されて女御となさった事があったが、その時、東宮は、

「新女御と、爺《じ》いの秘仏とはいくつちがいか」

と、突然訊かれたことがあった。

道子のことを能信の秘仏というような表現をするほど、故人の夢を知りつくしての質問なのである。

　昭子が宮中に上って二十日ばかり後に、東宮にたたれたので、その質問は、その二十日ほどの間にされたことだった。東宮になる日はもう、吉日が占われ、定められていた時であり、当然、東宮妃のことを誰もが思いはかっている時であった。

「ははっ」

　能長は、とっさの返事が出来ず、額に脂汗《あぶらあせ》を滲《にじ》ませてしまった。

　女御昭子は、能長の実父の頼宗の娘なので、血縁的にも、能長にとっては異腹の妹ということになる。けれども、非常に年齢の差のある妹で、娘の道子よりは三つばかり若い筈であった。

　そのことを正直に答えるのは、いかにも年をとりすぎた道子が惨めに感じられて、

正直な能長は答えにつまってしまったのだ。

東宮はその時も、白いというより、ほのかに桜色に匂うような若々しい頰に、ゆるやかな微笑の影を浮べていて、目はけだるそうに半眼にし、能長を見下していられた。

「昨日、帝の御座所近くに伺った時、あわてて、奥へお入りになった女御の髪の裾が、御簾《みす》の金具にひっかかって、立往生されたのだ。その時、帝が、手をかされて、簾をゆすっておあげになったので、はからずも女御の御顔をちらりと見てしまった。あんな美しい若々しいひとのことをどうして今まで話してくれなかったのかと、恨めしく思ったのだよ」

能長はいっそう全身に冷汗がわくような気がしてきた。

昭子は人形のように美しいが、可憐というだけで、道子の美しさの比にはならない。

けれども、能長自身にしても、素直で、いじらしい、娘ほど年のちがうこの妹の方が、実の娘の道子の、どこか取りつき難い愛嬌のない感じよりはなじみやすく、可愛いかったのを否めない。

若い東宮にしてみれば、父帝の女御より年のたけた姫を、はじめての妃にするのは愉しかろう筈はない。

東宮はその時も、強いて、しつこくは訊きたださず、さりげなく話題を更《か》えてくれて、能長の苦衷《くちゆう》をそれ以上追いつめるようなことはなさらなかった。

それだけに、能長は、道子を東宮妃にとは、自分からはきりだし難く、半ばあきらめてもいたのだった。

四月二十八日に、予定通り、貞仁親王が東宮にたたれ、東宮傅《ふ》だった能長が、東宮大夫になって後も、道子を東宮妃にという話は、一向に出ないままに、日がすぎていた。

新東宮の添伏しの女は、何がしの典侍がつとめて、その後も東宮はその典侍を寵愛されているらしい。

ただし、身分の低いその典侍が東宮妃になることは出来ないので、やはり、東宮妃の問題だけは持ち越しのまま、早くも三月ばかりがすぎていたのだった。

そうして今日、思いがけなく、帝の御命令の形で、道子を一日も早く東宮妃にという御内意が洩らされたのである。帝は能長を身近く召されてそれをつげられた。

「昨夜、久しぶりで、故大夫（能信）の夢を見た。水に濡れたように大夫が全身真蒼になって震えていて、お願いしたことが実現しないので、魂魄《こんぱく》が宙に浮いていて苦しいと訴えるのだ。目がさめたら、こちらもびっしり寝汗に濡れていた。早速、東宮妃のことを故人との約束通りに取りきめよう。東宮には、もうさきほど、話してある。そちらの支度を急ぐように」

帝の御前から、能長は飛ぶような勢いで東宮のところへ駈けつけた。

東宮は碁の強い命婦《みょうぶ》を相手に、碁盤を囲んでいられたが、盤から目を離さず、能長の方に、

「帝からのお話なら伺っている。早く帰って姫に伝えておやり」

とおっしゃる。つづいて冴えた石の音をたてておいて、やはり能長の顔は見ないまま、

「参る日も、そちたちの都合ではかればよい。どうせ、これまでののびのびになってきたものだから、一日を争うこともないだろう」

と、ひとりごとのようにおっしゃるのだった。聞き様によっては、ずいぶん冷淡な投げやりな言葉だととれないこともなかったが、喜びのあまり、気も上ずっている能長は、ひたすら感激するばかりで、その足でまた、わが家へと走り帰ったところなのである。

能長は娘の部屋へ近づくと、わざと足音を高くした。

廊下をわたりきると、もうたきこめた香の匂いが、雨に重くしめった空気を縫ってまつわりついてくる。

軽い咳払いで、訪れたことをしらせると、急に簾の中で、

「まあ、大殿でしょうか」

とか、

「あら、大変だわ、どういう御用なのかしら」

などと囁《ささや》きあう侍女たちの声と、あわただしい衣ずれの音がする。

その度、匂いの濃い空気がゆれて、香の匂いばかりと思っていた中に脂粉《しふん》の香や、重くるしい女の体臭までいりまじってくる。

長雨つづきで、女の肌までむれているのかもしれなかった。

気のきく乳母の娘が、いち早く廊下へ出迎えた。

「姫は」

「はい、御本を読んでいらっしゃいます」

その間に、几帳を動かしたり、敷物の位置を変えたりする気配がおさまり、内側から簾がさっぱりとまきあげられた。

明るい山吹《やまぶき》色の小袿を着た道子が、あわててとりかたづけたらしい物語の本をいれ

た金蒔絵《きんまきえ》の手箱の朱の紐を結びながら、能長に軽く頭をさげていた。

「よく降るなあ」

能長は侍女の置いた敷物の上にどっかと腰をおろすと、娘の顔を素通りさせ、視線を庭の方へはしらせる。

つい今まで、きおいたってきた心の高ぶりを、すっと一挙にさますような冷さがこの部屋には漂っている。

いったい、いつからこの娘に逢っていなかったのかと、能長はふとふりかえってみる。

物静かで、字を書くことと、本を読むことが何より好きな道子は、終日、この対の部屋にこもりきりで、笑い声を聞いたこともないのだった。

亡父のような野心はないにしても、性来の実直さから、勤めに熱心で勤勉一途《いちず》の能長は、三年前道子の母の北の方に先だたれて以来、家にいるより東宮につめている方が心安らぐのだった。

「今日はいよいよ待ちかねていた御沙汰をいただいてきた」

能長は一気にそれをいって、はじめて道子の顔にまともに目をあてた。

道子はさっきから、父の表情をみつめていたらしい目をそらせもせず、かすかに頰を赫《あか》らめた。

たとえ、親子とはいっても、こんなに男の顔を臆する気配もみせず、まじまじ見るのはみやびやかではないと、能長は内心困ったことだと思う。

道子は、何もいわず、父の次のことばを待っている。

「帝が、突然私をお召しになって、そなたを東宮にさしあげるようにとのことであった」

さすがに道子は目を伏せて、小袿の片袖で顔をかくそうとする。

伏目になったまつ毛が、白い陶器のような頬に翳《かげ》をおとすほど長く、内心の愕きと興奮をかくそうとしてかくしきれない震えが、額ぎわにちりかかった髪の筋までそよがせている。

「父御《ててご》が生きていらっしゃったら、どんなに今日のことをお喜びになったであろう。またそなたの母も内心今日の日をどんなに待ちかねて、それも果さず唯一の心のこりにして逝《い》ったことを思えばいとしくて」

能長は、いいはじめると、自分のことばに、自分で感傷的になってきて、涙がつきあげてきた。

すると、さっきから、まるで人形のようなもとの表情にもどり、ただひっそりと、見えるか見えない程度に震えている道子の反応のしかたが物たりなく思われてきた。

「これまで、どうするてだても、策もなく、ただ、帝の今日の御言葉だけを手をこまぬいて待っているだけだった私を、そなたはさぞ不甲斐ない父親だと思っていただろう。しかし、帝も、亡き父御との御約束は忘れてはいらっしゃらなかったのだ。東宮にまいる支度はもう……」

といいかけて、能長は、はっとことばをつまらせた。

もう何年も前から、万事の支度は調《ととの》っているといいたかったのだが、それをいえば、この娘に耐えさせた年月の長さが浮ぶのでさしひかえた。

「何かと、まだ必要なものはそれぞれ調達しておくから、安心しているがよい」

それから能長は、東宮が、立儲《りっちょ》されて以来、目に見えて大人びて来られたことなど、話してから、立ち上った。

「少し、香の匂いが重々しく陰気すぎるのではないか。若い娘の部屋の香は、もっとほのかな、はなやいだ方が床しいものだよ」

立ち去りぎわにそういった時、

「はい、ではそのように」

と、道子が低い声で答えたのを聞き、能長は、ほっとした。

さっき、自分がこの対に入って来てから今まで、喋《しゃべ》っていたのは自分ひとりで、聞いている道子は、今の一言を口にするまで、何ひとつことばも出さなかったことに、今更のように気づいたのだった。

父が立ち去っていった後で、道子はすぐ侍女たちに命じて簾をおろさせ、几帳をひきまわし、ひとりその中に籠った。

襖の向うでは、

「こう長雨がつづくと、着物が汗じみて、乾くひまもないわ、つくづくいやになってしまう」

蓮っぱなはなやかな声で、侍女のひとりがこぼしている。急にまた、香の匂いのこもった空気がゆらぐのは、薫炉《くんろ》に着物をかけ薫物《たきもの》をたきこめているのだろう。

道子は薄暗い部屋の中に、鏡台を持ちだして来て、几帳のかげに据えた。

磨きぬいた鏡面は、うす青い魚の背のような色に光っている。池の波に、ゆらぎ映し出されるように、その中にひとりの女の白い俤が写ってくる。

ほっそりとした小さな顔に、切れ長な瞳が冴え冴えと澄んでいる。幼い時から乳母にたしなめられて、道子はこの瞳を人前では思いきって見開こうとはしない。

「女は、すべて内気で上品で、そよ風のようにやわらかなのがしあわせのもとでございますよ。瞳の中の表情は、殿ごにはつとめてのぞかせてはなりません。霞《かすみ》の中の桜のような、霧の中の白蓮のような、すべて、おぼろにゆかしいのが、女の魅力とされております。お姫《ひい》さまの瞳は生れついての御聡明さが輝いていて、その切れ長なすがしい目で、はっきり見つめられますと、気の弱い殿ごは御心の中まで見抜かれたような気がしてたじたじとなっておしまいになります。ですから、いつでも伏目に、その濃い長いまつ毛で、お瞳のかがやきをかくしておおきなさいまし」

乳母はまた、こうもいった。

「お姫《ひい》さまの人並すぐれていらっしゃるところは、お肌の色艶といい、そのやわらかさ、なめらかさといい、おみ足の、貝細工のようなろうたけた可憐さといい、数えあげたら、きりもございません。ですけれど、そういうすぐれて美しいものはすべて御召物の中にかくしこめられ、この乳母ひとりしか存じあげておりません。容易に人の目につき、見わけられるお美しさは、まずはたぐいまれなそのお髪《ぐ》しでございましょう。女の心は、女の髪がもっともあらわすと昔からいいつたえられております。赤毛の女は軽薄で、誘惑にもろいとされ、ちぢれっ毛の女は気性も、ねじまがっているといわれます。あんまり剛《つよ》い毛筋の女は、強情で我執《がしゅう》が強いと申します。そうかといって、あまりに細くなよなよと櫛《くし》の目も通りにくいようなのは、自分を守る力もなく、不用意で思わぬ不運をまねく相だとも申します。理想的な女の髪というのは、ちょうど、お姫さまのお髪しのようにお瞳の色と同じ漆黒の艶に輝きながら、太すぎも細すぎもせず、一筋とれば、檀紙に墨を流したようにすきまもなく埋めてしまう長さをもたれながら、しっとりした冷たさと、しなやぎを伝え、指にまきつければ刃物のように薄い切り傷をつくるほどの強さも秘めている……そのようなのが最上なのでございます。そんなお髪しは、生れつきの素質の上に、夜昼ない丹精をこめてこそ育つものでございます」

そんな黒髪を持った女に、心も軀も巻き縛られたいと願わない男があろうか。

それが乳母の持論だった。道子の黒髪は、盛装の時、裳《も》をひいても、その裳より長く裾広がりに床に散った。

乳母が道子の赤子の時から丹精こめた甲斐《かい》の見えた結果である。

女の髪ののびるのは、十四、五から二十すぎまでが最もめざましい。

椿《つばき》の油や、びなんかずらの油を頭の地肌や髪の末にまですりこみ、つげの櫛で気長に梳《す》き流す。切ればのびが早いというので、月に二度は、裾を揃えるために鋏《はさみ》もいれる。

乳母はそれも決して人まかせにはしなかった。

湯殿で洗う時は、もっとも大変だった。さすがにそれは乳母ひとりの手におえることではないので、乳母のお気にいりの腹心の侍女ふたりに手伝わせる。蒸《む》して湯気のこもる湯殿の中で、道子の全身の細胞がほとび、ふくらみ、髪の根までむず痒《がゆ》くなってきたところを、三人がかりで洗うのであった。

洗ったあとは、濡れた髪の重さに引っぱられ、とても立っていることは出来ない。月々の女の障りの日のように、まるで病人のようなかたちで、横になっているしかない。濡れた髪は座敷いっぱいにのべひろげられ、末は、縁側の勾欄《こうらん》にまでかけられている。

風になぶられてはいけないと、そのところどころを、絹紐で結び束ねてあるのだった。

それほど、道子の髪を丹精し、道子の女としての美しさを執念こめて磨きこめてくれた乳母も昨年の暮、息をひきとってしまった。

乳母は、赤裳瘡《もがさ》にかかってやせ衰えた姿のまま、いまわの際に、

「お姫さまの東宮妃となられる御盛儀をこの目で見ないで、どうして死にきれましょう」

といって、さめざめと泣いた。

「おいたましくて……あまりにおいたましくて……」

　そうも乳母はいった。

「もう、何もいわないで……お前の識っている私の心の秘密のすべて……お前の胸に包みこんで、極楽とやらへ運んでおくれ。それが私のせめてもの願いだから」

　道子も乳母の手をとって、瑠璃《るり》玉のような涙をふりこぼした。

　まわりには誰ひとりいなかった。

　いなかったから出た涙だろうか。乳母の頬に流れ落ちた道子の涙をうけて、乳母はいまわの際にも明らかな愕きの表情をみせた。

「お姫さま……お姫さまが涙をお流しになる……」

「死なないでおくれ、私は心細い」

　道子の涙にしとどに濡れながら、乳母はもうすでに息をひきとっていた。

　乳母に道子の涙を見せたのはもう十年も前のことで、それを最後に、乳母にも誰にも彫った面のような堅い表情しか見せたことはなかったのを、その時道子は思い出したのだった。

藤波

もう、とうの昔に、東宮妃になるためのすべての支度は調っているとはいうものの、さて、今にも入内《じゅだい》の日がさしせまってくると、あれもこれも、つくり直さなければならぬものも出てくるし、手入れの必要なものもあらわれてくる。

何分にも、それらの用意は、十年以上の長い歳月をかけて用意されたものだから、つくった当時は、いかにも斬新で、思いきった図柄だったりしたものも、何やら、時代めいて古めかしく、今、輿入れの支度とするには気のひけるものもあらわれるのだった。

摂関家の姫たちの華々しい入内の支度は、道長の頃から、年毎に競争がはげしくなり、とめどもなく派手に、華美を極めていった。

能長は、亡父の志を受けついで、道子の入内の支度は摂関家の姫たちにも負けまいという意気ごみだった。

祖父の道長が娘の彰子を入内させた時は、調度類にも当代の名人たちの手になったものや、唐渡りの珍しい品を取りそろえたという語り草も伝わっている。そうまでは出来なくても、若い東宮の御心を、道子の上にひきつけるためには、道子という人格の魅力の外に、道子をとりまく雰囲気に、魅力を持たせなければならないのだった。

能長は、必死になってそれらの支度に狂奔しているのに、当の道子は、相変らず、ひっそりと自分の部屋にひきこもり、まるで他人事《ひとごと》のように、支度のざわめきに無関心でいるようなのが、能長は心外でならない。

乳母の娘の、はきはきと気の廻る皐月《さつき》に、それとなく訊いてみると、

「お姫《ひい》さまは、内気な方でいらっしゃいますから、お側に近くお仕えしておりましても、御心の内は何を考えていらっしゃるのか、わたくしどもにははかりしれないところがございます。でも、物語があの様にお好きでいらっしゃいますのですから、男女の間の情愛については、全くの無智なお方とも思われません。何といっても東宮があまりにお若いので、気恥しくおぼしめしていらっしゃるのはたしかですけれど、この御縁は、もう前世からの約束みたいなものでございますから、今更、気が進まないと

か、嫌がっていらっしゃるというわけでもないのでございましょう。わたくしどもが、新しい調度のお話や、染め上ってくる袿の色や模様のことを申しあげると、やはり、興味深そうにお耳をかして下さいますよ。それにしても、東宮から、お文でも下されば、また、御気持がもっとうるおうのではないでしょうか」

皐月は、すでに蔵人《くろうど》どころの若者を情人にしていて、その外にも、文のやりとりや、近づけている男たちも少なくないと噂されているだけに、恋の道にかけては、さも自信あり気な断定的な口をついすべらせるのがおかしかった。

しかし能長は、皐月のことばから、なるほどそういうものかと、早速、東宮にそのことをお願いしてみる気になった。

東宮の前に人のいない時をみはからって、能長は、道子に御文をいただきたいということをほのめかした。

「内気な性質《たち》でして、親の私にも心の中をのぞかせるようなところがちらともありません。そうはいっても、やはり、肉親のことですから、顔色やそぶりで、機嫌のよしあしくらいは判断出来るものでございます。娘がこの頃たいそうめいっておりますのを、心にかびの生えそうな長雨のせいかと思っておりましたが、娘に夜昼となくつき従っております女の、もらしたところによりますと、娘は東宮が、この度のことにあまり御心がすすんでいらっしゃらないのではないかと、気をもんでいるようでして」

いい難そうにいいながら、能長は額の汗をおし拭《ぬぐ》った。

東宮は、女にほしいような豊かな頬をゆるめ、目を細めて、そんな能長を面白そうにながめている。

「何分にも……娘は年もとっておりますし、東宮のお若さの前に気おくれもいたしております」

「姫は、私のことを嫌っているのか」

「と、とんでもございません」

「いや、大夫のいうことを聞いていると、口では、きれいなことをいっているが、姫は、私のような青くさい未熟者を頼りがいのないものだと思って、心の中では嫌っているように聞える」

「とんでもございません」

能長はあわてふためいてしまって、後のことばもとっさには浮んで来ない。

東宮のだるそうにおろされた瞼《まぶた》のかげの、さも面白そうないたずらっぽい目の色など、読みとる余裕もない。

聡明な上、とりわけ人の心をみぬくことが速い東宮は、能長が、伺候して、気どった空咳をしておいてから、話をきりだした瞬間、もう能長のいいだしたいことを見抜いてしまっていた。

「私の方ではまた、姫はなくなった爺いの教育のおかげで、紫式部のように、歴史でも物語でも、詩でも、なまじっかな男など足もとにも及ばぬほど、勉強させられているると聞いていて、気おくれがしていたのだ。年の差というものは、女が、気にするよりも、私のような場合は、男の私の方が、もっと気おくれがする。考えてもごらん。自分の恋人や、妻が、自分よりはるかに物識りだというのは、気恥しいものではないか」

そんなふうにじらしておいて、東宮は、能長を後にしたまま、はじめての道子への文を書き流した。

「これで姫に私という人間の教養や人柄を見抜かれてしまい、愛想をつかされでもしたら、大夫のことを一生怨《うら》むよ」

冗談だと思っても、気持に綾の少ない能長は、そんなことばに他愛もなく嬉しがらされてしまうのであった。

東宮のお文は、その日のうちに能長の手から、皐月にわたり、皐月から道子の部屋に運ばれていった。

道子は、皐月が、まるで鬼の首でもとったような意気ごみで、文箱《ふばこ》をささげ持って来て、目の前に置いた時、ほのかに頬をあからめたが、すぐには文箱に手をふれようともしない。

「きっと、まだ東宮は初心《うぶ》でいらっしゃるから、素直で、情熱的なお文をお書きになるのではないでしょうか。私のところに集まるようなものは、物ほしらしさが見えすいているようなものばかりですから、東宮のような初々しい方のお文がどんなものか、ちらりと、その端でものぞかせていただきたいようですわ」

二人きりの時は、姉妹のように遠慮のない話をする間柄の皐月は、道子のためらいをそそのかすようにいって、早く文箱をあけさせようとする。

ことばの半分は本気で、中をみたい好奇心が強かった。道子より七、八つも年下のくせに、皐月は色好みだった父の血を受けているのか、身持ちのいい方ではない。開放的で、男にいいよるすきをたやすくあたえるし、男に、いいよってみて、断わられたところで、大して自尊心を傷つけられもしまいというような、心易さと、組し易さを感じさせる。

皐月からみれば、道子の美しさと、道子の才の高さがあれば、どんなに愉しい華やかな恋も招きよせることが出来るのにと、この美しい女主人の慎ましさが、じれったたくてならない。

「今は気分が悪いから、あとで拝見します」

道子は、東宮のはじめての文が届いたというのに、さほど、嬉しそうな表情もみせないでいう。

「そんなことおっしゃらずに、一刻も早く拝見して、お返事をおあげなさいまし。とかく、若い恋人というものは、せっかちで、情熱的なあまり、お文の返事がおくれたりすると、誠意がないとか、愛がうすいとか、早合点して悲観してしまうものでございます。さ、お墨をおすりいたしましょう」

皐月は、文机《ふづくえ》の上の硯箱《すずり》の蓋《ふた》に手をかけようとする。

「気分が悪いのだから、すこし、ひとりにしておいておくれ。雨のせいか、今朝から頭痛がひどいのですよ。顔色が悪いでしょうに」

道子の声のきびしさに、皐月はようやく浮き浮きしていた心を冷やし、不承不承、下っていった。

皐月がいなくなって、一時間もすぎてから、道子はようやく、文箱の紫の紐に指をかけた。

新緑のわか芽のようなうす緑の紙に、唐墨の香が匂いたっていた。

道子はまず、東宮の文字の、いきいきした、大らかさに目をみはった。こだわりのない雄渾《ゆうこん》な筆づかいや、自由な文字の配置には、さすがに生れながらの王者の風格がただよっていた。

「連日の雨で、心の中までかびが生えそうな毎日を、ただあなたの近づいてくる足音だけを愉しみに生きています。

こんな深い縁はこの世のかりそめのものとも思われません。私の生れない前からの約束ごとで、あなたは何と長い歳月を私を待っていてくれたかと思うと、なつかしさがこみあげてきます。

たらちねの母よりも、私にはあなたの方がえにしが濃いように思われる。もしかしたら逢えば、肉親以上の血の濃さを感じるのではないでしょうか。

この間、雨の晴れまに、西山の尊い僧をひそかにたずねた時、渓《たに》あいの向うの山のまぶしい新緑の中に、うす紫の藤波がまるで霞のようにたなびいて見え、その時なぜかまだ見ぬあなたの俤《おもかげ》をありありと見たように思いました。雨の晴れる頃には、あなたが身近く来て下さると、それのみ思い描き待ち暮しています」

道子は東宮のこまごまと情をつくされたお文の書き様にもおどろかされてしまった。

東宮は、御学問好きであるし、特に文学に興味の深い方だとは噂に聞いていたが、筆蹟や文章に接するのははじめてなのだから道子は内心の好奇心は押えられない。文字や文章から、少しでも、東宮という人間の片鱗でものぞき知ろうとする。

大らかな、そして闊達《かったつ》な御性格なのだろう。けれども、文学を愛好なさるくらいだから、神経はこまかで、見て見ぬふりに、人の心のくまぐまも、ちゃんと読み見ぬいてしまう方なのではないだろうか。

道子は、東宮のお文から、魅力を感じない方がもっと心が安らいだのではないかと心細くなってきた。

十一歳も年上で、もうやがて三十に手のとどこうとする女の自分が、どうしてこんな初々しい二十前の若々しい東宮によりそっていけるだろう。

道子の思わずもらしたため息が、いつのまにかあたりにたちこめてきた黄昏《たそがれ》のうす闇をゆるがした。

ゆらりとゆれた紫の闇の中から、一条の煙がたちのぼり、その中から、ゆらゆらとゆらめきながら、水の波紋の中に人の俤が映しだされるように、ひとりの女人の俤がたちあがってくる。

白い萎《な》えた小袖は、たった今、水からひきあげられたように女の肌にはりついている。

長い髪は額ぎわにちりかかり、青白い顔はなかば黒髪におおわれて、俤もはっきりはとらえられない。女はふかいため息をつき、薄い肩を、はらはらとふるわせてうなだれている。

道子にはそれが誰なのかわかっていた。

長雨の日のつれづれに、家中の祝いの支度のざわめきをよそに、ひとり、とじこもって読みふけっていた源氏物語の世界――

現《うつ》し身《み》の自分の今の境遇を忘れたく、逃避していた華やかな物語の中の世界――そこで切なく物狂しい、生き霊となって心の烈しさを示す美しい貴女の俤――

六条《ろくじょう》の御息所《みやすんどころ》――

道子は、源氏物語の中の女たちの中で、六条御息所に一番心惹かれていた。けれども、源氏物語を読んだはじめから、御息所に最も魅せられたかどうかはわからない。はじめはやはり、人並に、夕顔《ゆうがお》の可憐さや、紫《むらさき》の上《うえ》の円満さを美しいとも、羨《うらや》ましいとも感じたのではなかっただろうか。

幾度も幾度も、数えきれなくなるほど、読みかえす歳月の間に、道子の中で、道子自身のしらない道子が育ち、物に対する美的感覚や、嗜好《しこう》が変っていったのではなかっただろうか。

光源氏より八つ年上の美しく才高い御息所が、かつては東宮妃だったのに、寡婦として残され、光源氏との新しい恋にふみ迷ってしまう。

世間に恥しい浮名の流れることさえ、誇り高い御息所にとっては耐え難い屈辱だった筈なのに、それも若い恋人とのめくるめく恋の代償としてしのばねばならない。いわば御息所にとっては、誇りも世間体も、これまでの地位も投げうっての命がけの恋であった。

それでも尚、多情多感な源氏の浮気心を繋ぎとめることは出来ない。東宮妃だった高貴な身分の誇りも捨て、正妻葵《あおい》の上のいる源氏の愛人の地位に甘んじている御息所の心は、源氏の浮気心を知らされる度、怨念が内へ内へとこもっていく。

ついには自覚しないままに、嫉妬は生霊のかたちをとり、産褥《さんじょく》の葵の上にとりついて、呪い殺してしまう。

妻の死の床に、六条の御息所の生霊をまざまざと見た源氏は、年上の情人の執念の深さにおぞましさを感じ、いっそう御息所のもとへ通う足は遠のいていくのだった。

道子は、十七、八の頃は、六条の御息所の執念の強さや嫉妬が、おそろしく、同じ女の身であってみれば、そんな激しい煩悩《ぼんのう》が自分の心の底にもかくされているのかもしれないと思っただけで、鳥肌だつ寒気におそわれたものだった。

六条の御息所のような嫉妬は、今もって味わうことはないけれども、いつのまにか二十八歳の春を迎えている道子の心は、御息所の心に秘められた女のいのちの切なさだけは、次第に身に沁《し》みて理解されるような気がするのである。

どんな苦しい恋をしたところで、生霊にだけはなりたくない。それでも、生霊というものは、本人の自覚とは別に、心の底にかくしこめられている無明《むみょう》の闇の中からさまよい出るものであってみれば、どうしようもない。

十一歳も年少の東宮との間がこともなく運ばれるとは思えない。

その上、自分はもう人を想う苦しさもせつなさも、喜びも味わって知っている。

十七歳――

東宮の今の御年の頃、どんなに世の中が明るく、清らかに照り輝いていたことだったろうか。

祖父の能信に、あこは必ず宮中へ上る運命なのだから、固く身をつつしむようにと教えられていたものの、宮中へ上る女の運命の意味もよくのみこめない頃であった。

はじめて祖父から、宮中へ上る約束の身の上だと聞かされたのは、道子が十五歳の年で、その春、道子は初潮を見た。

乳母から、それと聞かされた祖父は、道子が女になった時に自覚させておこうと、自分の夢を聞かせたのかもしれない。

その頃、東宮はまだ四歳の可愛らしいいたずらざかりで、帝の可愛がっていられた白猫の夕月のひげをぬいて、まるい柔かな頬に猫の爪をたてられたとかで、大騒ぎした噂が、道子の所にまで聞えてくるほどの、おいたぶりだった。

まさか、そのわんぱくな幼い宮さまと縁組するとは、道子はもちろん、乳母でさえ思いもよらなかったことだった。

宮中へ上るという意味も、道子は具体的にはわきまえていない、十二、三の時から、物語に読みふけって、恋とか愛とかいうことばにほのかな憧れは感じていても、男と女が愛しあうとは、どんな形で結ばれ、行なわれるものかいっこうに想像もつかないのだった。

乳母にある朝、道子は目をかがやかしてささやいた。

「今朝方、すばらしい御方が、私のところにしのんでいらっしゃってよ。まるであたりが目のくらむようないい匂いにつつまれて、私は手足がしびれたようになってしまったの。こっちをみてごらんなさいと低い声でおっしゃるのだけれど、私、恥しくて、ただもう、ふるえてばかりいたのよ」

聞いている乳母の方が、水をあびたような蒼白な顔になった。

「とんでもない、お姫さま、その御方はどなたか、たしかめましたか」

「だって、夢ですもの、あなたはどなたって聞いたら、だまって笑いながら、すっと、後ずさりして消えていってしまったわ」

「ああ、らちもない」

乳母は、がっくりした肩の落し方でくしゃくしゃと顔をゆがめてしまった。

「いつまでも、幼くていらっしゃって、どうなることやら……北の方はお姫さまのお年にはもう、御子をうまれていられたのですよ」

乳母は、道子の他愛なさにがっかりしながらも、そんな無邪気さがいとしくてならないように目を細めていた。

道子はとめどもなく思いだされる過去の日々を絶ちきるように、もう一度、東宮のお文を取りあげた。

お返事が明日になっては失礼にあたる。

墨をすりながら、どう書いたものかと想いをこらしていく。

さりげなく、つとめてさりげなく、才をひけらかさず、素直にやさしい、そしてふつくらと女らしい手紙を書けばいいことはわかっている。

かつて、思いにせかれて、筆の流れ方がもどかしいほどの気持ちを、ほとばしるような勢いで書きつづった男の文を受けとったことも、返事を書いた日もあったことが、夢のようにはかなく想い出されてくる。

道子は四歳の正月から筆を持ったと伝えられている。乳母や祖父が自慢話に道子にそう聞かせたのであって、道子自身は、そんな幼時のことは全く記憶になかった。

祖父が筆を持つ真似をして、いきなり、字らしいものを書いて愕かせたというのだけれど、それも乳母や祖父の話に次第に尾鰭《おひれ》がついていったようにも思われる。

正式に師について学びだしたのは六歳の春からであって、師匠は能筆で知られた世《せ》尊寺《そんじ》家の藤原行成《ゆきなり》の直系の孫、藤原伊房《これふさ》だった。

はじめは伊房の父の参議行経《ゆきつね》が、筆の持ち方から墨の磨り方まで教えていたが、道子は父の介添役について来た伊房に、最初からなついてしまった。謹厳そのもので融通のきかない行経の顔を見ただけで泣きだし、むずかるという始末に、いつのまにか、なだめ役のお相手だった伊房が父にかわって手をとって教えるようになってしまった。

もっとも、能筆家で天下一の名をほしいままにした祖父行成の天才を最も受けついでいたのが伊房だった。

生真面目だけが取柄で、文字の格調の正しさだけは、習練によって身につけているものの、生れつきの才でなく、父の行成にははるかに及ばない行経にくらべ、行成の孫の伊房は、もう五、六歳の頃からその天才のひらめきをみせていた。

行成はこの初孫をことの外溺愛していたので、早くから、自分の許にひきとり、筆を持たせていた。

「伊房は父に似ないで私に似ている。顔かたちまでそっくりではないか。筆の手筋も私ゆずりのものだ。行末が愉しみなことよ」

そんな行成の期待にそむかず、伊房の手筋は怖れをしらずのびていって、十歳頃には、帝の御耳にまで、この麒麟児《きりんじ》の能筆の噂は入っていた。

伊房が、道子の許へ通い、習字を教えるようになった頃は、もう十七歳の伊房は、書道では一家をなしていて、宮廷に能筆の名をほしいままにしていたから、六歳の道子の師匠としてふさわしくないわけでもなかった。

伊房の書は祖父行成の、温雅、秀調なのに比べると、若さのせいもあってか、もっと鋭さがなまなましく、名刀でたちきったような爽やかさと、筆勢の速さと力強さがきわだっていた。

「姫には、伊房の鋭さより、やはり行成のおおらかさを身につけるようにさせたい」

能信は伊房に遠慮なく注文をつけて、指導方針にまで口をだすが、若い伊房は、神経質らしい白い顔をわずかに伏せるだけで、一向に、教授法に手かげんなどは加えるふうもない。

「気の強い姫さまには、ごまかしのきかない真名《まな》をしっかり習われるのがよろしいかと存じます。真名の持つきびしさは、一線一画をおろそかにはさせませんから」

「ほう、姫を気の強い女《おなご》と見るか」

「はい、甘やかされお育ちなされておりますので、好き嫌いがはっきりしていて、なかなか手ごわいお子だと存じます」

筆に墨をひたし、紙に向うと、またしても道子の想いは過去にひきつけられていってしまう。

桜吹雪が目の中いっぱいに拡がってくる。

雪のように清らかで、雪よりはあたたかくなめらかな桜吹雪、風の姿は見えないのに時々、思いだしたように枝をしなわせたと見ると、池のふちの、能信が自慢の桜の老樹から、いっせいに花びらが舞いおちるのだった。

まだふりわけ髪の七、八つの頃の道子は、それが珍しく、つい机の上から瞳をそらせ、桜吹雪の方に見とれてしまう。

ちくっと、手の甲に針をさされたと思ったのは、伊房が、墨をつけた筆の先で、そんな道子のえくぼの浮んだ手の甲をついたのだった。墨の冷さが針のような冷さに似ていた。

「よそ見ばかりしてはだめですね」

伊房はわざと、きびしい表情をつくってみせようとするが、長いまつ毛を煙らせ、桜吹雪に見とれている童女の清らかな美しさについ、つくった堅い表情がゆるんでしまう。

「だって、きれいなんですもの」

道子はもう、墨の匂いの中から心もそぞろに花の方にひかれている。

「それじゃ今日はこれまでにしてあげましょう」

えっと、つぶらな目をみはっておいて、道子はもう次の瞬間に、伊房の前をすりぬけて庭に走りだしていった。

桜吹雪がみるみる童女の艶々《つやつや》したふりわけ髪の上に散りかかり長いまつ毛の上にも雪片のようにはらりととまる。

道子は小犬がじゃれるように降りかかる桜吹雪にじゃれまつわり、小袖の両袖に花びらを受けているうち、まつ毛にふりかかる花びらを払いのけようとして、はげしく首を振った。

その時、庭の池の辺の苔《こけ》の上に散りしいた花びらに足をすべらせて、重心をとりそこねていた。

あっと叫んだ時は、もう池の中に落ちていた。

たちまち、池の水が小袖にしみとおり、道子は手足の自由をうばわれるより先に、おどろきのため、なかば失神していた。

気がついた時は、かけつけた伊房の腕の中に抱きあげられていた。

習字の時は、道子の気分をちらすまいとして、侍女たちも遠くの部屋へ下り、時々、乳母がのぞきにくるだけである。

この庭に面した部屋のどこにも、人影はなかった。

失神した道子を伊房は抱きあげ、乳母を呼ぼうとした声を、ふと咽喉《のど》でとめてしまった。

池のほとりの松の木の下に山吹の一むれが咲きほこっている。

その花かげの草の上に道子をおろし、手早く伊房は道子の着ているものの紐をといていった。濡れた絹は、もう一枚の皮膚のように童女の軀にはりついている。それをはぎとっていく時、伊房の手は次第にふるえてきた。

葱《ねぎ》の皮をむいたように、つるりと白くなめらかな道子の軀を自分の膝の上に抱きかかえ、伊房は活をいれ、意識をとりもどさせた。黒々の瞳が、ふっと押しひらかれた瞼のかげから伊房をみつめ、自分の位置が納得ゆかないように、ぼうっと、伊房の瞼をみつめている。

「お姫さまは、おいたがすぎて、池におちたのですよ。乳母にみつかると、叱られますから、こっそり、着物をかわかしておきましょう」

伊房は聞えているかいないかわからない道子に囁《ささや》き、掌で、そのなめらかな腹から脚へ、きゃしゃなくせにむっくりと肉のもりあがった肩から胸へと撫でさすってやる。

冷えた道子の肌がたちまち、伊房の掌の下であたたかく燃えあがり、桜色に染まってくる前に、伊房の掌の方が、火をつけているような熱さになってきた。

うどのように白いきゃしゃな二本の脚のつけ根に、針で掻いたような筋があり、まだ青い桃の実を連想させられる。

小でまりの花びらを置いたような小さな小さな乳首が、それでも伊房の掌の下で、きっとひきしまってくる。

「あたたかくなったでしょう。お気持ちがよくなったでしょう」

伊房は、自分が何をささやいているのかわからず、このいとしいものを撫《な》でさすり、うわごとのようにつぶやいていた。

あの後、どんなふうにして、着物を干しあげ、乳母にみつからず事をすませたのか、道子は覚えていない。

あの日池に落ちたまでは自分の記憶にあったけれども、桜吹雪の下で、若い伊房に素裸で抱かれ、肌をあたためられたことは、後に伊房から、ふたりの想い出の最初のものとして聞かされたから、今では道子の記憶の中に一幅の絵のようにしまいこまれていることで、道子には覚えのないことだった。

「こんな清らかな人の成長を見守ることが出来るのは、何という果報かと、あの日に恋の目がくらんだと申してよいでしょう。玉のようなという形容がありますが、お姫さまのお小さいながら、もうれっきとした女人の軀の線をかくしているすべすべしたお肌を抱きしめていて、このまま、お姫さまと浮世の外へ逃げだすことが出来たならば、それこそ極楽というものかと思ったことでございました。桜吹雪がおなかにはりついたのをつめたい、くすぐったいと、身をよじって私の腕の中でむずがられたのも覚えてはいらっしゃらないでしょうね」

伊房の目は、その字のように鋭く、聡明さがきらきらあふれでるきらいがあったが、声は低くやわらかく、道子の習字のお手本のために、長恨歌《ちょうごんか》など口ずさむと、思わず、侍女たちが、通りすがりの廊下にうずくまって、聞き耳をたてるほどであった。

伊房の家系の世尊寺家は代々、祟りにとりつかれているとかで、当主が故もなく若死したり急死したりする傾向があった。

そういう暗い家系の血をひいているせいか、伊房の端正すぎる容貌にもどこか一抹の暗さがただよい、濃い眉のかげりに、憂愁《ゆうしゅう》がこめられている。

伊房のそうした翳を持つ美しさが、また魅力だという、色好みなその道の先輩ぶった女房もいて、伊房の稽古をつけにくる日は、何となく、道子のいる対は浮きだつようであった。

稽古が終るまでは、女房たちもひかえていたけれども、稽古が終ってしまえば、伊房をもてなすという名目でたちまち集まってきて、茶菓がすすめられる。中には図々しい年かさの女房などはすすみでて、自分の恋文の代筆を頼んで、やんわり断わられたりもする。

だれが、伊房を射とめるかということが、女房たちの間の関心事だったけれども、伊房が物堅く、いっこうに上ついた流し目にも応えようとしないので、そのうち、女房たちもあきらめてしまった。

伊房の二十《はたち》の時、世尊寺家の例にもれず、父の行経が死亡した。

まだ、若い伊房が、世尊寺家の当主になったため、道子の書の師匠役は遠慮すべきかという案が出たが、伊房は、四十九日の法要がすむと、これまで通りまた、きちんと、教えに通って来るのだった。

道子が十二歳になった春、道子は女房たちの噂の真偽を無邪気に伊房に問いかけた。

「少将さまは、美しい北の方と御一緒におすまいですって」

伊房は、はっと目を伏せ、さりげなく、手習いの料紙をとり揃えた。

「お姫さまは、誰にそんなことを教えられました」

「乳母とあかねが話していたの」

「…………」

「参議さまの三の姫君で、お美しいし、和琴《わごん》の名手でいらっしゃるって」

「らちもない。さ、お手習いをしましょう」

「少将さまと、お美しい北の方に御子が生れたらさぞきれいな赤さんでしょうって」

伊房は、白い頬に血を上らせて黙りこんでしまい、もう道子のお喋りをうけつけそうもなく堅い表情になった。

そんな話をしている道子が、男と女が結婚することの具体的な意味もわかっていないのは識っていて、伊房はやはりため息がもれる。

この頃から、伊房は、道子に手習い用だといっては、さまざまな物語の見事な写本をとどけてくるようになった。

竹取の翁の物語などは、道子もとりつきやすく、一夜で読みあげてしまい、またあんな物語をとせがむのだった。

伊房は道子に、物語を写させることで、習字の練習をあきさせない方法を案じだしたようでもあるし、いつまでも心の稚《おさな》い道子に、女としての物想いを早くしらせてみたい秘かな願望から、物語を写させるという方法を無意識のうちに選んだのだったかもしれない。

道子が十五歳の晩春、藤波の影が、いつか道子の落ちた池に揺れただようているひるさがり、伊房がふと顔をあげると、道子は象牙《ぞうげ》色の額に脂汗を滲みださせ、草の葉のように青ざめ、ふるえていた。

伊房に見つめられ、道子は見る見る顔に血をのぼせていく。

長いまつ毛を押しあげるようにして涙があふれ、それを袿の袖で押えた。そのまま、道子は、ゆらっと軀をかたむけて横ざまに倒れこんでいった。

「お姫さま！　姫！」

伊房はあわてて、机をまわり、大輪の花が倒れたような感じの道子を抱きおこした。貧血をおこしたらしい道子を抱きかかえた時、伊房は腕の中の重みとかさに、胸がときめき手が震えてきた。はるかな昔、池におちた道子を抱きあげ、葱のように白いつるつるの幼女の裸をこの掌にこすりあげた時にくらべると、何という成長ぶりだろう。

道子の成長は、幾重もの着物をとおしても伊房の胸にも腕にも伝わってくる。

とじたまつ毛の影が長く、白蠟《はくろう》のような道子の頰におちていた。

清らかな額ぎわに、汗に濡れた前髪の乱れがはりついているのが、面相筆《めんそうふで》で描いたようだった。

淋しすぎるほど高貴な形の鼻すじから、豊かな花びらのような唇のあたり、ふりわけ髪の童女の頃から見馴れてきた幼な顔はもう、どこかに影をひそめ、今、手の中に気を失っている姫は、物語の中からぬけだしてきた薄倖な高貴な女人のように見える。

薄倖な——と胸につぶやき、伊房は、自分の想いの不吉さにはっとなった。目を閉じた道子の顔がなぜこうも、神々《こうごう》しいほど清らかに淋しく見えるのだろうか。清らかということは淋しさに通じるのだろうか。

伊房は、祖父に学んで、少しは観相学を心得ている。日頃、道子を見馴れていて気づいていたことが、今、一挙に思いだされたのかもしれなかった。

この美しい類《たぐい》まれな姫の前途が必ずしも華やぎと光りだけにみちたものではないことを伊房は予感するのだった。

寡婦の相がある——まだ、発表はみないままに、道子が、一の宮の妃に上る内定があるということを、伊房は小耳にはさんでいた。

そうなれば、やがては東宮妃、そして、運よくいけば国母にもなられるというものの、そんな暁《あかつき》には、道子の童女時代から、手をとって文字を教えてきた伊房の昇進も、並ではすまない筈だった。

そこまでの先ばしった臆測をしてきたのは、嫉妬まじりの殿上《てんじょう》の仲間だっただろうか。それとも、昇進や栄達には縁の薄い世尊寺家の家系を無念がっている一族の老人だっただろうか。

伊房は、昔したように、一突きで道子の正気をとりもどすことは識っていた。

今、そうしようとして、道子の胸に手をあてた時、豊かな重い宝珠《ほうじゅ》が、しっとりと伊房の手に触れてきた。思わず、息をのみ、伊房は、乾いた咽喉の奥で、

「姫!」

とつぶやきざま、秋海棠《しゅうかいどう》の花びらのような唇に、震える唇をあわせていた。

夕月

道子は伊房の唇が自分の唇におちてくる一瞬前、伊房のひくいが、切なさのこもった一声に意識をよびさまされていた。

自分が誰かの腕の中に抱かれているということが納得されないまま、もうその時、唇がおおわれていた。

ふたたび、気を失いそうになった愕きと恥しさの中で、道子はとじたままの瞳があけられず、伊房の腕の中の全身は骨をぬきとられたように萎えきってしまっていた。

「お気がついていられたのですね、姫！」

伊房は胸に伝わってくる道子の震えと、まつ毛のそよぎに、そのことを気づいた。

「お許し下さい。伊房は、もう、何年も前から、姫さまの俤《おもかげ》を抱きしめて悶《もだ》えつづけていたのですよ。怖ろしいことだ、身の程しらぬ恋だと、どんなに自分を戒め、どんなに自分の煩悩を憎んだことでしょう」

道子は、伊房のことばが、この世に、生きている伊房の口から聞えているとは思われなかった。目をとじたまま、聞いていると、物語の中のどこかの貴公子が、美しい姫君の袖にとりすがり、想いのたけをのべているように聞えてくる。

「はなして下さい……人が……」

道子はなぜ、そんな冷静な声が出たのか、自分でもわかっていなかった。あまりの愕きと、あまりの恥しさが、道子をいつもの道子でないものに変えているようだった。

いや、もっと、大きな変化がすでに自分の身におこっていることを道子は識っていた。

突然、おとずれて来た、軀の奥深いところにおきた異和感こそ、いつか婆やがそれとなく、教えてくれておいたしるしにちがいないという予感があったのだ。

そう気づいた瞬間、目の前にいる伊房の顔がまともに見られない恥しさにおそわれ、その恥しさのあまり、気を失ってしまったのだった。

伊房は、身悶えする道子の肩をそっと離し、自分の席へ帰っていた。道子はだまってうつむき片袖口で顔をかくしたまま、銀の鈴を振りつづけた。

乳母がすぐ、衣《きぬ》ずれの音をたてて かけつけてきた。こんなこともあろうかと、つい十日前、それとなく女の生理のもの悲しい定めについて教え、その時の合図の鈴のふり方をふたりの間で決めておいたのだった。

「お姫さまが、急に、御気分が悪くおなりになったのです。たぶん、貧血だと思いますが、青葉時にはよく、男でも気分が悪くなります」

乳母はちらっと伊房の顔をうかがった。いつも無口な伊房の、いつにない口の軽さが気になった。

もしかしたら、神経質な、伊房は、道子の軀におこった変化を早くも気づいているのだろうか。

——姫が、女として一人前におなりあそばした上は、お手習いの師も、もっとお年をめした方にしていただかねば——

乳母は、道子の方へすりよりながら、すばやく想いをめぐらしていた。

女というものが、こんないとわしい影を背負って生れているのかと、道子は女の軀の秘密がうとましく、悲しかった。

こういう穢れを持つからこそ、女は美しく装わねばならないのだというからくりがとけたように思う。

そんないとわしさを外にして、道子は自分の軀が、まるで花の咲きそめるように、日毎に瑞々しくゆたかにうるおってくるのを認めないわけにはいかない。

三日ごとに、風呂に入る時、乳母は道子の背を流しながら、思わずためいきをつくことがあった。

「わたくしもこの年になるまでには、何人かの高貴なお方さまのお背を流させていただきましたけれど、お姫さまのようなお見事なお背なかの女人は、二人とはいらっしゃいませんでしたよ」

道子は、首を染めたまま、だまって、うつむいて、乳母に背をあずけている。

「玉のようなお肌とか、脂のようなつややかさなど申しますけれど、お姫さまのようにしみひとつ、かげりひとつないお背なかを何にたとえましょうか。さ、こちらをおむき下さいまし」

乳母は道子の赤ん坊の頃から手塩にかけているので、道子の全身のくまぐまのどんな小さなほくろまでも諳《そら》んじている。道子もまた、乳母の前では、自分のどこを洗わせても羞恥《しゆうち》というものを感じない。小さい時から、そうされつけていて、自分の軀を自分で洗うなどは考えてもいない。

手足の指から、脇の下、なだらかなおなかの丘の上から柔かな下草のしげみ、そして、あえかな匂いのわきたつ、草かげの泉――

乳母の手ですべてを洗わせながら、道子は乳母の自慢話をきいている。

「女の軀は、殿ごの御気に召すように神仏からつくられているのでございますよ。どんな美しい女人と申しても、殿ごの愛をおうけにならないかぎり、本当の花をひらきりません。殿ごは女《おなご》を愛するように、女は殿ごに愛されるようにつくられているのでございます。お姫さま、お気がつかれていますか。月の障りをみるようになってからこの方、お姫さまの汗は花の匂いがいたします。何の花か、唐か、もろこしの花にこの様な匂いの花があるとか聞いております。なやましい、せつない感じを誘う匂いでございます。お姫さまはご自分の匂いだから、かえってお気づきにならないのでしょうか。女たちが、香合せに夢中になり、そらだきものにこりにこるのも、みんな、花が蝶をまねきよせるため、天然の匂いを放つように、女という女が、殿ごをまねくために、自分の匂いに苦心するのでございます。

お姫さまは、そらだきものの心配など遊ばすことはありません。光源氏は、御軀から自然にえもいわれぬ高貴な匂いを放たれたとか申しますが、お姫さまも麝香鹿《じゃこうじか》のような匂いをもっていらっしゃる。ほれ、この紅の絹が、こうしてお軀をお流しするだけでこの様に匂いにそまりむせかえってまいります」

乳母は濡れた絹を道子の顔の前にさしだす。

道子は物心ついた頃から、伊房に手をとられて、手習いをしたせいもあってか、伊房に対しては、肉親のような親しさが自然に生れていて、羞恥の気持が、さほどおこらないのだった。

暑い夏の日など、薄物の小袖に汗が滲み、夢中になって手習いをしているうち、ふと、気がつくと、乳房の形があらわになっているようなことさえあった。

そんな時、伊房は、たいてい道子より早く気がついているが、つつしみ深く目をそらせていて、はっと道子が自分の失態に気づき、気もそぞろになるようなことは、目にも態度にも決してあらわすことがなかった。

それなのに、道子が女の生理のもの哀しさを識ってからは、なぜか、道子は手習い机一つをへだてて、伊房に真向うのがまぶしく恥しく、これまでのように虚心にふるまえなくなっている。

伊房の足音が廊下に聞えただけで、道子は自分の首筋が染っていくのがわかるように思った。

道子の書いておいた白居易の漢詩や和泉式部の歌の文字の批評をしながら、伊房のさしよせた頭に、自分の額がふと、とどきそうになったりすると、もう道子は、息もとまってしまうかと思うような羞恥に身震いしてしまう。

そんな道子の敏感な反応のしかたが、伊房に映らない筈はなかった。

羞恥を覚えて、急に女らしくなってきた道子への思慕が、伊房の心を物狂おしく乱れさせてくる。

どうせ、習字を教えでもしないかぎり、ちらともその俤をおがめないほどの姫なのだからと、伊房は必死に自分の煩悩の火をなだめようとする。

押えれば押えるほど、煩悩の火は火勢を増し、伊房の心を紅蓮《ぐれん》の炎でみたしてしまうのだった。

妻を抱いている夜の夢に、伊房はよく、道子の俤に逢うことがあった。

夢の中の道子は、現実よりもっと大人びていて、今のように恥しがってばかりもいず、伊房の肩にそっと顔を預けたりするのだった。

夢から覚めた伊房は、まだ、自分の肩や首に道子のあのあえかな匂いがまつわりついているような気がして、すぐには起き上ることも出来ない。自分の横に、髪を乱して、いぎたなく眠りこけている妻にすまないと思う心は薄く、妻と肌をよせあっている閨の中に、道子の俤をよびよせたことが、たとえ夢とはいっても自分を許せないほどの口惜しさと恥しさで責められるのであった。

決して、たとえ、どんな責苦をうけても、洩らしてはならぬ自分の恋情だと、伊房は固く心に誓ってあった。

それでも、道子にすすめた物語りの世界をかりて、やはり、道子の心のうるおいの度を調べてみたい気もしないではない。

道子がこの頃好きな物語りは在原業平《ありわらのなりひら》の伊勢物語なのを伊房は知っていて、一つ一つの話が短い伊勢物語を、手習いのお手本に選んでみたりするのであった。

伊房は伊勢物語を写している道子に、さりげなく問いかけてみる。

「お姫さまは、業平朝臣《あそん》のような男をどうお考えになりますか」

「どうって」

道子は、ただ、可愛らしく小首をかしげるだけで、伊房の問いの意味がわからず何と答えていいのかわからないらしい。

「この様に、次々に恋をして、移り気な男とお思いになりますか」

「さあ……でも、光源氏の君だって、恋ならたくさんなさいましたわ」

「月やあらぬ春やむかしのはるならぬ我が身ひとつはもとの身にして……この歌は恋を知った者の心情を実によくいいあらわしております」

伊房は、あどけない、清らかな表情の道子が、自分の煩悩のほむらをどれほどに理解してくれるものか、はかない頼りない想いをしながらも、やはり、ほんのわずかでも、自分の恋の糸の端を、道子の無垢《むく》な心に縫いつけておきたい気がするのだった。

「二条の后に道ならぬ恋をした業平朝臣の心情に、わたくしなどは一番心ひかれます」

「でも……どうして、道ならぬ恋の相手をおえらびになるのでしょう」

伊房は思わず、膝をのりだしてしまう。道子とたとえ物語の中の話にせよ、恋について語りあえ、道子の反応をたしかめられるということが嬉しかった。

「恋とは、道ならぬものほど、許されぬものほど切なく、真剣なものになるようです。しのぶ恋が、恋の本当の姿かもしれません」

「でも、そんな、悲しい恋を選ばないで、もっと、どなたにも迷惑をかけない、祝福される恋だって、ある筈でしょう」

伊房はいっそうときめいてくる胸の鼓動を聞かれはしないかと、頬が燃え上ってくるようであった。

道子が、恋を話題にしても厭がらないどころか、頬を染めながらも、瞳には艶をまし、あきらかな好奇心をほのかに滲ませてくるのが、月夜の花のように清らかにも艶やかにみえてくるのである。

「それは、よほど幸福な星の下に生れあわせた人間で、大方の人は、本当の恋に憧れながら、本当の恋にめぐりあわず、まちがって結婚したり、別れたりをくりかえすものです。お姫さま、貝合せの貝をごらんなさいまし、幾百、幾千と似たような形の貝を集めたところで一つに合わさり、きちっと、蝶つがいのあわさる貝は、天下に二枚しかございません。

男と女は、いわば、あの二枚の貝、前世では一つになっていて、この世では、別々に離れて生れてきた片われ貝どうしなのです。そのため、一枚は、片身の貝を需《もと》めて憧れわたり、互いに相手をよびかわしながら、ついまちがって、似た貝と結ばれてしまったりするのです」

「まあ、面白いこと、それじゃ、少将さまと北の方は、きっと前世でも一つだった貝だから、うまくこの世でめぐりあわれたのですね」

「それならいいけれど、私どもは……」

伊房は、自分の話から、とんでもない方向に話のむいてきたのに、あわててしまった。

伊房の想いが、道子に通じる前に、乳母の方が、伊房の恋を見抜いてしまった。

乳母は道子可愛さのあまり、一の宮との縁組みは、あまりにいたましすぎると、内心道子の運命に同情はしている。

いくら能信の希望とはいえ、また、年上の女が、高貴の人の夜伽をつとめるのは珍しくもないとはいえ、十五の乙女が四歳の幼童との未来の結婚を約束されるのは不自然すぎる。

乳母は、こんな縁組みが実際には成立する筈もないような予感がしてならない。能信はおそらくその日まで生きのびないだろうし、四歳の一の宮が結婚する歳月まで、道子が、花も咲かせず、蕾のまま、あたら女の青春をむなしくすごすとは考えられもしない。

乳母は、もっと道子に年齢も身分もふさわしい公達がありそうなものと、想いをめぐらせてみる。とはいっても、頑固な能信が思いこんだ以上、一まず、道子の縁談は決ったも同然だった。

乳母は伊房を嫌いではなかった。若さからすれば、伊房は年齢より落ち着きがあり、世尊寺家の当主の責任を背負ってからは、いっそう立居にも重厚さが滲み、頼もしくなっている。やや、繊細すぎる感じはあっても、女房たちがひそかに騒ぎたてているほどの美男にはちがいなかった。

教養もあるし、美的感覚からいえば、当代でも一、二と指を折られる趣味人でもある。けれども、道子の恋の相手になるような人物ではなかった。

北の方のことはさておいても、身分がちがうと、乳母は襟元に顎を埋めて考えこんでしまうのだった。

道子がまだ、精神的には発育がおそく、ほんとに無邪気なのが安心でもあり、そこが、いつ、男にふみこまれるかわからない頼りなさに見えて、乳母には心配でならないのだった。

これまでの習慣があって、稽古の時間は、乳母も、二人の所へあまり近よるわけにもいかなかった。

かといって、この頃、乳母の目にもあらわに見えてくる伊房の目の中の煩悩のほむらをどうして見逃しておくことが出来よう。

乳母は、ある日、能信の前にすすみ出ていた。

「申しあげとうございます」

「おお、何かあったか、あこのことだな」

能信は、小鳥の磨り餌をつくっている手をとめもせず、乳母の方にちらと顎をしゃくった。

「はい、お姫さまのことで」

「何か、ほしいものでもあるのか。いつかいっていた琵琶なら、この間、たいそう由緒のある逸品が、大納言のところに、ある事情でわたってきていて、わしがぜひ、あのために譲ってくれといったら、譲らないでもない気配だった。あれなら、そちがみても喜ぶだろう」

「音楽とは関係のないことでございます」

「ほう」

乳母の口調の中に、強い不安を感じ、能信はようやく、まともに乳母の方へむき直った。

「お姫さまのお手習いも、そろそろ」

乳母はそれだけしかいわないで、口をつぐんでしまう。

能信は、乳母の蚕のような白い顔の肌にかくされたものを見抜いてしまった。

「そうか」

また磨り餌の方へ手を動かし、

「明日にも伊房を断わってしまおう」

「理由は何と」

「当分、あこをこの家から出してはどうかな」

「よい御思案でございます」

「心あたりでもあるか」

「はい、わたくしの姉が、尼になり、嵯峨《さが》の大井川《おおい》のあたりに庵《いおり》をむすんでおります。姉のなくなった夫と申しますのが、風流人で、身分は低うございましたが、家や庭をつくることに趣味を持っており、ちょっと住める別荘をつくっておりました。その一隅に庵をむすんでおりますので、そこへひそかにお移ししてはいかがと」

「うむ。よい思案だ。早速、今夜にも移してしまうがよい。姫はわしの掌中の珠《たま》だ。めったなものの手には触れさせてはならぬ」

「心得ております」

しかし、乳母は、こんな際に、日頃の不満を能信に訴えておきたい気もする。

「かねがね一度承りたいと思っておりましたが、一の宮との御婚約は、もう、動かしがたいことなのでございますか」

「もちろんだ。どうして、そんな案じ方をする」

「何となく、噂ばかりは伝わりますけれど、正式の御約束の式があるわけでもなく……もしや……と思いまして」

「わしと帝との間のお約束なのだ。帝は必ず、反古《ほご》なさる気づかいはない」

「と申しても、何せ、一の宮はまだ四歳の御幼少、お姫さまは、もう、れっきとした女になられております」

「それがどうしたというのだ」

「さきゆきが案じられます。一の宮が東宮になられるまで、おふたかたともなま身の御方、どんな運命があるかも」

「らちもないことを。それを守りぬくのがそちの役目ではないか」

「でも、あまりのお年の差はおいたわしくて」

「何をいう。高貴の女と生れて、女御や中宮にならぬくらいなら、いっそ、下々の身の上になって思いのままの放埒《ほうらつ》を楽しんだ方がよいわ。年の差など問題ではあるものか。女が年上の例はいくらもある。男というものは、せんじつめれば、母にはじめての憧れを抱いているものだ。その母の俤《おもかげ》を思わず最初の女に需めている。わしとて男じゃ、男心のわからぬ筈はない。あこは必ず、一の宮の憧れの人となる筈だ。そちは取越苦労はせず、ただあこの身を虫ひとつ刺さぬ様見守っておればよいのだ」

乳母は、もう、それ以上はさからわず、だまって能信の前をひき下ってきた。せめて、この婚約が、帝と能信との間の口約束なのが、逃げ道のあるような気がする。

伊房では困る相手だ。

けれども、あの頑是ない一の宮でも道子の夫とするにはもっと困るような気がする。

乳母は、道子がはじめての穢れをみた日のことを忘れてはいない。

自分がかけつけた時には、伊房は近すぎる場所で、道子の顔をさしのぞきこんでいて、道子は死んだようになっていた。

伊房にはすぐひきとってもらい、道子の手当をさしたが、その間じゅう、道子は乳母に一言も口をきかなかった。

はじめて自分の玉の肌を汚した穢れを見たための、愕きと怖れが、道子の口もきけなくしているのだろうと察して乳母は、ひたすら、その日の道子をいたわったが、もしかしたら、道子が気を失うには、軀の上におこったこと以上の何かが、道子の上におこったのではあるまいか。

そのことに疑いを持つと、伊房の態度があの日を境にして、かすかではあるがあきらかにちがってきている。

ただ、乳母を安心させるのは、道子の無言と、道子の憂鬱《ゆううつ》は二、三日でなおってしまい、その後はむしろ、以前より明るく、はきはきとしてきたようにも思うし、伊房に対してはいっそう子供らしくなったような気がするのである。

所詮はまだねんねでいらっしゃるのだ。それが乳母を安心させる唯一のよりどころだった。

道子はその翌日には、もう嵯峨の大井の山荘へ移されてしまった。

乳母から、祖父が嵯峨行をすすめていると聞けば、何の疑問も示さず、命じられた通りに従う。その素直さが、いじらしいほど可憐でもあれば、頼りない気がしないでもない。

乳母にさえ、道子の本心が、しっかりしているのか、本当に蔓草《つるくさ》のようにか弱いのかわからない。

嵯峨までの行程は輿にゆられていく。わざと供を少なくし、ほんの、気の許せるものだけを数人つれ、表むきは愛宕《あたご》詣でのようにいいふらして屋敷を出た。

朝、早く出て、大井についたのはひる前だった。

乳母の姉の尼は、乳母とは二つしかちがわないのに、もう十歳も年をとっているように老けてみえた。品のいい小さな顔に、白絹の頭巾《ずきん》をかむり、水晶の数珠《じゆず》をもみながら、庵から出て、大井川の水際まで出迎えに来ていた。

二日前の大雨のあとで、大井川は水量をまし、どうどうという水音がひびきわたるのがこわいくらいだった。

道子は、尼の夫が建てたという山荘に入ると、高殿《たかどの》のきざはしにたたずんで、小さな声をあげた。

「まあ、美しい。ずっとむこうにかすんでいるのが、比叡《ひえい》でしょうか」

「さようでございます。晴れた日は、まぶしいほど近くに見えることもございます」

尼の指さす方向に次々目を移しながら、道子もついてきた若い侍女も、次第に目を輝かしていく。こんな端近く、簾や扇で顔をかくす心配もなく、思う存分、景色に見とれることが出来るなど、京の町中の邸では考えられもしないことだった。

道子が出発した日に、伊房の許には使いが出され、道子の習字の稽古はもうこれまででいいという能信の手紙が届けられた。

伊房は、手紙を読みすすむうち、次第に顔面蒼白になっていったが、内心の動揺を誰にけどられるわけにもいかない。

文面はつとめてさりげなく、これまでの労を感謝してあるけれども、理由もなく、突然、任を解かれるというのは腑に落ちない。

当然、何かがあった筈だった。

伊房は早速、様子を見に、使いのものをやったが、使いは帰って来て、

「今朝早く、お姫様御一行らしいのが、御門を出たと申しますが、行先は一向にわかりません。どこかお詣りにいらしたらしいのですが、誰に聞きましても、方向さえしらない様で……」

「もうよい」

伊房は不機嫌に密偵役を下らせたものの気持ちの落ちつく筈もない。

やはり、あの乳母が、この頃時々冷い目つきで自分をながめ、用もないのに稽古の間に、何度ものぞきにきたり、庭を歩いたりしていたのが怪しいと思えてきた。

道子はあの初潮の日のとっさの出来事を、すっかり忘れはてたような様子に見える。伊房が思わず口づけし、愛の告白をしたことなど、もしかしたら道子は夢でもみたと思っているのではなかろうか。

それ以後、いくら伊房があの日のことを話題にしようとしても、道子はさらりと外の話にそらせ、そこへ持っていかない。それは道子があの日のことを覚えていて、故意にさけているか、夢を見たと思い、全くその場かぎりで忘れているのか、わからない。

伊房は、そのどちらともとれる道子のその後の表情や言動に、すっかり心情をふりまわされているような気がしてならない。

伊房は、全神経を耳にして、道子の動静をしろうとしたが、一向に要領を得ないまま、たちまち一ヵ月もすぎていってしまった。

伊房は恋病《こいやま》いの様になり、食事もすっかり細くなり、夜も昼も、眠れない日が多くつづくようになった。

「いっそ、参籠して来ようか」

伊房は思いたち、奈良《なら》の春日《かすが》神社へお籠りに出かけることにした。

伊房が奈良へ出かけるということが伝わると、もうひとりの伊房の弟子の藤原の祐《さち》家《いえ》にもその由をつげ、稽古日を変更しなければならない。

曇天の底がひくくたれこめている午後、突然、祐家が、伊房を訪れた。

裾を紫にぼかしたさしぬき姿が、見るからに艶な祐家は、道子より六歳の年長で、伊房とは、師弟というより、仲のいい打ちあけ話的なつきあいの方が深かった。

伊房は、習字を教えているという以外では、祐家の見舞を受けるような身ではないと自分の分を識っているので、不意の祐家の見舞には、愕きあわててしまった。

「こんなむさ苦しいところをお目にかけてしまって」

伊房は、祐家をどう迎えてよいかわからず、あわてて、起き上り、几帳を払い、端近くへ出迎えようとする。

「どうか、お楽にしていらしていて下さい」

祐家は、伊房がおき上ろうとして、軽い目まいを覚えたのを見逃さず、自分はきざはしの近くに坐って、病んで、衰えのみえる伊房の顔をまともに見まいとする。

「このごろ、むやみに疫病がはやっていますから、御病気と伺い心配になってまいりました」

伊房は、鷹揚な祐家の顔や態度を見ているうちに、ふと、祐家なら、今度の道子との処置につき、真相を聞き及んでいるのかもしれないという気がしてきた。

祐家は道子の父の能長とは従弟の関係に当るのだから、万一、今度の件につきしらないまでも、道子の動静をさぐってもらうことが出来るかもしれない。

「実は、軀の病気よりも、ちょっと思いがけない誤解を受けているような気のすることがありまして」

と、それとなく祐家の顔色をうかがってみるが、祐家の表情は明るく澄んだまま、何の動きもあらわれない。

「……あなたの相弟子に当る人の家に、誤解を受けたようなのです」

「ほう、それはまたどういう」

祐家はまだ、能信から伊房が道子の書の指南をすることをさしとめられたという事情は一切しらないらしい。

伊房は、膝をのりだすようにして、能信から突然、手紙で、一方的に、解約を申しわたされたことを話した。

「そりゃ、私も至らないところはあったかもしれませんが、実に突然で、さっぱり事情がわからないのです。何といっても、あなたも御存じのように私はあの方の、六つの年からお手をとって教えて来て、もう十年にもなるのですからね。そういっては失礼だけれど、まるで自分の妹のような気がして、大切にして来たつもりです。ああいうまれにみる賢《さか》しい人だから、私のような愚かな師匠について、筆は日ごとに上達するし、私の教えた成果は上ったつもりなんですよ。私は、人に教えるようなことは、あの方と、あなたしかしていない。それはまだまだ私のような者にも習いたいと申しこまれることはあるのですが、あなたたちのような、素質のいい弟子がそうそういるわけでもないので、みんな断わって来ています。それだけに、私としては今度の突然の断わられ方は腑に落ちないのです。実は、病気というのは、そのことが気の病いになって、すっかり軀の調子が狂ってしまったのです」

祐家は、伊房の述懐をだまって聞いていたが、聞き終わると、男でも、惚《ほ》れ惚れするような、華やかな、艶な微笑を目許に滲ませていった。

「安心しました。もっと、ひどい御病気かと思ったのです。要するに恋の病いでしたから。それなら、私にもお見舞いの方法はあるというものです」

伊房の顔を見て、祐家はいっそう晴れやかな笑顔をむけた。

祐家は成長した道子には、まともに顔をあわせるような逢い方をしていない。

子供の頃は、互いの家の祝い日などに、大人たちの集いにまぎれて、子供どうしで庭さきで毬《まり》をけったり、雪人形をつくったりした記憶がないではないけれども、どこの家の誰という覚えもないままに、子供たちが群れつどう時なので、道子の印象はとりたてて記憶にものこっていない。

色の白い、白目の蒼《あお》いほど冴えた女の子だったとは思うけれど、整いすぎた顔は愛らしさに乏しく、無口で、人々の後ろの方へかくれるようにばかりしていた態度も、陰気くさく、子供たちの仲間でも、ついのけもの扱いされていたような気がする。

そのうち、能信が、道子にたいそうな期待をかけて、秘仏のように守り育て、浮気な公達などどちらともそばへよせつけないという噂がたちはじめてからは、何となく、道子は若い公達の間で、悲劇的というより喜劇的に噂されるようになっていた。

能信が、どんなことがあっても、中宮にあげるのだと力んでいることが、若い公達たちの反感をかったことと、まるで、月から降りて来た姫君のよう秘蔵するのが、滑《こっ》稽《けい》にさえ思われるのだった。

同じ伊房について習字を習っているという関係から、世間では、祐家と道子がもっと親しい仲だと思い、祐家に、恋文の使いを頼んでくる男も出て来たりしたが、祐家は、いっこうに道子には興味を抱いていなかった。

その上、祐家は、華やかな明るい美貌に恵まれ、気持もこだわりのない闊達さが、女たちの憧れをよび、もう元服するや否や、浮気な女たちから袖をひかれ通しで、十七、八ではもういっぱしの蕩児《とうじ》になりきっていた。

光源氏になぞらえられても、そう顔も赤らめない程度の自惚《うぬぼ》れも持っている。

祐家にとっては、女は、自分が望まないでも集まってくるものと思っていたし、望んで、思い通りにならない女などはいないと思ってもいた。

伊房が、どうやら、女弟子の道子に恋慕して、能信に気づかれ、出入りを差しとめられたらしいということは、祐家から見ればおよそ、ありふれた事件に見える。

こんなことで病気になるほど神経の弱い伊房が、滑稽に見えて仕方がないくらいだった。

道子の動静をさぐり、あわよくば、伊房の恋文をとどけるくらいの労は、弟子としてとってやってもいいと思った。

それに、祐家は、能信がどうも苦手だった。物堅いだけで、およそ味がなく、そのくせ、権勢欲は枯淡《こたん》をよそおっている風貌の底になまぐさいほどかくしている。何かにつけて、若い者を見下し、祐家のことなどは、箸にも棒にもかからぬ蕩児ときめこんで、一族の恥さらしのように、陰では唾棄《だき》せんばかりにいっているという。あの能信のとりすました表情をあわてふためかせ、一泡ふかせるのが、祐家にはちょっとしたやり甲斐のあるいたずらのように思われてきた。

青嵐

嵯峨に来て、もう十日はすぎたのだろうか。この里の静かさの中では、日も月も眠りつづけているようで、月日が歩んでいるのか、走っているのか一向につかみどころもない。

若い侍女たちはもうすっかり退屈してしまって、御仏にあげる野花を摘むという名目のために、しきりに外へ出ていきたがった。

人家のある村里までは、女の足では半刻あまりもかかってしまうから、そうたやすくも出られない。

道子は、思いの外にこの静かさが気にいった様子で、朝も昼もなく物語に読みふけったり、尼の選んでくれた普門品《ふもんぼん》を写経したりして、終日、ひっそりと籠りつづけている。

時々、侍女たちが退屈しのぎに碁を囲むのを横から眺めていることもあるが、自分からは石を取ろうともしない。

「いつまでこんな暮しがつづくのかしら」

「これでは、あの人との間も絶えてしまうわ」

侍女たちはひそひそ京へ帰りたい不満をささやきあっているけれども、乳母は、落つき払って、一向に腰をあげる気配もみえない。

この邸は、山をきりひらいてつくってあり、尼の持仏堂の外、型通りの庭や池を持つ、寝殿造《しんでんづく》りの邸もあるし、木立の奥には、もっとこぢんまりしたかくれ家のような庵もちらばっている。

自然の山林を気長に尼の夫が一生かかって切りひらき、飛騨《ひだ》から大工をまねいて、丹念に気のすむように造ったものだけに、住み心地は申し分なかった。渓流をひきこんだ樋水《ひのみず》の音が枕にひびくのもうるさいほどではなく、更けると同時に鳴きはじめるかじかの声は旅愁をかりたててくる。山の林はどこまでもはてしのないように見えたが、山は意外に浅く、裏庭の小道をたどっていくと、もう裏山は尽き、その真下には保津《ほづ》川の渓流が翡翠《ひすい》をとかしたように流れていた。

川向うの山に木樵《きこり》の少年がいて、時々、山でとった木の実や、渓流で釣った山魚を届けに来るのだけが、人らしいものの訪れで、あとは風の音と月の光りしか訪ねてくるものもない。

そんなある日、摘草に出ていた侍女のあかねが、あたふたとかけもどって来てつげた。

「大変でございます。どなたか、殿ごがこちらへ訪ねて見えていらっしゃいます。おしのびらしく、ほんの二、三人のお供ですけれど、遠目にも、美しいお若い方のようです」

「まさか、お姫さまのここにいらっしゃることは、私たちだけしかしらない筈なのに——お前たち、もう、はしたなく、京の恋人に、この場所をしらせていったのではないだろうね」

乳母は、顔色をかえて侍女たちにつめよった。

「とんでもございません」

女たちはあわてて首をふった。中には、乳母のことばの耳に痛い者もいたけれど、この場合はしらをきり通すしかない。

伊房がここをかぎつけ、ここまで訪ねてくるようでは、もう伊房の面目などおもいやるゆとりもない。徹底的に姫をあきらめるよう宣言しなければならないし、絶対姫に逢わすことは出来ないと乳母は覚悟をきめた。

訪れたのが、祐家だったのをみて、乳母は、思いがけなさのため、あっけにとられた。

「どうしてそんなにびっくりしているのか。まるで幽霊でも見たような顔をしている」

祐家が笑顔で、親しそうに笑いかけてくるのに、乳母は、顔が硬ばって即座の返答も出て来ない。

「それにしても、ここでお前に逢うとは思いもかけなかった」

祐家はまだ、切れ長な目の中に笑いをこめたまま、おだやかな口調でいう。

「尼が、春頃から、軀を悪くしていると風の便りに聞いて、心配していながら、ついつい、仕事におわれて、見舞ってもやらなかったのが気にかかっていたら、二、三日前尼の夢を見て、急に気がかりになったから、とにかくと思いたって出て来たのだよ。お前が来ている以上、あんまりよくないのではないだろうか」

乳母は、祐家のことばの途中から、ほっと胸をなでおろした。

姉の尼の夫は、祐家の父の長家《ながいえ》に仕えていて、その関係から、若い頃、祐家の乳母をしていたことがあった。今、祐家が、昔の乳母を見舞ってくれるといっても、不自然ではない。祐家と、姉が、そこまで親しくしていたとはあんまり聞いてもいなかったけれども、どうせ、若い祐家の気まぐれからの見舞いだろうと、乳母はともかく祐家を招じいれた。

「生憎《あいにく》、姉は、昨日から高雄《たかお》の奥へ、さる聖《ひじり》が見えているというので、七日間のお籠りに出かけております。はいもう、軀はすっかりよくなって、私が参ったのは、私自身が、京のお勤めに疲れましたので、ほんの少しおひまをいただいて、出養生に出かけているのでございますよ」

「それにしては、はなやかな匂いのする出養生だね」

祐家はまた、光りのさすような笑顔をむけながら、謎をかけるようにいう。

さっきから、侍女たちが、祐家の訪れにもうそわそわ興奮して、しきりに、襖のかげや几帳の向うから、珍しい客の方をのぞき見しているのを承知している表情だった。

侍女たちの追風用意《おいかぜようい》の匂いが、青嵐《せいらん》のゆれる度、ほのかに匂いたって、若い女の体臭をいっそうきわだたせてくる。

けがれのない山の空気は、京の町中のとはちがい、匂いもまじり気なく目ざめるような鮮かさで伝えてくる。

その時、乳母は、あっと、思わず、顔をおおいたいような気持になってしまった。

西の対にいる道子の部屋の方から、いきなり、琵琶の音が聞えてきたのである。

山にこもりはじめて、退屈しのぎに、乳母がすすめ、つい、二、三日前から、道子は尼の持っていた琵琶を時々ひくようになっていたのだ。祐家の訪れを、伊房だとばかり思っていた乳母は、人の訪れそうなことを決して、道子にはしらせてはならないと侍女たちにいっておいたので、道子は今、この家に時ならぬ客のあるともしらず、琵琶をひきだしたらしい。

「思いがけないものを聞くものだ」

祐家は、ひとりごとめいてつぶやき、しんとした真剣な表情になって耳をすました。祐家の笛は、宮中でも定評があるだけに、音楽にかけては耳が聡《さと》い。

弾き手が、男か女かくらいは、たちまちみぬいてしまう筈だった。

「素直な、清らかな心の人が弾いているらしい。音色にけがれも、見栄もなくて、まるで天女の弾くのを聞いているような気がする」

まだひとりごとめいていっていることばが、すべて乳母に聞かしているものだと、乳母は承知しながら、返事の仕様もない。

「西の対にいらっしゃる方は、私にも他人ではない筈の方でしょう」

「はい……姉小路のお姫さまがいらっしゃいます。やはり少し、暑さまけをなさいましたもので」

「小さい時は、ずいぶん、私がわんぱくで、いじめて泣かせたりしたものだ。芯の強い、しっかりした方だったがどんなに美しくなられたことだろう。こんな山里で、めぐりあうなどということは、もう、何かのひきあわせとしか思えない。ちらりとでもいいから姫を見せてほしい。出来れば、姫の琵琶に私の笛をあわせて、嵯峨の月を眺めたいものだ」

とんでもないことになったと、乳母はいっそうあわてている。かといってこれがもし伊房だったらと思うと、まだしも祐家ならいいのがれもさとしも出来る立場だからとほっとする。

その上、物堅い伊房とはちがって、祐家は若いけれども、情事にかけては名高い狩《かり》人《うど》で、もう、乳母の耳に入っている噂だけでも、十指に近い。そんな祐家なら、かえって、ことをわけて話せば、察しもいい筈だし、姫のように、美しいだけで堅い蕾のまだ味も匂いもうすい花を手折《たお》ろうとはしないのではないだろうか。

乳母は、西の対とは庭をへだてた東の対に客を案内していった。

渓《たに》向うの樵人《きこり》の少年の捕ってきた山魚や木の実や芋などで、山の料理をこしらえ、侍女たちが総出で、客とその従者をもてなすのだった。

まさか、泊まらず帰っていけともいわれず、乳母は気をもみながらも、この一行を早く酔いつぶすにしくはないと考えている。

樵人の少年を使いに走らせ村里からかき集めてきた地酒に、半日の遠旅で疲れている祐家の従者たちは他愛もなく酔いつぶされてしまった。

祐家も、侍女の中では、垢《あか》ぬけたあかねを相手に、したたかに酔い、早くから、帳台の奥へ入ってしまった。

乳母は、あかねがその蔭に召されることをいつになく見て見ぬふりで見のがし、ほっと胸をなでおろしていた。

ようやく騒ぎが静まって、西の対へいってみると、道子はまだ燭台の油をかきたてて、一心に筆を走らせている。

「あんまり根をおつめになりますとお軀にさわります」

「乳母、東の対へはどなたがいらっしゃったの」

「はて、こちらへ物音が聞えてまいりましたか。本当に騒々しい人たちで。礼儀もしらない下司《げす》な人たちばかりです。御子《みこ》左家《ひだりけ》のお家司《けいし》のまたその下仕えの人たちで」

道子がふっと、頰をふくらませて笑いをもらした。

「こんな風雅なお便りを書く下司な家人なら、私たちも持ちたいわね」

「えっ」

乳母はあわてて、道子が扇の要の先でつき出してよこした文をとりあげた。紫の薄《うす》様《よう》の紙に、散らし書きにした文字はのびのびと美しい。乳母の目にも、並々の手ではないことはわかるのだった。

「行成《こうぜい》の流れを汲んでいる上、私のお師匠様の、きびしさが伝わっています。こういう字を書く方は私の相弟子の方以外にはない筈です。御子左家の中将さまがいらっしゃったのでしょう」

道子の洞察の正しさに乳母は一言もない。手紙にはただ、琵琶の音の美しさに、桃源境へ迷いこんだとはこんな想いかと喜んでいる。今宵月明が冴えたら、あなたの琵琶にあわせて私も笛を吹き合奏させてもらいたいものだということだけ書いてあった。

「祐家さまは、たしか笛では当代でも一、二といわれる御方、どうして私の琵琶などが合せられましょう。乳母がいらしったことを教えてくれないから、とんでもない恥をかいてしまったじゃありませんか」

道子がいつになく口数多く、いきいき話すのがまた乳母には心配の種になる。

「それにしても何といい字をお書きになるのでしょう」

乳母は祐家の文字にかこつけて、話をそらせようとした。

祐家の父の長家の最初の妻は藤原行成の三女だった。長家が十五歳の時十二歳で嫁いだ行成の女は、父の血をうけて字は天才的にうまかった。祐家の母は行成の娘ではなかったけれど、この父の先妻の書きのこしたものは、御子左家にはたくさん伝わっていただろうし、嫁入支度の長櫃《ながびつ》の中には、行成の書いた手本になるようなものもたくさん秘められていたことだろう。

祐家は、おそらくその字を幼い頃から見馴れて手本にもしただろう。その上、行成の孫の伊房を師匠にするようになったのだから、立派な字を書く素質はますます磨かれたわけである。

道子が、祐家の文字をみて、直ちに、自分と同じ師を持つ人と見ぬいたのも当然だった。

乳母が去った後に、あかねが夕方の化粧を手伝いに部屋へ入って来た。

「東の対のお客様はどんな方」

道子は、乳母には訊かなかった熱心さで、あかねに訊く。

あかねは、はっと頬を染めて、横をむいた。まだ初心《うぶ》な姫が、たった今、別れてきた男の移り香がしみているあかねの肌の、いつもとはちがう匂いに気づくことはあるまいとは思っても、やはり、あかねは、姫の無邪気に清らかなまなざしがまぶしく、瞼も染まる想いだった。その上、男からは、もっと難題を持ちかけられている。

まだ、震えの残っているあかねの軀を柔かく抱きしめたまま、祐家は長い乱れ髪を、唇でおしわけ、女の耳に囁いたものだった。

「京に恨む男がいるのだろう」

「存じません」

「怒ったのか。そんな怒りっぽい人とは思わなかった」

「なぜでございます」

「そちのように、女として男を歓ばす秘術の奥義《おうぎ》を知りぬいている者が、まるで小娘のように単純な怒りっぽさを持つ筈がないではないか」

「まあ、あんまりな」

祐家はことばのとぎれめには、まだ女の耳を噛《か》むことをやめず、囁きつづける。

「そちさえその気なら、これまでの男たちをも怒らせず、楽しい想いをひそかにつづけていこう。どうせ、いつまでもこんな山の中にひきこもっているわけでもないだろう。ことによれば、乳母に頼んで無理にもそちを私の方にもらいうけていってもいいのだ」

「とんでもございません。そこまでは」

答えながら、あかねは次第に男のことばに心がうるおされている。ほんの気まぐれのお相手に選ばれたとは百も承知でいながら、やはり祐家のような美しい、しかも浮名の多い男から、これだけうちとけられることはあかねの自尊心をくすぐってくる。どうせ、今日この場の、調子のいい思いつきとは思っていても、後の約束までしてもらえたことがあかねを感激させてくる。

「それにしても、ひとつだけ、頼みがあるのだ」

あかねは、つと、躯をはなして、それまで男の胸に埋めていた顔をはなし、男の目をみつめた。

「わかっております」

「わかっている？」

「はい、どうせ、初心ではございませんもの……殿がどんな出来心で私をひきよせなすったか、私を抱きながらも、心は琵琶の音を追いもとめていらっしゃったか」

祐家は腹からの笑いを肌で女の躯に伝えてきた。

「いや、本当に気にいった。あかね。そなたを必ず、私はもらいうける。男の家来というものは、こと情事にかけては全く気が許せないのだ。味方かと思っていると、悲恋の場合はいいのに、恋の成就《じょうじゅ》する頃になると、急に嫉妬して、とんでもない裏切りをし、恋仇の手引きなどすることがある。それにくらべたら、頭のいい女を腹心に持ち、その女が主人に惚れこんでさえくれれば、まことに力強い頼もしい参謀になってくれる」

「ただし、女を自分のものにしておしまいになった上でございましょう」

「お前は本当に頭がよくて、話のわかりが早い。それならば単刀直入に頼む。琵琶の姫に手引きしてくれ。石頭の乳母では話にならぬ。その代わり、誓ってお前を捨てはしない」

あかねは、情事なれた女の敏感さで、道子を伊房が慕い、習字を教えるというのはただ名目になって、この頃では道子に逢うことだけが目的で、伊房が通って来ているのを識っていた。と同時に、乳母といっしょに、道子の湯殿での世話もすることがあるあかねは、道子の汚れない裸身が、ふきかけた息の曇りもたちまちはじきかえすような、身内から照り輝く光りを放つのも識っていたし、その現身《うつしみ》同様、道子の心がまだほのかな曇りひとつとどめていないのも識っていた。

道子が男女の恋のあやをくまなく描きつくした物語に読みふけるのも、あかねたちが、わが身の恋とひきくらべ、物語の中に描かれる恋の経緯よりも、その愛欲の描写だけを追い需めているのとはちがい、道子はまだ、ひたすら、主人公の運命の変転や、物語の筋の経緯に心ひかれているのも察している。

道子の心の処女地に、祐家がどんな鍬《くわ》の入れ方をするか、あかねは想像しただけで身震いの出そうな嫉妬を覚えると同時に、道子の玲瓏《れいろう》とした清らかさが、祐家の手管《てくだ》によって、どこまで真黒に塗りつぶされていくか、見きわめてみたい悪魔的な好奇心をそそられないでもない。

「伊房さまが、御執心なのを御存じですか」

あかねは、祐家の心をじらすようにいった。

「もちろん、知っている。打ちあけていえば、ここへ来たのも、伊房の恋を適えてやろうと、一肌ぬぐつもりで来たのだ。姫がこんなところにかくれているのを探しだすだけでどんなに苦心をしたか想像出来るだろう」

「でも、こと、恋のことにかけてなら、手足になって唐天竺《からてんじく》へまでも駈けつける御家来衆をたくさん飼っていらっしゃる殿のことですもの、こんな京から、半日の山里を嗅ぎつけるくらい、一日とかからなかったでしょう」

「お前は、打てばひびくところがあって面白い女だ。とにかく、いざこざいわず、私の望みをかなえてくれ。そのあとでどんなにお前への愛が深まるか、見てみるがいいのだ」

あかねは祐家の虫のいい言い分に笑いだしてしまった。

「お客さまは御子左家の中将さま、祐家さまでございます。それはもう御立派なうちにもお優しいほれぼれするような殿方でございます」

手放しで祐家をほめるのは、あかねはくすぐったいような快感がある。

「そう……笛の名手でいらっしゃる方ね、たしか」

「まあ、お姫さまはよく御存じですこと、今年の五節の舞の時も、あの方の笛の方が、舞姫のあでやかさを奪ってしまって、みんながあの方ばかりにみとれてしまったくらいでございました」

「小さい時、遊んでいただいたような気もするけれど、どの方だったかわすれてしまった」

道子は、うっとりした目を庭に放って、遠い想い出をさぐろうとする表情だった。

「これは、お乳母さまには内緒でございますよ」

あかねは、急に声をひそめ、一膝のりだして、姫の方へ顔を近づけた。

「祐家さまが、ぜひ、お姫さまとお話ししたいとおっしゃいます。同じ、お師匠さまを持つ、兄弟弟子というだけでもゆかりが深いし、さっき、お姫さまの琵琶をお聞きになってからは、その音色に、たちまち魅いられてしまい、どうしてもお声を聞きたい、俤をほのかにも見たいと、大そうな恋いこがれよう」

道子は、たちまち、両袖の中に顔を埋めてしまい、かすかに震えている。

道子が現実に、こんな愛の告白を聞いたのは、これで二度めだった。一度めの伊房の時は、たまたま、道子にとっては生まれてはじめての女の障りが訪れた日で、心身ともに異常にたかぶっていたせいか、伊房にいきなり愛をささやかれたことも、夢の中のことのように、霧にかすんでいる。

伊房に、抱きしめられ、唇を吸われたことも、ほのかに、心のどこかが覚えているようにも思うけれど、その瞬間、気を失っていた道子は、さめてから思いだすと、あれは、いつか読んだ物語の中の一場面の幻想であって、たしかに、うつつに、この身におこったこととは思われないのだった。

男の匂いも、男の唇の感触も、いっこうに覚えてはいない。

ただ、ふっと、水の底から浮かび上ったようなあいまいさで、深い自失の眠りから覚めた時、ふいに両の乳房が、針をもみこまれるような痛さでうずいていたのを覚えている。

それ以来、道子は、伊房が、どんな熱っぽい目をむけても、爽やかにうけ流してきた。

伊房を尊敬し、伊房を頼もしいと思う心は変らないけれども、道子は、伊房とは、六つの年からなじみすぎ、肉親よりも近しい感じで、恋の対象にはなり難いのだった。

和泉式部の歌ではないが、憧れの人は、やはり、ある日、ふいに、中空から天降ってでもくるもののように思われる。

もっと、神秘的で、もっと情緒的な現われ方をしてくるのではないだろうか。

道子は、伊房の日毎につのる恋慕に、全く無関心ではなかった。

伊房の手が、道子の筆を持つ手にもちそえられ、字のくせを直してくれる時など、これまでのように無心に、手も軀も、伊房にゆだねている気にはなれなかった。

伊房の息が、耳をおおう髪のほつれにかかり、伊房の軀の重みが、背にやわらかく押しつけられると、脇の奥にじっとりと汗ばみ、その匂いを、伊房にかぎつけられはしまいかと恥ずかしさで、息をつめてしまう。

次第に、伊房と持つ、習字の時間が重苦しく、切なくなっていた矢先、急に、この嵯峨へ来ることになったのを、道子は内心ほっとしていた。

伊房にはすまない気持があるけれども、伊房の愛は、あまりに一途《いちず》すぎて、空おそろしい。それにしても、人間の心とはどういうぜいたくさにつつまれているのだろうか。愛されて、愛しかえせないというような不遜な気持が、自分の心にあるのを、まだ恋をしらないうちに発見せずにはいられない自分は、何という冷い女なのだろう。道子はそんな自分を人にはさとられまいと、つとめて無邪気をよそおってきている。

その時、笛の音が、山の空気をふるわせてきた。

道子もあかねも、思わず、ことばをなくし、耳をすませた。

笛の音は、嫋々《じょうじょう》として女たちにまつわりつくようにせまってくる。

「琵琶をおあわせなさいまし」

あかねが、そそのかすように囁く。

道子は首をふっただけでとりあわない。祐家のだす美しい音色にみあうような琵琶の音をひき出せる自信はなかった。

あかねは、少しでも笛の音を招きよせるように、縁に面した簾をくるくると巻きあげてしまった。

そんなあからさまに部屋の中をのぞけるようにしないでくれといいたいのに、道子はそれも口に出せない。声で、笛の音をさえぎりたくはなかった。

笛の音は次第に、庭をめぐり、池のはたを通って、こちらの対へ近づいてくる。

道子は、几帳をひきまわし、そのかげに軀を小さくしてうちふしてしまった。

道子の対のきざはしに来て、笛の音は動きをとめ、そこから囁きかけるようにひびいてくる。

月光にきらめく、深山《みやま》の流れが道子のまわりを冷たくめぐるように思われる。かと思うと、白銀の芒《ひかり》が、大海原の波のようにゆたかにうちよせてくる。銀河が、天からなだれおちるかと思うあとには、七彩の虹が森の中からするすると碧空《あおぞら》へかけのぼっていく。

やがて、笛の音は、人の囁きのようにひそやかになり、愛語《あいご》を耳の中にささやきこまれているように小さくなる。

邸中の者が笛の音に魅せられて、息をひそめ、聞きいっている気配だった。

道子は乳母が、いつのまにか几帳の向う側に来ているのもしらなかった。

笛の音がとまった。

「ほんとうに、これが極楽の境地でしょうか。この年まで長らえてきた甲斐のある美しい音色を聞かせていただきました」

乳母の声で、現実にひきもどされ、道子もあかねも、ようやく夢からさめたような顔になった。

祐家は、乳母が、夜通しでも目をあいて、自分の行動を監視するらしいのに苦笑しながら、表面はさりげない声で答える。

「こちらのお姫さまの琵琶をあわせていただきたくて、一心に吹いたのに、お気にもめさなかったらしい」

「とんでもございません。こんな美しい音色に魂を奪われないものは人間ではありますまい。お姫さまは、さっきから、ものもおっしゃれないくらい感動していらっしゃいます」

「幸い月夜だし、山の中の空気は天界のように澄んでいるし、お前のことばが本当なら、せめて、かぐや姫のようにほんの幻にでもいいから、こちらのお姫さまの俤《おもかげ》をおがませてはくれないか」

「姫さまはまだほんとにねんねでいらっしゃって、殿方と気のきいたお話などまだお出来にならないのです」

乳母は何とかして、祐家をこの場から立ち去らせたいとばかり思っている。

「もちろん、私にしても、こちらのお姫さまに、けしからぬ気持など持っているのではない。考えてもごらん。私とこちらのお姫さまは血のつながりが濃い上に、同じ書道の師を持つ兄弟弟子ではないか。こんな縁の深い方の俤をちらりとでもみたいのは当然だろう」

「それはもう……」

乳母はあかねの姿を目でさがす。こんなことをふせぐため、あかねが昼すぎ、祐家の寝所にひきこまれるのを見て見ぬふりをしてやったのにと腹がたってくるのだった。

乳母は姫を守るためなら侍女の一人や二人の貞操や運命はものの数とも思ってもいない。ましてあかねのように情事馴れした女に何の思いやりも持ってはいないのだ。

「今夜はもう遅うございます。とにかくおひきとりいただいて、明日にでもまた」

乳母は祐家の前に両手をひろげるような気持でいいきった。

祐家もさすがに興ざめした表情でたち上った。

道子はもう、乳母と口もききたくないし、顔もあわせたくない気持で、袿をひきかぶり、几帳のかげで寝てしまったふりをしていた。

祐家が去り、乳母が去り、あかねもどこかへ消えてしまうと、あとには不気味なくらいの静かさがあたりに立ちこめてきた。

耳の奥にしんしんと水がしみこむように地虫の声が聞え、ふいに、川の方でかじかの鳴声がする。

するとと、さっきこのあたりの空気をふるわせていた祐家の笛が耳の底にまた喨々《りようりよう》と鳴りだすような気がしてくる。

それから、どのくらいたっただろうか。

道子は、ふとただならぬ匂いにつつまれている自分を感じ、はっと目をさました。

気がついた時は、声をあげようとしてもあげられなかった。

いつ、どうしてこんなことになったのか、もう自分の傍にはぴったりと男の軀が横たわっている。几帳のきわには、紫の裾濃《すそご》の指貫《さしぬき》の、あざやかなのがぬぎすてられている。その上に冠が畳まれている。一瞬の間に目に入ったそんなものの方が道子には視覚にのこり、目の前に近々と浮んでいる男の顔は、霧ににじんだようにさだかにも捕えられない。

「声を出さないで下さい」

耳に押しあてられた男の唇がささやく。声とも聞えない囁きが、道子にははっきり聞きとれるのだった。

男の手はそういうひまにも、道子の軀を逃さないようにしっかりと抱きしめていた。

次の間にはあかねが眠っている筈だけれどひそりともしない。

祐家の手が道子の黒髪を撫《な》でる。

道子は、熱病にかかったように小きざみに震えつづけていた。

こんなところまで男にふみこまれる不用意なことをして、もう自分の一生は終ったのかと心が冷えあがってくる。

貝殻のように、柔かな軀をかくし、鎧《よろい》のように全身をつつみこむ殻を持たない自分がうらめしい。

それなのに、祐家に撫でられているうち、髪のあたりから暖かみがしみとおり、気持がよくなってくるのはどうしたことなのか。

「こんな、乱暴なことをして、あなたの傷つきやすい心をいためつけたくはなかったし、何よりあなたに嫌われたくないのです。小さい頃のお人形のようだったあなたが、どんなに、美しく成長していらっしゃるかと、憧れつづけていたのですよ。血のつながりのある上に、あなたと私は、同じ師についています。あなたがどんなにいい字をお書きになるかは、師からよく聞かされています。私は、父のなくなった最初の夫人、行成の娘だった人ですが、その人の字がこれまでみた女の人の中の字では、一番好きなのです。師の話によれば、あなたの文字が、一番あの人に似ているといいます。一度でいいから、あなたの美しい字で美しいお便りを見せてほしいと、そんなふうに思いこがれていたのです」

祐家はひそやかな声で、道子の耳にささやきつづける。道子は聞くまいとしても耳にしのびこんでくるそれらのことば以上に、声と声の間に、ふと自分の耳朶《みみたぶ》にふれる祐家の唇の熱さに、気もそぞろになっていた。

その度、とびのきたいような恥ずかしさにおそわれるけれども、そうする力も全身から消えうせて、躯は何かにしばりあげられたようになっている。

話の間に祐家の手は髪から背にすべり、腰におりていく。

道子はもう自分が雪人形のようにとけてしまってくれないかと思う。

物語でよみなれていた男と女の出逢いとは、こんなに恥ずかしいあらわなことをするものだったのか。文字と文字の間にかくされていた秘密とはこんなに身近に男の体温と匂いにつつまれることだったのか。

「そんなに固くこわそうにしないで下さい。私はあなたをこの世で一番大切なものに思っているから、決して、無理強いにあなたの蕾をちぎりとるようなことはしないのです。紫の上の成長を気長に待った源氏の君のように、私はあなたの心が私にむかって花ひらいてくれる日まで、じっと、耐えてみせますよ。男がこれほど身近に好きな人を抱いていて、その花を手折らないでいるという辛抱が、どんな辛いものか、あなたにはおそらくわかってはくれないでしょう。でもいつか、あなたが女として本当に目覚めた時、私の今夜の真心が一通りではなかったとさとって下さるでしょう」

道子は何をささやかれても、一言も返事が出来ない。

声が咽喉にからみついて、やけつくように胸の中も口中も燃えていた。

祐家は、道子の想像以上の美しさに満足していた。

能信が宮中へ上げようといつくしみ育てただけあって、天然の気品がすでにそなわっているのも見事だけれど、道子の内から滲みだす可憐さは、男心をそそらずにはいられない。

伊房が夢中になるのも尤もだとうなずけるのだった。

祐家は自分がこうと目をつけて、ものにならなかった女はまだ一人もなかった。女の方から持ちかけられた経験も少なくはない。

それだけに、こんな清らかな乙女を、目の前にしておいて、かえって手を出さない自虐を自分に強いるのも漁色家の極地の悦楽かとも思われてくるのだった。

祐家の手が、ゆっくり、道子の小袖の衿へのびた時、道子はまるで蜂にさされたような痛そうな声をもらして身をねじった。

その時、ひかえの間の方で、かすかな衣ずれの音がした。

道子は夢中でその音に気がつかなかったけれども、祐家ははっきりと聞きとった。

あかねが、夜とぎとして次の間にひかえているのを、もちろん祐家は知っていたが、つい今までは道子のあまりの美しさに目がくらんで、あかねのことは完全に忘れていたといってよかった。

そうか、あかねがいたのか。

道子とはせいぜいこの程度の愛撫でひき下らなければならないとしたら、この情熱のおさめどころは、あかねの熱さと柔かさの中に埋めこめるしかなかった。

あかねに、もっと、気をもませるのも、後の快楽の興趣が深まるのではないだろうか。

祐家は道子にいっそう甘い声を出してささやいた。

「こわがることはないのですよ。私はちかって、あなたをこれ以上犯さない。ただもう少し、あなたを識りたいのです。あなたの柔かさ、あなたのぬくみ、あなたの匂い、もう少しだけ私に味わわせていただきたいのです」

声を次第に高くする。次の間の几帳のかげで、息をつめているあかねの耳にとどけばよいと思っている。

「あ、お乳母さま」

祐家のいい気な想いは、あかねの甲高い一声で破られた。

「どう遊ばしたのです」

あかねがわざと、大きな声をあげて、乳母の来たことを祐家につげている。

「どきなさい。どうした。これ、放しなさい」

乳母の声が怒りにふるえて聞えてくる。

祐家は、とっさにすべてをさとった。

乳母が、何となく不安を感じ、ひそかに見舞いに来たところ、あかねが、道子の部屋の入口で全身を耳にしていた。

その乳母にようやく気づいたあかねが、乳母を道子の部屋に入れまいと必死になっている。

あかねの声は、故意に高く、事態を祐家にしらせることだけで、必死になっている。

祐家は、とっさにとびおきると、素早く衣服を整えた。道子は死んだようになって、うちおののいている。

その道子に、袿をふわっと着せかけるだけの余裕をみせ、祐家は、そのまま、風のように、廊下へしのび出てしまった。

あらかじめ、逃げ口をしらべておき知っておくのは、祐家のような情事なれた男にとっては、当然のたしなみになっている。

あかねの手をふりきって、乳母が道子の部屋に入った時は、祐家が用意周到に消していった灯りがないため、真暗だった。

闇の中だけに、闇にこもる匂いがいっそうきわだっている。

道子の匂いは乳母はかぎなれている。何かの花に似た甘い道子の匂いの中に、楠《くすのき》の匂いのようなきつい爽やかな匂いがまじっている。

それを乳母は、夕方、身近に話しあった祐家の衣服の袖から匂ってきたものだったのを忘れない。

火をつける乳母の手がふるえおののく。

ようやくついた灯りの中に、道子は死人のように倒れている。乱れたあたりの気配を直しておくという才覚もない道子の鷹揚さが、乳母にはいじらしくもあれば情けない。

「おおき下さいまし」

乳母はきつい声をだした。

道子の袿をひきはいでいった。

「乳母にはかくしごとをして下さいますな。さ、何もかもつつみかくさずお話して下さいまし。ことによったら、乳母は、責任をとって、死なねばなりません」

道子はいっそう袖の中へ顔を埋めこむ。

「さ、泣いているばかりではらちもあきません。まさか、どなたかにすべてを許しておしまいになったのではないでしょうね」

道子は一向に返事もせず、泣きつづける。

「あかねは即刻、ひまをやります。何ということをしてくれたか。あんな女とは思いませんでした。お姫さま、女はやさしいだけがとりえではありません。自分を守る強さを持ってこそりっぱな女と申せます。殿方の甘いことばには嘘があります。七分通りが嘘だと思ってよろしいのです。さ、お顔をみせて下さい」

乳母は本当は道子の全身をあらためたいほどの焦燥と不安を感じていた。

「何でもありません。どなたかが、ここへしのびこみ、乳母の声に、何を話されるひまもなく、とび出してしまいになっただけ」

ようやく顔をあげた時の道子の声が、あんまり落ちついて静かなのに、乳母はあっ気にとられた。

夏野

祐家は嵯峨で見そめた道子のことが忘れられなくなった。女の寝所までしのんでいって想いをとげずに帰ったという例はかつてなかっただけに、道子には心が残されてきた。

東宮妃にでもするつもりらしい能信の思惑に照らしあわせ、あの宮、この宮と、道子の対象になりそうな宮たちの俤《おもかげ》を次々選びあげてみても、適当な人が見当らない。それだけに、自分が道子を愛し、結婚しても不都合ではない気がしてくる。

左大臣の九の姫安子を四年前妻にしているけれど、同い年の安子には、かく別の不満もないかわりに、とりたてて燃えるような愛を感じたということもなかった。

安子の母に譲られていた風雅な六条の邸に、住んでいて、安子はおっとりしているのが取柄だから、結婚後の女出入りにも、知っているのか知らないのか、きわだった嫉妬をみせたことはない。

時々、ひどい頭痛に悩まされるという持病を持っているのを恥じて、万事につけ、ひかえめだし、おとなしかった。子供が出来ないのも、妻の病弱なせいかと思われるが、安子の乳母たちが必死になって、神信心《かみしんじん》をしても一向に効き目があらわれて来ないようだった。

道子ならば、安子は、もう一人の妻としても認めるのではないだろうか。道子も物静かな性質《たち》らしいし、年上の旧い妻に対して、自尊心を傷つけるようなふるまいをしないのではないだろうか。

祐家は虫のいい胸算用をひそかに心にくりかえし、手強《てごわ》かった道子の乳母を先《ま》ず、どこから攻めおとすべきかと思案をめぐらせている。

そうは思いながらも、嵯峨から帰って、おとなしく家にこもっているわけではなく、相変らず、身をやつし、夜のふけるのをまちかねて、秘かに女の許をたずねあるく癖はあらためそうもない。

気心を許した従者ひとりだけつけ、その夜も祐家は愛馬に身をゆだね、こっそり邸をぬけだしていた。

「いつまでたっても、落着きのない殿ですこと、あれでは、いつ、邸の外で、みっともない事件にまきこまれるかわかりはしない。うちの北の方さまがあんまり、おとなしくしていらっしゃるから、いい気になっておいでなのですよ。それに、嵯峨から帰られて急にまた何かそわそわしていらっしゃる。おそらく、新しい人をみつけて、今しばらくはまた、夢中で通われるのでしょう」

安子の侍女たちが、祐家の外出のかげ口をきいていたと、従者の信衛《のぶもり》から聞きながら、祐家は馬上で、笑い声をあげた後にいう。

「あかねは、邸に入るのは窮屈でいやだというのだ。あの女は気が利いているし、私の身の廻りのことをさせるには、最適だと思うのだけれど……お前はどう思うかね」

「そうですね。今は何とか気どったことをいっていても所詮、殿のお力にすがらなくては生きていけない身の上でしょうから……ただし、あんまり急いでお邸にお入れになるより、里住いの不自由を少し味わわせた方が……」

主人に負けない情事の数をふんでいる信衛の意見ははっきりしていた。

「しかし、あの女は男心をそそる派手な女くささのある女だから、いくら、ああいうわびた住いにかくれていても、男にすぐ目をつけられて、事をおこすかもしれないし」

「へえ、殿がもうそこまであの人に溺れていらっしゃるとは思いませんでしたよ」

遠慮のない主従の間で、女の話となるといっそう、隔意がなくなって、信衛もずばずば思ったことをいう。

「そんなに、いいのですか、あの人は」

「うむ。後の情が深いし、何ともいえず色濃いのだ。最近の掘り出しものだよ」

「あの清らかなお方とは」

「くらべること自体がまちがっている。全く別の味を持つ対照的な女だろう。若い人の方は、これから女に仕立てていく愉しみはあろうけれど、今すぐかじりついて甘い芳醇な果汁をほとばしらせる熟れきった果実というなら、あかねだろう」

そんな話をしている間に、あかねが嵯峨を追われてからかくれすんでいる叔母の家という住いに近づいてきた。

それでも形ばかりの築地《ついじ》があるにはあるが、もう半ば崩れおちていて、築地の上に青草がぼうぼうとしげり、朽ちて落ちたあたりにも草がしげっている。

庭の奥には、半分は手入れのしようもなく痛んで使えなくなった家が雑草にしずむように辛うじて建っている。

祐家が通って来はじめたので、そのむぐらの中に一筋、それでも道らしく刈りこんだあとがあるのが、かえってわびしさをそそった。

　あかねは、その破れ家の一室をどうにか小ざっぱり飾って住んでいた。道子の乳母から、あの翌日、早速ひまを出されてしまい、道子に別れをつげることも許されず、嵯峨を追われて来たのが口惜しくもあれば、心残りでもあった。乳母とは、はじめからそりはあわなかったが、おっとりした中にもやさしさのあふれた道子のことは、あかねは主人として仕えるには理想的な人だと思っていただけに、残念なのだ。

　とはいっても、祐家が、思ったより実意をみせて、早速さがしあてて来てくれた上、熱心に通ってくるのが薄気味悪いような気もしながら、やはり嬉しかった。信衛が、築地の外から、合図の口笛を吹く。それを聞くとすぐ、あかねは走り出て祐家を迎えるのだった。

「こんなところに通ってくるとは、さすがに想像もしなかったな」

　あかねの熱い乳房からまだ手を放さずに祐家がつぶやく。

「こんな、狐狸《こり》の棲家のようなところという意味ですか」

「うむ、まあ、そうだ」

「こんなところだからこそ、物珍しくて殿は通って下さるのではないかしら、わたくしも案外、狐か狸が化けているのかもしれませんよ」

あかねは白い腕をのばし祐家の目の前で手首を揃えて曲げてみせ、

「こん、こん」

とやさしい鳴き声をあげてみせる。

即座に狐の真似をしてみせるようなあかねは、どうせ、わたくしはけものの精ですからとうそぶき、わざと人ではないような恥ずかしい姿態をとることも呻き声をあげることもはばからない。

そんなあかねの情事の技法は、逢う度に複雑に手がこんできて、祐家を飽きさせることもない。

「ここへ通うのもたしかに面白いけれど、やはり、邸へつれていきたい。第一、ここに置いておくことは、不安心でならない。狐や狸のように、いつのまにふっと消えてしまわれるかわからないからな」

「そんなにおっしゃっていただくような身分でもありませんし、それほど嫉妬していただくほど殿方にもてもしませんのに」

あかねは笑ってとりあおうとしない。

どんな口先のいいことをいっても、祐家の最後の目的は道子にあることをあかねは見ぬいている。

叔母は、膝ののびきってしまう病気になり、今は軀も不自由になったのでだらしなく耄碌《もうろく》してしまい、祐家の訪れをまるで仏の訪れのようにありがたがっているのも情けなかった。

「あの人を私に逢わせてくれる仕事がまだのこっているではないか。こんなところにひっこんでしまっていては、それだって心許ない」

「いえいえ、もうあのお約束は御破算にしていただきます。おかげで私はこんな思いもかけない失業をしてしまったのですもの。それに、隣の部屋で、ああいう番をさせられるのは、もうもうたくさんでございます」

「そんなことをいっている。あの時、そちはこっそり几帳をひきよせて、私たちの声がいっそうよく聞きとれるよう、隣室のしき居ぎわに来ていたではないか」

「まあ、あさましい」

あかねは、ずばりと、祐家に本当のことを指摘された恥ずかしさに、わざとらしく悲鳴をあげた。

「そんな不作法な物見高いことをいたしません」

「いいじゃないか。わたしとお前の間で水くさい。そんなかくしごとせずに、もっと、ふたりでのどかに愉しみ、私の情けも、鷹揚に許しておくれ。どっちにしても、あんな子供っぽい人が面白かろう筈はない。ただああいう乙女の清らかさと味のしぶさが、お前のような甘く濃い味に馴れたあとではほしいものなのだ。かえって、刺激になって、私たちの間がいきいきするだけで、悪いようにはならない。ね、くだらない取越苦労はすてて、私のために一肌ぬいでおくれ」

何という虫のいいことを男の身分ではいえるものかと、あかねはあきれて口がふさがらない。それでいて、祐家の、ちっとも悪びれていないねだり方には、品のよさがあってあかねの口もとをついゆるめさせてしまうのだった。

祐家が嵯峨で、道子の肌にもふれないうちに、乳母にかぎつけられたのは、誰よりもあかねが識っている。あの乳母に一泡ふかせてやるためには、祐家の希望に協力することが何よりだった。

伊房の病はいっこうにはかばかしくなく、夏の暑さが加わるにつれ、衰弱はひどくなっていく。

この頃では祐家のあの頼もしい一言だけを頼りにして待っているのに、あれ以来、祐家は絶えて見舞いにも訪れない。

道子の消息は、それとなく、腹心の者にさぐらせているが一向にわからない。

そんなある夜、更けてから、突然、祐家の訪れがつげられた。

伊房は、あわてて、寝所のまわりを片づけさせ、祐家を通して、人払いした。

祐家は燭台をひきよせた火かげの中に、げっそり頬のおちてしまった伊房を見出しぞっとした。

「いったい、そんなに弱ってしまわれて、どうなすったのです」

「もう、長くはない気がしますよ」

伊房は、軀をおこしているのもようやくという風情で、額に脂汗を滲ませる。

「実は、心にかかりながら、大臣《おとど》の内命で、紀州の方へ行っていたものですから、すっかり御無沙汰してしまいました」

祐家は、嵯峨行きはおくびにも出さず、一まず無沙汰のいいわけをこしらえた。

伊房の目には、祐家がいっそういきいきして、若々しくなったように見える。

「ちらと風の便りに聞いたのですが、あの人は、どこか遠くへやられているとか……そんな噂をお聞きになりませんか」

「さあ、実はまだ昨夜帰ったばかりで……もうすっかり御元気になられていると思っていたのに」

祐家は何とかして道子の話から、そらせようとするが、伊房はそれしか話題に興味を示さない。

「あなたが来て下すって丁度いい。どうか、これを私が死んだら、せめてあの人にとどけてくれませんか」

伊房は、手文庫の底から、部厚い手紙をとりだしてくる。

「私の気持ちのたけを書きしたためてあります。病気の熱で手がふるえ、いつものように字さえろくに書けないのが口惜しいのですが、これは私の生涯に二度と書けない恋文です。もしかしたら、熱情で書く字というものが邪道でないなら、この手紙は後世に伝えられても恥ずかしくないものかもしれません」

「中身はともかく、字だけでも拝見したいようですが、まあがまんしましょう。心細いことはおっしゃらず、亀の生血でも吸って御元気になって下さい。私はどんなことをしても三日以内にこれを姫にとどけましょう」

祐家は頼もしそうに誓って伊房をなぐさめた。

天下の書道家の伊房が病をおかし、これほどげっそり心身をさいなむほど精魂かけて書きつづった恋文とはどんなに激しく美しいものだろうか。

祐家は道子を獲得することは決してあきらめないでもこのあわれな恋敵《こいがたき》の心根だけは道子に伝えてやろうと思った。

伊房は、手紙を手渡してしまったあとも、枕に頬をおしあてたまま、まだ話したりなそうにして、祐家をかえすまいとする。

よほど、ひとりで思い悩んでいた時間が長く、人なつかしいのだろうと思われた。

「恋を忘れる治療法は、軽い浮気に気をまぎらわせることですよ。あなたのように、生真面目では、軀も神経も、まいってしまいます」

「そういうことが出来れば、どんなに気が楽かと、私も思わないこともないのですよ。実は病気になってしまう前に、あんまり辛いので、そんな試みもしてみたのです」

「それで、いかがでした」

「さっぱりいけない。かえって、自分の愚かさと汚らしさだけが目についてたまらなくなってしまうのだから」

「その女は、邸の中の者ですか」

「いや、前から、ちょっと、心にとめてあった、左京《さきよう》の外れの野中の一軒家の貧しい女なのです。父親が筆をつくるので、そんな娘のいることも識っていて」

「ほう、なかなか、いい話じゃありませんか」

「あなたにはじめからしらせてあげればよかったたな」

「それで、その後は」

「悪いとは思うけれど、それっきりなのです。もっともそのことのあとで、どっと熱をだしてしまったので、行ってやることも出来ないし……ただ、ちょっと気にかかるのは、娘はほんとにまだ稚《おさな》くて、私がはじめてのようだったのです」

「なるほど」

「稚っぽいところと、横顔の清らかなところが、あの人にどこか似ていて、それでつい」

「あなたの気持ちがわからないな。あれはあれ、これはこれとして愉んでおかれたところで不都合もおこらないだろうに」

伊房は、枕から、頭をあげ、祐家のくったくのない表情を見直した。

「あなたのように、物事にこだわらないのも性格でしょうし、私のように、何でもかでも深刻ぶって暗く考えこんでしまうのも性格でしょう」

「その左京の家を見舞ってやってはいけませんか。あなたが捨ててしまわれた花ならいいでしょう」

「ええ、もちろん」

祐家は一膝のりだしていった。

「お手紙は必ずあの方にとどけます。それと交換といったら卑しすぎるが、左京の家を教えて下さい。あなたの使いだといって、筆の注文にでもかこつけましょう」

伊房は、祐家の熱心さと、積極性に、今更のように愕きながら、そこにあった檀紙の上に、さらさらと、左京の家の地図を書いてやった。

祐家はもうそれ以上、陰気な病人の枕元にいるのも耐え難く、早々に引きあげてきた。

懐の中のかさばる手紙を、馬上でとりだし、ゆっくり封をはがして、目を通した。月光に、伊房の文字が匂いたつように流れている。

左京の嵯峨野に近いそのあたりは、夏草が猛々《たけだけ》しく生いしげり、まぶしい陽光を野一面に反射させていた。

祐家の馬が所々、首まで埋ってしまうほど丈高い草がのびているところもある。かと思うと、いきなり、草の中から、せせらぎの音が聞え、清らかな小川が、ひっそりと流れていたりもした。

祐家の馬の行手を、二羽の紋白蝶が、ひらひらもつれながら舞い踊り、まるで祐家たちの先導をつとめるように先に進んでいた。

伊房の地図は正確だった。辻も、野原の中の樹々の名も、草に埋もれた石仏の数まで正しく書きだしてある。

大きな榎の木が目じるしで、そこから左にまがると、地図にある通りの竹藪が見えてきた。その藪かげに、ひっそりと小さな家がかくれている。

小柴垣に、蔓草の花がからまり、垣根のうちには、洗った衣類が干してある。軒先にはへちまが下って、蔭をつくっていた。

祐家の馬のいななきを聞いて、へちまの下に白い顔があらわれた。

祐家はすぐ、それが、伊房のいった娘だとわかった。

長い豊かな髪を首筋で束ねて、青い布でつつみこんでいた。

切りさげた髪が耳のところでゆれ、まるい頬が、桃のように生毛《うぶげ》を光らせている。眉もつくろわず、化粧もしていない顔に、濃い瞳が、きらきら輝いていた。目を伏せることをたしなみのひとつに教えられている上流の姫たちとちがい、この娘は正面からじっと、相手を見据えるような強い見つめ方をする。

娘が、馬のいななきに、伊房の訪れかと走り出て来たのだろうと思いやると、祐家はいとしくなった。

持ち前の女に対しては無性にやさしくなる気性が早くも出て来て、祐家の表情はやわらいでいた。

「安成《やすなり》はいるか」

祐家は娘に馬上から訊いた。

父の名をいわれて、娘はいっそう大きく目を開いたまま、こくりとうなずいた。

身につけている小袖も、細い帯も、貧しかったが、短い裾から出ている脚の白さが、葱をむいたような艶やかさで祐家の目を捕えていた。

萎えた烏帽子《えぼし》を曲げた筆造りの安成が、狸の皮を干してある仕事部屋から、姿をあらわした。

「おお、これは、御子左家の若様」

安成は愕いて小腰をかがめた。曲った腰といい、額に刻みこまれた皺《しわ》といい、もう六十はとうにこしているだろう。するとこの娘は安成の孫なのか。

祐家は安成に見覚えがなかったが、書の好きな家系なので、父や祖父が安成をひいきにでもしていたのだろうか。

「師の伊房どのに教えてもらって訪ねてきた」

「これはこれは、こんなむさいところへ」

形式的な筆の注文をした後で、祐家は単刀直入に娘のことをきりだしてみた。

「あり難いおことばですが、何分ともあの通りの未熟者でございますゆえ」

安成は祐家の真意をはかるように上目使いに祐家の顔色をうかがった。

「そちの娘か」

「孫でございます。あれの母親が、産後の病でなくなりまして以来、男手ひとつで、わたくしが育てましたので、まるで躾《しつ》けも何も出来ておりません。この里で、獣や小鳥を遊び相手に育ちましたので野性すぎて、とても高貴の御邸の御奉公などつとまるまいと存じます」

「それにしては、目鼻立ちがすがすがしく上品ではないか」

「さあ、それは……」

安成はいいよどんだものの、すぐ心を決めたふうに、

「実は、あれの父にあたる人は、御名は申しあげられませんが、身分のある方でございました。やはり、こういう夏の照りつけた日、ふっと、この庵《いおり》に迷いこんでこられましたので。いえいえ、筆のことで見えられたのではなく、狩りの群れから外れて、迷われたのでございます。娘が、今の孫よりはも少し成長しておりまして、水など汲んでさしあげたのがお目にとまり、まるで奪うように、お邸につれていかれました。やがて、娘が妊りましたが、北の方や、その他のおそばの女たちの嫉妬がきつく、娘は、身にも心にもお勤めがこたえたらしく、ある晩逃げかえって、まもなくお産をすると

はかなくなったのでございます」

「ありそうなことだ」

「その上、子供の父御《ててご》まで、娘のあとを追うように、わけのわからぬ熱病にかかられ、あっけない御最期をとげられてしまわれました」

「不憫なことだ」

「そんな次第で、生れた時から、果報な星の下に生れついているとも見えません」

「それなら、なおのこと、せめてこれから、幸せにしてやろう。私はあの子の父親のような扱いはしない。とにかくだまされたと思って私に預けてはくれないか」

祐家の強引な熱意に、屈したという形で安成は孫娘を案外あっさり祐家に渡していいと応えていた。

伊房のことは、識っているのか、識らないのか、おくびにも出さぬ。

祐家もそれにはとぼけて、

「今にもつれて帰りたいが、馬ではどうしようもない。いずれ、近い日に、車で迎えに来よう。その時、着る物の用意もするから、何の心配もしないでよい。すぐ邸につれ帰るかどうかは、も少し思案してみる。しかるべきところに預けて、一応の行儀作法をしこんでからでもいいかもしれない」

など、こまごまという。そのことばを聞いていると、祐家の口約束が、単なる思いつきだけではなく、相当の熱意だと思わせられるのだった。

安成に呼びこまれ、娘は切れ長な目で、祐家を見据えるようにしながら、家の中へ入って来た。さっきはなかった白い野の花が、髪に一本さしてある。家の中へ入ると、その花の匂いと陽にむされた娘の体臭が、甘酸っぱく強く匂った。

娘は、夏の野でみつけたからというので、祐家はなつのと呼んだ。

ひとまず、あかねのところへつれていった。

いつになく、網代車《あじろぐるま》で訪れたと思うと、中から女をかかえだしたのだから、あかねの愕きは当然だった。

人を通せるようなのは、この一間しかないので、あかねは、ふたりの間に置かれた。

「いったいどうなすったのです」

「なつのといって、夏の野で拾ってきた」

なつのは、一応髪をとかしつけ、母の形見の小袖に紅桜の袿を重ねていた。顔は今、水で洗ったばかりというように、白粉《おしろい》の気もなかったが、着ているもののせいか、はじめて逢った時とはみちがえるようになっていた。

車の中で、ここまで来る途中、祐家は、こまごまと自分を頼りにしてだまってついてくればいいのだとくりかえしいってきかせたが、聞いているのかいないのか、なつのの堅い表情からは見当もつきかねた。

よほど、伊房のことを訊きただしてみようと思ったが、それはまだ早すぎると思って祐家は自分の心を制してきたのだった。

なつのは、その日も強く軀が匂った。夏の陽の下に咲く野の花のようにも、青梅に歯を立てた時の匂いのようにも思われた。

祐家が車の動揺にかこつけて、わざと強く抱きしめても、つい手がすべったように、胸のふくらみをさぐっても、なつのは表情もかえず、軀をぴくりともさせなかった。

とぼけているのか、それとも、あどけなくみえて、よほどの男馴れしたくわせものなのか、祐家はなつのの本性がわからなくなる。すると、いっそう、この少女の不可解さに興味がつのった。

あかねは、内心面白かろう筈がない。いきなり、こんな少女をつれて来て、面倒をみて、行儀作法や、都ぶりの化粧などを教えてやってくれといわれても、素直な返辞が出来かねた。もちろん祐家が、少女を下心なしに構うつもりとは考えられない。

なつのがいることなので、話らしい話も、いつものような愛戯も出来るわけではない。

祐家は早々と座をたち、なつのを残したまま、あかねに送り出させた。

「すねているのか」

祐家はおかしさをこらえた表情でささやく。

「すねてなんかいやしません」

「しかし、あんまり機嫌のいい顔付でもないね」

「どうせ、見られた顔じゃございません」

「お前はほんとに面白い女だ。心をかくさず正直に表情に出すところが手応えがある。人形のようでないだけでも面白い」

「どうせ上流のお姫さまとちがい、つつしみのない馬鹿ですから」

「それ、またそういういい方をする」

祐家は笑いながら、月のない闇の中にいっそう影をこもらせている車の前に来ると、いきなり、あかねを横抱きにしてすくいあげた。

「あれ」

と、出しかけた声をあかねがのみこんだ時は、もうせまい闇の中に祐家に抱きかかえられていた。

「なつのがいて、何も出来なかった」

祐家の息があかねの耳をくすぐってくる。

声をあえがせまいとして、あかねは耐えがたさに身悶えする。輿の外には従者が息をひそめている筈であった。

女をせまい車の中につれこんだ主人のしていることくらい想像しやすいことはない。あかねは、恥ずかしさに気配もたてまいとするけれども、それは難しかった。

祐家には従者に対する羞恥心などないのだろうか。

声をあげまいとして、あかねは自分の掌に思いきり歯をあてていた。

「痛くないか」

血の滲んだあかねの左掌の歯型に口をつけ、祐家はあたたかな舌で傷口をなめてからいった。

「ええ」

「もういいかげんに機嫌を直してくれ。孤児同様の可哀そうな身の上の子供だ。嫉《や》く対象などになりはしない。それに、打ちあけていえば、あの娘は、私の女ではなくて、伊房からの預り女なのだ」

このことばが、あかねには最も効果的だった。どうせまた、一時のがれの嘘にきまっているとは思っても、今、肌であたためあったばかりの男の口からは、だまされたいことばだった。

「ちっとも信じてやしませんけれど」

横目でにらみながら、あかねは衣紋《えもん》をつくろい、そのやさしいしぐさで、もう男を許していることを示している。

男の乗った車の音が遠ざかるのを聞きすましてから、あかねはようやく家の中へ入った。

さっきの場所にさっきのままの姿勢で、なつのは坐っていた。

あかねはまだ自分の目許に酔ったような赤みが残ってはいないかと気おくれしながら、やさしいつくり声でいった。

「つかれていたでしょうに、可哀そうに、早く寝かせてあげなければ」

「あの」

なつのは、真直、あかねをみつめてはっきりした声で訊く。

「あの方は、いつ迎えに来て下さるとおっしゃっていましたか」

あかねは、なつのの目の色と口調にたじたじとなった。

「少し、こちらで、落ちつかれてからとか……よくお話も聞かなかったけれど」

「あんなに長い間、いらっしゃったのに」

あかねは、あっと口を押えそうになった。

なつのの目は相変らず、真直あかねにむかって見開かれていて、かく別意地の悪いつもりでも皮肉のつもりでも、それをいったのでないことはわかる。それでも、あかねはこんな少女は一日も早く引きとってもらいたいと思った。

その部屋になつのを寝かし、あかねは叔母のむさくるしい寝間に入って寝た。

なつのとひと部屋にすごす親しさなどわかず、夢の中にも、祐家にむかって、

「何だか不吉の影のする陰気ないやな少女じゃありませんか。殿の物好きもいいかげんになさいまし」

と、声をとがらせていた。

髪を洗い、白粉をつけ、眉を染めると、なつのは見ちがえるように大人っぽい美しさが滲みでてきた。

強い体臭を消すために、あかねは濃い香をあわせてやった。

思ったことを思った通りにいうのは、なつのの育ち方が、野中の一軒家で、獣や鳥相手に暮らしてきたからだと祐家に説明されると、そういうこともあろうかと、あか

ねは素直にうなずいて、なつのの面倒を見る気になっていった。

なつのは、馴れてくると、自分の境遇の心細さもあって、あかねに頼りきる様子をみせてくる。すると根は気のいいあかねは、なつのが自分の妹のように思えてきて、いっそう面倒をみる態度にも心がこもっていった。

祐家もさすがに、あかねの家ではなつのに悪ふざけすることもなく、なつのの目の前であかねを赤面させるようなこともしない。

あかねが時には物足りなく思うほど、とりすましていて、そのうめ合せは、必ず送り出させる習慣にした車の中でおぎなった。

一ヵ月もそんな日のすぎたある日、陽も落ちてしまってから突然、祐家の手紙だけを持った使いが来て、二人いっしょに牛車《ぎっしゃ》に乗り、邸に来るようにという。突然のことで、事情を問い質《ただ》すひまもなく、なつのをせかし、あかねも急な身仕度をして車に乗りこんだ。

祐家の北の方もいる祐家の邸へ、どんな形で迎えられ、乗りこんでいくのかと思うと気が気ではない。

その車は、いつも祐家がしのんで来る時に使う女乗りの網代車なので、あかねには目をとじても内部の飾りのひとつひとつまで浮びあがる。かさばった女の衣裳は互いにかさねあわせ、まるでつがいの小鳥のように、互いの軀をさしかわして乗らなければならなかった。

そんなよりそい方が、あかねには祐家とこの中でかわす密か事《みそごと》のすべてを想い出させるのである。

「ずいぶん遠いのですね」

なつのが静かにつぶやいた。あかねに聞いているというのではなく、ひとりごとめいていた。

車がとある町角で、他の車の一行とすれちがった。

従者どうしが互いに挨拶をかわしあう声が車の中に聞えて来る。

「おや、ようやくお帰りか」

「うん、今度は長かったので、家で女房どのが待ちかねていようぞ」

「こいつ」

とびぬけて大きい笑い声も、がらがら声も聞き覚えがあった。道子の嵯峨行にお供していた、従者のひとりで、一番年長の気の利く左門《さもんじ》次だった。

車の音と、人の足音がざわざわとすりぬけていく。道子もひそかに今邸へ帰るところなのかとあかねはさとった。

祐家につげたものかどうか迷いつづけているうちに、もう車がとまった。ひっそりした土塀のかげに、小さな門がひらいている。人通りのない裏門から入れるのかと、あかねは思いあがりかけていた自分の立場をとっさに見直した。

露　草

前栽《せんざい》とちがって、手入れもとどいていない裏庭は、雑草が生いしげっていた。

従者に案内されて行くと、草の彼方に真新しい棟が見えてきた。

あかねより十歳くらい年かさに見えるきりっとした女房が出迎えてくれた。二条《にじょう》と呼んでくれという。二条は無表情だが、不親切な人間ではないらしく、二人を新しい部屋に通すと、また何人かの女たちを呼び入れて次々紹介した。二条の紹介のしかたで、あかねは、自分たちが、彼女たちと同じ身分で、つまり祐家の愛人という扱いではなく、祐家の家の侍女として迎えられていることを識らされた。

二条が先にたって一通り邸の中を案内してくれる。この真新しい建物は東の対《たい》だった。

「この春、雷が落ちて、それで、焼けてしまったので、ほとんどすっかり手をお入れになって、どの対よりもよくなりました」

二条はそんなことも説明してくれる。もうすっかり暮れきってしまい、二条の案内も一通り終った頃、ようやく祐家があらわれた。

気がつくと、二条の他の侍女たちは、いつのまにか潮がひいたようになり、あかねとなつのだけが残されていた。

その夜、祐家はなつのを寝所にまねきいれた。二条ははじめから、そういいふくめられていたらしく、なつのに湯をつかわせ、化粧を手伝い、用意してあった新しい小袖や袿を着せかけた。

なつのはされるままになっている。

あかねは、二条の気の入れ方をみて、今夜の予定がほぼ読みとれた。

そうだったのかと思っただけで、予想していたほどの怒りもわいて来ない。

こういう邸の中へ入ってしまえば、あかねの、侍女としての習慣が身にも心にもかえって来て、祐家を情人としてより、主人として見てしまうのだった。

なつのが、祐家の寝所に入っていった後、二条がさりげない声で、

「お次の間のお伽は、なつのさんには気心のしれたあかねさんがつとめられた方がい

いでしょう」

と半ば命令する。

あかねは、ああ、そういう役目がめぐってくるのかと、さすがに、胸に波立ってくるものがある。

けれども、それも、一歩主人の邸に入ったからにはさからってもはじまらない。

こんな屈辱をうけるなら、いっそ、あのまま、なつのひとりを送りこみ、自分は身をかくした方がよかったのかと思われてもくるのだった。

几帳の向うの部屋の奥に、まだ遠く祐家の帳台があって、その中に、祐家となつのは早くからこもっていた。

あかねは、目をとじ耳を両袖でおおい、出来るだけ、帳台に遠い位置に身を伏せていた。灯は消してしまったので、かえって闇が、遠隔感をなくし、あかねはおさえている耳の中に、帳台の中からのひくいささやきや、細い声が、風のようにしのびよってくるような気がする。

帳台の中のなつのは、祐家がどう扱っても、一切さからわない。

はじめから、今日のことを覚悟していたようにも見えるし、無邪気で、今、自分のいる立場が理解出来ていないようにも見られる。

祐家はまたしても伊房のいったことは、熱病の妄想が生んだ夢なのではないかと疑わしくなった。

首筋や顔や腕は、陽やけしていたが着物にかくされている胸や腹はまぶしいほど白かった。乳房のゆたかさは子供の頃から野原を駈け廻って獣や小鳥と遊びたわむれていたというだけに、思いきって発育していた。重い着物や、いくつもの紐で圧迫したことがないせいか、肩も背もたっぷりと肉がもりあがっている。腕はつかむと、祐家の指が吸いつくような脂としめり気にぬれている。

祐家は灯をひきよせて、この瑞々しい果実の色艶や果肉のしまり方を存分に検討した。

なつのは長いまつ毛の影を頰に落としたまま皮をむかれた果実のようにいたいたしく灯を受けて輝いていた。

「こわくないか」

祐家はなつののなめらかに熱い乳房に掌をあてながら囁いた。

なつののまつ毛の影がちらっと動いただけで、なつのは答えなかった。

「この前はどこであった」

問いながら祐家はゆるやかに乳房をつかみ、もうひとつの手でなつのの頰を撫でた。

「…………」

「伊房に可愛がられたのだろう……野の中の家でか」

「…………」

「安成がいてはそうもいくまい……野の中の草の中でか」

「…………」

何を訊かれても、なつのは死んだようにだまりこんでいる。それでも祐家の手の動きにつれ、しだいに頬に赤みがさし、まつ毛の影がふるえ出してくる。

耐えている息をはきださずにいられなくなり、胸の宝珠がつきあげるように盛りあがる。

顔にのびた祐家の指は、薄くあいたなつのの唇をなぞり、柔かな咽喉首にのびていく。

片掌の中のなつのの乳房は、すでに火にあぶられたように内から燃えたぎってきた。

眉がよせられ、熱い息がもれてきた。ようやく祐家の片手は咽喉から肩へすべり腕の内側を柔かく撫でさする、なつのの軀にせんりつが走った。

いった。


「伊房に何度可愛がられた」

祐家はなおも囁きながら、なつのの掌をとるとそれを、なつのの茂みの上に導いていった。

激しい身震いと共になつのが自分の手をひいた。

祐家は小さな笑い声をもらしたあとで、筆の軸で突いたような、なつのの可愛らしいえくぼのような臍《へそ》のくぼみに唇をあてた。

祐家は、なつのにこれほど夢中になるとはわれながら不思議だった。

妻の安子は、月に一度か二度の割合いで、口もきかなければ、物もたべられないという気鬱症になるかと思うと、突然、そばにあるものを片端からつかんで庭に投げだすというような激しい行動に出て、半狂乱になってしまう。平常の落ちついている時は、何の手応えもない鷹揚さだけがとりえの人形のような女だった。

それにあきたらないばかりではなく、結婚前からの放蕩《ほうとう》のつづきで、安子と暮すようになってからも、女漁《あさ》りを休んだという季節はなかった。

色好みの名が行きわたっているだけに、かえって女は口説き易かった。祐家のような男に一度もかまわれないことを恥と思っているような好色な女たちも多くて、女から誘いかけられる機会も少なくはなかった。

たいていの女は識っているつもりだし、おおよそ女の味もきわめつくしたと思っているだけに、祐家は恋には無感動になり、ただ猟師が獲物の珍種を誇るような気持と、惰性で女をつぎつぎ漁《あさ》っているにすぎなかった。

道子に心が動いたのは、久しぶりで、道子のような清純な女の心を動かしてみたいという衝動がわいてきたからで、それだけはわれながらわが心の行方が見通せないでいる。

あかねやなつのに対する気持は、あくまでうわついた遊びだった。道子の清らかさを想いうかべ、手近なあかねやなつのの軀に快楽の鍬をふるうことは、二重の愉しみがあった。

祐家はなつのの魅力が、思いがけず、甘く奥深いのに目をみはりながら、あかねに折々の情をかけるこまめさも忘れはしない。

あかねのような腹心の女は、何時の場合も身近に必要なことを祐家はこれまでの経験で識っていた。

「殿も物好きでいらっしゃる」

「どこの馬の骨とも牛の骨ともわからない身の上だというじゃありませんか」

「いいえ、どうしてそう長くつづくものですか。これまでの例をみたって、殿が夢中におなりなさるのはせいぜい長くて三ヵ月というところじゃありませんか」

前々からいる侍女たちは、なつのに対する祐家の執心ぶりに、そんなかげ口をきいていたが、珍しく、祐家のなつのへの熱はさめそうもなかった。

「殿、あのお方が、帰っていらっしゃいます」

あかねが、ある夜、自分の傍に身を横たえた祐家に囁いた。

「何、どうしてそれを早くいわぬ」

「もう殿は、あのお方のことなど忘れておしまいになったかと思って」

「ばかな、あかね、まさか、なつのに嫉妬しているのではないだろうな、あんな小娘に嫉いたりするお前ではないと安心しきって頼りにしているのだよ。さ、姫の消息をきかせてくれ」

いいながら祐家は、さりげなくあかねが決してさからえないように、あかねの最も欲している愛撫のしかたに移っている。

祐家の心を道子にむけることは、あかねにとっては、なつのに対する消し難い嫉妬の裏がえしだった。

あかねは、祐家がまだ自分を必要としていることは識っていたが、それはあくまで、必要からくる打算の情事で、なつのに対する祐家の執着が、もっと本能的な、生命のあふれでるままの情熱なのを識っている。

なつのは、祐家の寵を受けたからといってかく別威張るでもなかったものの、いつのまにか、侍女たちの間では、自然に重きをおかれていて、病的な北の方に対抗して、ほとんど一家の中心のようになりかかっていた。

なつのの機嫌をとり結ぶことが、主人の機嫌につながることを、彼女たちは見抜いていた。

あかねも、同じ祐家の愛を受けていることはわかっているのに、あくまで、彼女たちはあかねを自分たちと同列にする。

不思議な品位がなつのには加わってきて、今ではあかねさえも、なつのに面と向うと、つい両手をついてしまうような形になる。

その上、あかねの気にいらないことには、なつのは、祐家の邸に移る前、あかねのあばら家で、何日か世話になり、親身に面倒をみてもらったことなど、全く無視しきっていた。

新しく改造した東の対は、若いなつのを中心に、いつのまにかしっかりと固まり、あかねは、なつのの一番身近な侍女のひとりという形がつくられている。祐家がことばで、それを示したことは一度もないし、なつのが彼女たちに求めたことも一度もない。それでも侍女たちは争ってなつのの用を足したがり、なつのに仕えたがった。

あかねの心中がおさまらないのもこんなところだった。

今では、なつのは、さる出家なさった宮の御落胤だなどという噂がまことしやかに流れている。そういわれてみると、ここに移って以来、いつのまにか身にそってきたなつのの気品は只者ではないともみえてくるのだった。

あかねは、祐家に道子を思いださせるだけでも、なつのに報復するような気持になった。

祐家は、もともと、道子にひかれて、道子の俤《おもかげ》と似たなつのを得たのだから、道子を思いだすと、早速、あかねにその手引きをさせようとする。

「だめでございますよ。私は、殿のおかげであのお邸をしくじったのですもの、どうして、またお姫さまに近づくことが出来ましょう」

「そんな意地悪をいわずに、一肌ぬいでくれ、こんなことを打ちあけて頼める仲こそいつまでもつづくのだよ。あの姫の近くに、こちらから、誰か侍女を送りこむ手はないものかね」

あかねは、そんなことはあの乳母の目が黒いかぎり不可能だろうとじらしておいた後で、

「実は、私の遠縁の娘が、つい半月ばかり前から、お端女《はしため》に上っており、お姫さまにお気にいられております」

と耳よりな話をつげた。

道子は端女の中でも一番年若なおこうを可愛がっていた。

いつでもとりのぼせたように頬の赤い、黒目の大きなおこうは、唇が蜂にさされたように、ぷっくりと盛り上っているため、いつも何か、ものいいたげな印象をあたえる。

侍女や端女が、どういう経過とつてで、自分のまわりに集まるのか、道子は一切しらされていない。いつか、ふと気がつくと、毎日いた女がいなくなったり、はじめて見る女が、自分の用をたしていたりしているのであった。

おこうも、そういうふうに、ある日、ふと、道子が硯の水がほしいと思った時、縁側にひかえて、道子の声に応じたのだった。

それ以来、道子はおこうの素直さと無邪気さを愛して、身近く使っていた。

おこうは、文字に興味があるらしく、道子の書きつぶしの字を手本に、ひそかに自分も習字をしているようだった。

道子が捨てようとした反古《ほご》を、おこうが、

「あ、それを捨てないで下さい」

と、いったことから、道子はおこうの習字を知って、それ以後は、おこうのためにお手本を書いてやったりもしている。

稚《つたな》い字だけれど、気持の素直さが出ていて、のびやかな文字を書くようだった。

そのおこうが、ある日、もじもじして、一通の文をさしだした。

「どこから？」

道子がいぶかしがって訊くと、おこうはいっそう困惑しきった様子で、

「わたくしをこちらへお世話下さった人からの使いで、何でも、お姫さまのお手にじきじき渡すようにとのことでございます」

という。それ以上に、何かいいふくめられたらしく、おこうはこの秘密めかしい使いを重荷に感じているふうだった。

道子は、おこうをさがらせて、その文をひらいた。

ひらく前から予感はあったが、それはやはり祐家からの恋文だった。

とても、人には見せられない熱烈な想いのたけがこまごまとつづってあった。

「嵯峨の夜のことが夢ではなかったかと、今でも、茫然として、あの幸福を思い出しています。私のあなたを大切に思う気持が並大抵でないことは、やがて、あなたが、

本当の恋を味わわれた時にこそ、わかって下さるでしょう」

道子は読んでいても、羞恥で全身が燃えてきた。こんなはしたないことを書く祐家の気がしれなかった。

手紙はすぐ、火桶の中で灰にした。おこうを呼び、

「もう誰から頼まれても、あんな使いはしてはなりませんよ」

と、いましめた。おこうは、道子のことばの途中から、泣きだしてしまった。深いことはわからないままに、自分のしたことが、何か不都合な、恥しいことだったのを感じているふうだった。

「泣かないでいいのです。さ、泣いていてはかえって、人に怪しまれる。今日のことは誰にもいわないのですよ」

おこうはただ、泣きながらうなずくだけだった。

そんなことがあった後も、二度、三度と、おこうは、祐家の手紙の取次をさせられていた。

その度、おこうは、道子の目をさけるようにして、熱でもありそうに上気し、そわそわ取り乱すので、すぐ道子に見とがめられてしまう。

問いつめると、泣きながら、また手紙を受けとってしまったという。

仕方がないので、道子はおこうの手から手紙を受けとり、おこうの目の前で焼き捨ててみせる。

「いいですか。こうやって、いくらいただいても、わたしはあけもしないで焼いてしまうと、その人にいっておやり。受けとると、お前が叱られるのだからと、いっておやり」

「そういつも申します」

「すると？」

「すると、そんなら、お乳母さまにいいつけて、わたくしの落度を数えたてると申します」

「まあ、可哀そうに、どんなことをいってきても、わたしがお前を守ってあげます。そのかわり、もう、こういう使いはしないと誓っておくれ」

その度、おこうは、身も世もないという風情で泣くのだった。

いつかは、わざと、おこうはその手紙を道子の文机の前に落としていった。

手渡せば叱られるし、おこうの立場では断わりきれない相手から渡されるのだろう。

道子は、それも焼き捨てようとしかけて、ふと、開いてしまった。

どの手紙も、焼き捨てるということに対して、うらめしそうに祐家は訴えかけている。

どこまで本気なのかわからないけれども、読んでしまえば、やはり、燃えあがるような男の情熱が、文面からほむらになって、顔にも胸にもうちつけてくる。

嵯峨でのことは、道子にとっても夢のようで、今ではもう、はっきり思いだすことも出来ない。

それでも、祐家の愛撫は、伊房の時の、半ば気を失っていた時のとはちがって、心の記憶のはかなさとは別に、軀のどこかが覚えているような気がするのもうとましい。

道子はおこうを叱り、自分も祐家の手紙など一切思い出すまいとするのに、ふと、習字の手を休めた時など、読みすてた筈の祐家の手紙のことばがきれぎれに浮かんできて、その文字を、指でなぞっていたりするのだった。

雨つづきのある暗い日、道子は気分がすぐれず、昼すぎから、几帳をたてまわし伏っていた。

もう道子が眠ってしまったと思ってはじめた侍女たちのひそひそ話が聞えてくる。

「え？　それで、たしかな話なの」

「だって、私がこの耳で聞いたのだもの、この間の宿下りの時、北山《きたやま》へお籠りにいったら、あかねさんの朋輩《ほうばい》衆が三人ばかり、やはりお籠りしていて、私のことを誰ともしらずお喋りしていますのさ」

道子は、あかねの名を久々に聞くものだと思って、思わず、耳をかたむけた。

「それで？」

「あの浮気っぽい中将さまのことだもの、どうせ、いつまでもつづくことはないにしても、当分はまあね」

女たちは、何がおかしいのか、あとはくすぐりあうような笑い声だけが聞えてくる。

「それに、その若い人が、たいそうなお気の入り様で、片時もお側をおはなしにならないとか」

「だってその人は、あかねさんがおつれしたっていうんでしょう」

「ええ、だから、あかねさんの心の中もどんなものかって、噂してるんですよ」

「なるほどねえ。でも、あの人は、うちのお姫さまにかく別お目をかけられていたのに、いったい、なぜ、あんなに急にお閑が出たのかしら」

「だから、中将さまをうちのお姫さまに取りもとうとしたのがお乳母さまの目にとまったんですよ」

聞いているうちに道子は、いっそう目が冴えてきた。

あかねが嵯峨から、いきなりいなくなった事情がようやくのみこめてきた。

しかし、あれからすぐ、あかねが祐家の寵をうけているなら、いったい今日このごろの祐家の愛の手紙は何なのだろう。

「何でも、そのなつのとかいう若い女が、うちのお姫さまに、どこかおもざしが似ていると、こう女たちがいっているんです」

「それじゃ、ずいぶんきれいな女なのかしら」

「もともと中将さまは、うちのお姫さまにお気があって、果せないから、縁のあるあかねさんを手許へ引きとられたのでしょうよ」

道子は、もう、女たちの話を聞きたくはないと思った。

これ以上聞いていると女たちの話の中には自分のことがもっともっと話題になりそうに思う。空咳をすると、女たちの話し声はぴたりと止んだ。

ちょうどその頃、祐家の寝所では、祐家があかねを相手にぐちをこぼしていた。

「相当、情のこわい女だとは予想していたが、こうまで味もそっけもない態度をとりつづけるとは思わなかった。こうなれば、意地ずくでも、あの姫をめとってしまうまでだ」

「なつのさんはどうなさるのです」

「また、なつののことをいう。どうしてそう信用出来ないのだろう。なつのは人形のようで、話らしい話の相手にもならない。ただ、軀で応えてくるだけの女なのだよ」

「まあ、にくらしい」

あかねに思いきり、脇腹をつねられて、祐家は大げさな悲鳴をあげた。

「どんなことがあってもお前を捨てはしない。安心して、私についてくればいいのだ」

「虫のいいことばかりおっしゃって」

「それじゃ、お前は、私から別れていかれるつもりなのかい。さあ、そのつもりなら、はっきり正直に答えてごらん」

祐家はあかねにあふれるものを軀でたしかめながら、わざとあかねの答えをうながしてくる。

それから数日後、あかねは祐家にささやいた。

「耳よりな便りがございます」

祐家はすぐ話にのってきた。

「あちらのお乳母さんが、腰を打ったとかで、宿下りをしたそうです」

「いつからだ」

「たった今、しらせがありましたが、昨日の夕方からもうお邸は出ているそうです」

「こんな機会を逃がす馬鹿はいまい」

祐家は、もう、浮き浮きして、どんな無理をしてでも、首尾をとげようと心がはやってくる。

「でも、わたくしはあれっきり、お姫さまに御挨拶もしておりません。まさか急には」

「しかし、ぐずぐずしていると、必ず邪魔が入る」

「そんなにおせきになりますか」

「また、そんな目付をする。いいではないか。誰とどういうことがあってもお前は死ぬまで私の女だ。外のどの女に対してだって、お前に打ちあけるほど、ほんとうのことをいってるものか。知っている筈ではないか」

あかねは、いつも乍《なが》らの祐家の虫のいい勝手なことばを聞きながら、それでも祐家の熱心な口調を聞いていると、今、この限りでは、自分は祐家に必要な女なのだという自信に心がうるおってくるのだった。

「恩にきる。後の責任もとる。だから、もう一度だけ、手びきしてくれ」

祐家を道子に逢わせることで、なつのに対する腹いせが出来ると思うと、あかねは、いっそう祐家を焦らせながら、もう心は、祐家を手引きする計画ばかり考えていた。

その次の日の夜——

おこうが、道子の前にかしこまった。

「あの、どなたにも内緒で、お姫さまに、お目にかかりたいという人が……」

まさか男ではあるまいとは、訊《き》かれなく、道子は、おこうの顔をみつめてだまっていた。

「おわび申しあげたいことがあるとお伝えしてくれといっております」

「例のお手紙には関係のない者ですか」

「はい」

おこうはひたすら小さくなっている。

「……お姫さま、お久しぶりでございます」

おこうの背後のうす暗い灯かげの中から、ひそやかな声がした。

「ああ、その声はあかねでは」

「はい、おなつかしゅうございます。あれからずっと、どんなにお目にかかりたいと思っておりましたことか。ただ、あんな形でお邸を追われたわたくし、こちらの方角に近よることも遠慮いたしておりました」

「まあ、もっと中へお入り」

侍女たちの噂話が道子の耳にちらとよみがえったが、それを打ちけすだけのなつかしさが道子の方にも湧いてきた。

あかねは道子の前に出ると、感情の波が押えきれないというふうに、肩をふるわせてわっと泣き伏してしまった。

「とんでもないことをしてしまって……お姫さまに御迷惑をおかけしてしまったばかりか、おわびの時間もあたえられず、あのままお暇になったのが心残りで死ぬにも死にきれない気持でございました」

「大げさなことを」

道子は笑って、あかねの無事を素直に喜んでくれる。

あかねは、乳母がいないことを識っている大胆さから、もう一膝のりだしていった。

道子の気転で、人払いさせたので、二人のところには誰も近よっては来ない。

さっきまでいたおこうの姿もいつのまにか見えなくなっていた。

あかねは、間近に道子を見上げながら、しばらく逢わない間に、道子がすっかりろうたけた美しさにみがかれているのに目をみはった。

もともと美しい姫ではあったけれども、あかねの知っている道子は清らかさとか、無邪気さが顔や容姿に滲み出てはいても、こんな、月の暈《かさ》をかぶったような、妖《あや》しい美しさが、光背のように照りそう女らしさにはまだ遠かった筈だった。

「このごろ、お師匠さまはいらっしゃいますか」

あかねは、道子の美しさが男のせいかと、さぐりをいれる。

「いいえ、もう、お習字は自分でいいお手本を見て勉強すればいいといって、先生はことわってしまいました。あれっきり」

さすがに道子は淋しそうにいう。

「でも、せっかく、あんなに長い間、親身に教えて下さいましたのに……何でも、あのお方は、お姫さまの御一家に受けた誤解が悲しくて、とうとう、九州大宰府《だざいふ》の方へご自分で希望して、近々うつられるそうでございますよ」

「まあ……そんなこと、少しもしらなかった」

道子の顔が曇った。

伊房が、何かと愛情の告白らしいことをいったりしたりするようになってからは、鬱陶しく思ったことはあっても、やはり、幼い頃から、手をとって教えられた伊房には肉親のようななつかしさが残っている。

伊房に別れもつげず、遠い九州の果てに発ってしまわれるのは、心許ないし、淋しい気がした。

「ひとめ、お姫さまにかげながらでもお別れをつげたいと、おっしゃっていらっしゃいます」

「お前はどうして、そんなことを識っているのです」

「はい、実は、わたくしのいとこが、あのお方の所へ御奉公に上っておりまして、そのいとこから、何かとお噂を聞かされるのでございます」

道子は、あかねのことばを信用しきって聞いていた。

「いかがでございましょう。一目、お逢いあそばして、お姫さまもお別れをおつげになっては……何といっても長い間のお師匠さま……」

道子が、あかねのことばに、何と応えたものかと迷っているうちに、あかねはたたみかけるようにそそのかす。

「幸い、と申しては何ですけれども、お乳母さまはお留守。侍女たちも、今夜は、あちらのお部屋で、しきりに碁を囲んでおります。このひまに、ちょっと、お目にかかられては」

「まさか、あのお方が」

「はい、実は、もう、そこへ伺って、お待ちになっていらっしゃいます」

道子は愕いて声も出ない。

はるか、遠くの部屋の方から、侍女たちの、妙に浮き浮きした笑い声が、どっとあがるのが伝わってくる。

実はあかねが、ひそかに侍女たちに酒を贈り、その酔いで侍女たちが浮かれているとは道子の想像も出来ないことだった。

「とんでもない。もしそんなことが、あとで知れたら……」

「わたくしに万事まかせておいて下さいまし。どうせ、わたくしはお閑をいただいた者でございます。これ以上、とがめられようもない身の上、すべてはわたくしの一存でと申しひらきましょう」

あかねは、立って、燭台の傍へ几帳をひきよせ、それに自分の小袿をかけて、いっそう影をつくると、その足で部屋を出ていった。

ほどなく、うす暗い部屋の影の中へ、あかねに手をひかれて、女の袿を頭の上からかぶった人影がすっと入って来た。

「さあもう大丈夫でございます。あとはわたくしが見張っております」

あかねが誰にともなく、ひとりごとめいてつぶやき、すっと身をひいてしまった。

道子は思いがけない成り行きに、ただもう、あきれて、ことばも出ない。

女姿に身をやつしてまで伊房がしのんできた情熱を恐ろしいと思うと同時に、もう忘れていたつもりの、あの日の記憶がふいになまなましくよみがえってきた。

伊房は、まだ袿をかぶったまま、膝でつ、つうとにじりよってきた。

思わず、道子が立ち、逃げようとする裾が、押えられた。

「お逃げにならないで、今、少し、そのままいらして下さい」

道子はその声を聞いて、愕きがいっそう深まった。

声は、伊房ではなかった。

「こうとでもつくろわなければ、ここまでも入れては下さらなかったでしょう」

女の袿がはねのけられると、冴え冴えとした祐家の顔があらわれた。

「あ、あんまりな」

道子はそのまま、祐家の手をふりちぎって更に逃げようとする。

その道子の動きより早く、祐家が身をおこし、背後から道子を抱きとめていた。

「声をおたてになってはいけません。侍女たちに聞きとがめられては、かえっていいわけの立たない現場です。落ちついて、私の話だけでも聞いて下さい」

祐家の腕は道子がもがけばもがくほど水に濡れた皮のようにじわじわとひきしまってくる。

蛍　火

濃くなった庭の闇の中を、蛍が流星のように青い光りを放って流れていく。池のあたりに、目を凝らすと、水際の草のかげにおどろくほど、おびただしく、青い透明な光りが明滅していた。

蛍火のはかない光りを見つめていると、すぎさった歳月が夢のように思われてくる。

あの頃からおおかた十年もすぎてしまったことが信じられない。

大宰府へ移ってしまった伊房には、ついに別れをつげる機会もなく逢わないままにすぎてしまった。昨年あたり、京へ帰っているという風の便りを聞いたものの、また、東国に移ったとかいう噂が流れてきていた。

祐家が、三年前、赤裳瘡《あかもがさ》をこじらせて逝去した時は、宮中の女たちが、こぞって袖をしぼり、そのことで、思いもかけない高貴の女人たちの間にも祐家の情事の火がのびていたことがしらされて、ひとしきり噂の種になったものだった。

道子は、祐家の死を聞いた時、顔色もかえなかった。自分の顔色はおろか、頬の筋肉も動かなかったことを道子は自覚していて、安心した。

噂の根というものも、せいぜい長くて一年、三年、五年、まして十年も昔のことなどは、覚えていても忘れたふりをするのが、奥ゆかしいことであって、誰ももう、祐家と道子のあのかすかな噂を思いだした者もないようだった。

唯一の証人のあかねは、あの事件の後、一度も道子の前にあらわれていない。

道子にとっては、なぜ、あかねが、あんな手のこんだ悪どい策略を弄したのか今もってわからない。

身の潔白をあかねに証明しようにも、あかねはあれっきり、道子の前に姿をあらわさないのだから仕方がなかった。

いつのまにか、おこうも、いなくなっていて、はじめて、道子はおこうが、あかねの手引きか、縁つづきで道子の側に来ていたということをさとったくらいだった。

あの夜の道子の小袖がほころび、几帳のかざり紐がちぎれ、燭台が、倒れて、蒔絵に傷がついていたなどという、さまざまなことが、誰の口からか、まことしやかに語りつがれて、噂は野火《のび》のようにひろまってしまった。

見た筈の人もないのに、祐家が女装に身をやつして、しのびいったさままで、まるで見てきたようにひろまってしまった。

帰って来た乳母は、その噂に、熱病にかかったほど、気病みしてしまったくらいだった。

乳母にいくら問いただされても、道子はその夜のことに関しては、石のように口を閉ざして語らなかった。

乳母が泣いて責めても、道子もただ涙をはらはらとこぼすだけで、口を割らない。

あとは、せめて、その噂を邸外へもらすまいと、乳母が必死になってふせいでいたのを道子もおぼろに思いだすことが出来る。

あかねが祐家の女のひとりだったということも、耳に入ったし、祐家があの頃、あかねより若い女を、北の方以上に愛し、大切にあつかっていたという噂も耳に入ってきた。

それとても、今は、遠い霧の彼方の風景のように、道子の記憶の中ではおぼろにかすんでいる。

祐家をこばみ通して守った身の潔白のあかしを強いてたてようとしなかった自分の心を道子はふりかえってもみる。

軀《からだ》で拒み通しても、祐家のふきつけた情熱のほむらは、道子の心に燃え移ってしまい、祐家とあの夜以来、ついに逢い逢うこともない歳月、それを消し去ろうとするのに、どれほどの努力が必要だっただろうか。

道子の字に、艶があふれ、墨色が女の眉《まゆ》のように煙ってきたのもあの頃からだった。

そして、また、今では、女の手には珍しいほど、道子の字は勁《つよ》い鋭い線を持つようになっている。

文字を書いている時だけ、人に逢わず、人に話しかけられないですむということが救いだった。

道子は、お手本に昔の女たちの恋の歌を選んでいたのをやめ、経文を写すようになっていた。

心に恋の炎が燃えている時、恋の歌を写すことは、耐え難かった。

祐家と道子だけしかしらないあの夜の出来事をみて、道子は自分の操《みさお》を守ったといいきるのも面映《おもは》ゆいと思っている。

「女は、藻のようにやさしくなびくのが美しいし、自然なのですよ。こんな情のこわい人とは思いもかけなかった」

情事なれた祐家が、力ずくで最後までおし通すならば、道子の操など、とうてい守りきれていなかった筈だった。

なぜ、祐家が、ふっと、力をゆるめ、白けた表情になってしまったのか、道子は今になってもわからない。

乱れた裾《すそ》をそろえてやり、髪をかい撫でてやり、祐家は、形だけはととのえて、泣き伏している道子の肩をしばらく撫でていた後、すっと立ち上って去ってしまったのだった。

あれからの十年、道子は自分の体が、樹にしがみついたまま、熟《う》れ腐っていく果実のような重苦しさを感じていた。

心の中のほむらを気づかれまいと、つとめてつくっていた仮面のような表情が、今では道子の素顔のようにはりついてしまった気がする。

鏡の中の自分の顔は、毎日見馴れているせいか、昔の自分よりさしてふけてきたとも思わない。

それだけに、人の目にはどう映っているだろうと思うと、ぞっとするのだった。

東宮妃に上る日時が決められたといい、道子のまわりでは、殺気ばしったような緊張がみなぎってきた。

朝晩、湯に入れられ、二人がかりで磨きたてられ、くまなく全身に異国の香油をぬりこめられながら、道子は人形のように素直に、くもりのない裸身を侍女たちにまかしきっていた。

延久《えんきゅう》元年八月二十二日に、道子は東宮妃として上った。

晴れの盛装に飾られると、道子を見馴れたつもりの侍女たちも、改めて道子の美しさに目をみはった。

平常の何気ない姿でいる時よりも、道子は、化粧を濃くし、重々しい衣服を重ねれば重ねるほど、美しさと威厳を増す型の女なのを、誰もこれまで気づかなかったようだった。

どんな、豪華な衣裳も、厚い化粧も、道子の内部から輝きだす威厳と天性の美しさをそこなうどころか、かえって、その美しさを輝きまさせる。

父の能長は、盛装した道子を見て、男泣きに涙をこぼした。

「この日をどんなに待ったことか。あとはただ、そなたが強い皇子を生んでくれることだけが、そなたにあれほどの夢と期待をかけられたなき祖父殿への孝養と思っておくれ。わが家の栄誉も、繁栄もすべて、そなたのやさしい肩にかかっていることを忘れないでくれ」

道子は、ただ、重たげに首をかすかにうなずかしただけで、父のことばに応えた。

宮中に参内《さんだい》して、先ず、天皇に御挨拶を申しあげる。

噂にばかり聞いていた宮中に上っても、道子はわが家に居ると同じ態度で、一向に上気もしなければ、動作にとりみだしたところもなかった。

能長の方が上ってしまって、冠の紐《ひも》を何度も結び直したり、衣紋をつくろったりして、そわそわと落ちつかない。

お上は、御簾《みす》ごしに道子をごらんになり、早くも、道子の物おじしない落ちついた物腰を目にとめられたようだった。

「もっと、近くへ」

と、玉座の中から声がかかったので、能長の方が、緊張のあまり、身震いが出てしまった。

この日は、つい数日前、関白教通《のりみち》が左大臣を辞したため、左大臣には右大臣だった師実《もろざね》と、右大臣には、内大臣だった源師房《みなもとのもろふさ》が任命されたばかりで、二人の新大臣も、たまたまその場に御挨拶に参内していた。

それだけでも、権大納言の能長としては、晴れがましすぎ、逆上気味なのに、道子は林のような物静かさを一向に乱しはしていない。

「堂々とした美しい妃が出来た。東宮にはすぎた妃ではないか」

簾の中からのお上の声があまりに、晴れやかなのも、能長にはかえって不吉な気がするほどだった。

雲ひとつない初秋のこの頃の空を見上げると、かえって、目まいがするように、能長には、今日の晴れがましさが、かえって不安な目まいを呼ぶ。

「そうではないか、大臣《おとど》たち」

御簾の中からのお声に、二人の新大臣があわてて声を合わせた。

「たしかに、まばゆいような御立派な妃さまでございます」

道子は、やはり顔色もかえず、身じろぎもしないでそこに静かに坐っていた。

道子はその夜、はじめて東宮と逢《あ》った。

もういくどか、手紙のやりとりは交していても、恋の手紙というものは、半ば儀礼的なものであったし、まして、東宮の婚約者としての道子に送られる東宮の手紙は、能長の目も当然意識していることだし、どこかよそよそしさをまぬがれない。

道子の方からのお返しの手紙にしたところで、やはり、通り一ぺんの儀礼的なものになるのはどうしようもなかった。

御簾の中に囲われた奥深い部屋のうちは、見るからに涼しそうな薄物の几帳で飾り回らされていて、燭台の灯《ほ》かげもほのかだった。

どこかで、遣水の音がかすかに聞えてくる外は、人の気配も消えてしまった。ついさきほどまでは、祝い酒がくみかわされていた下の屋敷の方も、今はひっそりと静まりかえっている。

すぐ次の部屋に夜とぎの女房がひかえているのはしきたりだったが、さすがに、息もひそめ、二人の初めての夜を心なく乱すまいと気づかっているふうだった。

「はじめての内裏の中を、ひきまわされ、さぞつかれたでしょう」

東宮は、道子よりも十一歳も年下とは思えないほど、老成した感じで、態度も顔付も、ゆったりと落ついていたが、声は若さにあふれていて晴々と冴えていた。

檜扇で、顔をかくしている道子の傍に、東宮は、すっと立って近よってきた。

「ずいぶん待たされたから、今日の日がまだ夢の中のような気がしますよ。こういう夜を、もう何度も夢の中で見てきたから、私が恥ずかしがらないのもとがめないで下さい」

傍にくると東宮の十七歳の軀からは、薫《た》きものの匂いをはじきかえすような爽《さわ》やかな男の匂いがただよってくる。

「噂にばかり聞いているお顔を、もう見せてくれてもいいでしょう」

東宮は、道子の扇を持つ手の指を柔かく、一本一本ときほぐし、その手を両手ではさみこんでしまった。

道子の檜扇が膝をすべると、そのかわりをするように、黒髪がはらりと頬をおおってきた。

東宮は、その黒髪を片手でかきあげ、まじまじと道子の顔をみつめてくる。

恥ずかしさときまり悪さに、道子は目を伏せ、こまかく全身をわななかせていた。

「美しい。噂よりも、夢の中で憧れ描いていたよりもあなたは美しい。どうして、こんな美しさを、能長は邸の奥にとじこめておいたのだろう。もっと早く私のところへ来てくれればよかったのに」

東宮の声は若々しい情熱にあおられるように、甲高《かん》くなり、ふるえてきた。

「さ、何とかいって下さい、まだあなたの声も聞いていない。これが夢でない証拠のあなたの声を聞かせて下さい」

「あんまり、まぶしくて、目がくらみそうでございます。わたくしもせめて東宮さまくらいの若さでお目見えしとうございました」

契りをこめる時にも、東宮は信じられないほど落ちつき大人びていた。

着ているものをとってしまえば、道子はいっそうきゃしゃで嫋々《じょうじょう》としていて、着衣の時の、人をたじろがせるような硬質の美しさがやわらいだ。

熟しきった果実が、風の一吹きに枝を離れるような自然さで、道子は長かった処女の季節に別れをつげた。

東宮の道子への新鮮な興味と愛は、傍目《はため》にもほほえましいほどで、東宮は人目も憚《はば》からず片時も道子を手放したがらないほどだった。

能長は、予想以上の東宮の寵幸《ちょうこう》に、すっかり安堵してしまった。

道子は誰の目にも、雲を払った月のような冴え冴えとした晴れやかな美しさに輝いてきた。

道子の肌は梨の花のような、白さの中に、うす青みをおびた翳《かげ》をつくっていた。

乳房だけが、ほのかな紅をこめてもりあがり、乳首は海棠《かいどう》の花びらをおしあてたようにみえた。

冷く、とぎすました刃物の腹のように光っていた白目が、白磁の陶器の面のようにあたたかみを帯びた照り方をした。

なくなった乳母は、死ぬ前に、何年もかかって道子に初夜の心得や、その後の閨《ねや》でのたしなみについてことこまかに教えていったが、そういう知識は、すべて、その場にのぞむと、何の効果もあらわさなかった。

道子はただ、波にまきこまれ、波につれさられる小さな花のように自分を感じていた。十日たち、二十日すぎる間に、ただ嵐のような激しさと、うねりで、自分をもみにもんでいた波の中にも、緩急のうねりがあり、ゆりあげ、ゆりさげられ、真青な海の深みにつれこまれるはげしいめまいのうちにも、海の壁のなめらかさや、青みの深《しん》浅《せん》や濃淡がようやくよみわけられるようになってきた。

すると、全身におもりをつけて、ぐいぐいひきこまれる水底《みなぞこ》の世界に、思いも描くことの出来なかった光りと音楽があふれ、押えようもない快さが身内の芯《しん》からほとばしりでて、手足が自然に舞い踊るのをとめることが出来なかった。

東宮は時には道子の舞いのつれになり、手をとり、背を抱いて、道子の動きにとけこんでくれるかと思うと、ある時は、笛を吹き、琴をかきならし、道子の動きをいやが上にもなめらかに運ばせてくれる時もあった。

水底にも、水晶宮《すいしょうきゅう》がたち並び、花々が咲きあふれ、樹々は果実の重みにたわみ、七彩の魚たちが、地上の鳥のようにその樹々の間をむれつどい、ひらめき走るのを見るのだった。

いつか、道子は、東宮に案内され、東宮につれ去られる水底の世界から浮び上ってきても、しばらくはまだ夢とうつつのけじめがつかないように、意識も軀もうっとりと霞《かす》み、まつ毛ひとつさゆるぎさせることも出来ないで、東宮の腕の中に横たわっていることがあった。

危惧していたよりもはるかになめらかに、東宮との新しい生活は流れていくようだった。

夜、ふたりの時間に、東宮があまりにあかあかと灯を輝やかせたがることを除いては、道子は東宮の癖のない大らかな性質になじんでいけるように思った。

後三条帝の、どちらかといえば、神経質で細かいことに気のつかれる性質にくらべ、東宮は、すべてに大どかで、明るく曇りがなかった。

後三条帝が、冷徹な初冬の月の光りのきびしさを持たれているとすれば、東宮は真夏の太陽のように明るく、いきいきした輝きにみたされていた。

皐月は、御所へも道子につきそって、一番身近に仕えているだけに、さまざまな情報を集めてくる。

「御油断なりませんよ。東宮さまはお年よりははるかに大人びていらっしゃいますから、もう、一かどのお遊びは通っていらっしゃいます。お妃さまが上る前には、小宰相という女をお可愛いがりでいらっしゃったそうです。お妃さまの御縁組がのびのびになっていたのも、その女のせいだとか、東宮さまのあたりでは女房たちがささやいております」

とか、

「小宰相がお妃さまがいらっしゃったところで、東宮は自分をお見捨てになる筈はない。お妃さまのことは、東宮さまの御存じないような昔からの約束ごとだから、仕方がないからお迎えはしたものの、本当の愛情のわかる道理はない。何といってもお年がめしすぎている……と、こんなくやしいことを口ばしっております」

など、つげてくるのだった。

気だてがいいことと、かざり気のないところは美点だけれども、耳に入った話を選択して話すという智恵のないところが皐月の欠点でもある。

道子は、皐月からそんな話を聞いても、あからさまな愕《おどろ》きや嘆きの表情は示さなかった。

男女の愛しあう相とは、物語や、昔の夢のような二人の男たちから受けた記憶からの想像と、それはどんなにちがっていたことだろう。

道子は若い東宮にすべてを導かれながら、その時には次第に年齢の差を忘れきっていた。

一度、男に許したら最後、女は自分の世界はなくなるのだろうか。道子はつとめてそうするのではなく、若い東宮が心から頼もしく、東宮の好むことならどんなことでもつとめていいようなやわらぎきった気持ちになっていた。

まだ、東宮と睦《むつ》びあって、二十日とたたぬうちに、早くも、皐月の話のようなことを聞くのは、胸騒ぎを押えかねる。とはいっても、それを東宮に問いただしたり、女の顔をみたいとは思わない。

東宮が打ちあけないかぎり、事の真相はしらないでいたいし、女の姿も目にしたくはなかった。父のような実直で無粋な男でも、三人の女の間を往来しているのを知っている。男とは所詮、ひとりの女を守ってくれるような操は持っていないことを、道子は誰に教えられなくとも識っていた。

東宮に前々から仕えている女房たちと、道子に従って新しく内裏に移ってきた女房たちの間には、とかく、子供じみたさやあてめいたことがあったけれど、それは珍しいことでもなかったし、単調な宮廷の奥むきの生活の中では、人の噂と、人の悪口が、まるで気候の挨拶のように交わされているのだから、気にとめることもないのだった。

皐月の細かすぎる報告を、だまって聞きながら、たいていの場合、道子はこちらの女房は一歩も二歩もさしひかえるようにとさとしてあった。

東宮は、二ヵ月すぎても、三ヵ月すぎても、道子に飽きられるということがなく、むしろ、傍目にも、ふたりの仲らいが日毎に濃くこまやかになっていくのが、察しられるのだった。

東宮は道子とふたりの夜の語らいの中では、いつでもことばを惜しまずこまやかに情を尽して語りあかそうとする。

「宮中の生活というものは、表面おだやかそうでいて、決してそんな平和なものではないのですよ。まして帝は生れつき、気性のさっぱりなすった方だから、藤原氏の専横を、御自身の御目の黒いうちに、何とか押えてしまおうというお考えを持っていらっしゃるし、それをはっきり、外へうち出して、はばからないようなところがおありになる。あなたも藤原氏の縁につながる人だから、こんなことを聞くと不快に思うかもしれないけれど、もう藤原氏の全盛というものはきわめつくしてしまって、花ならば満開の盛りでしょう。咲ききった花は必ず散っていく運命しか残されていない。それでもいいのです。世の中というものは、すべて生成発展の運命を辿り、やがて凋落《ちょうらく》していく日があるからこそ、蕾や盛りの花の美しさがひとしおに、人の目に映るのでしょう。藤原氏は、道長《みちなが》の時にああまで盛りみちて、もうこれ以上のことも考えられないおごりの花を咲きつくしている。どう否定してみても、われわれのまわりは藤原氏の血縁でがんじがらめになっていて、どの縁の糸を切ったところで、それがすべての縁につながって、大根が崩れほどけてしまうのです。帝のように、一気に事をなさろうとしても果せるものではないでしょう。物事にはすべて、勢いと運命があって、勢いというのはものの生命力のことだから、人力ではどう押えることも出来ないものです」

まだお若い東宮は、閨《ねや》のなまめいた灯《ほ》かげの中で、こんな大人びた意見をのべられることがあった。そういう話をしても、理解する相手だと、道子をみておられるのだった。

蹴毬《けまり》の会をもよおしたり、音楽の集まりをしたり、東宮のまわりにはいつでも華やかな雰囲気がわきおこり、若い公達《きんだち》たちの明るい笑い声がどよめきわたっていたし、その笑い声に誘いこまれるように、女房たちの衣裳の華やかな影がすべてそこへ集まってくるように見えた。

そんな時には、東宮の女房たちも、道子の女房たちも、いっしょになって、簾《れん》のかげから、庭の公達たちをさしのぞき、勝手な品定めをしたり、東宮に命じられて、それぞれの得意の楽器を合奏したりするのだった。

東宮は、躯の動きが敏捷《びんしょう》で、蹴毬は誰よりも遠く、速く毬をとばされる。

「頭中将さんの蹴毬をなさる時の、力んだ表情は、何だかあどけなくって、いいじゃありませんか」

「あら、左大将さんのあの身のこなしの優雅さの方が、ぐっと色っぽくて、いいじゃありませんの」

「どうせ、そうでしょうよ。あの方が、この間の夜、渡り廊下の襖《ふすま》の外で、どなたかとしのんでいらしたのを、見たとか見ないとかいう噂もありましたものね。色っぽい筈ですよ」

「まあ、あてつけがましい。そのお相手があたくしだとでもいうのですか」

「あら、そんなことといってやしませんわ。でも、つい本当のことをおっしゃったみたいですわね」

他愛もないことに、はしゃぎきって、きざはしの外へ、簾の裾からもれる着物の裾の七彩をわりこぼしているのが、まるで花園の花々がいっせいに咲ききそっているように美しい。

音楽のもよおされる夜はまたかく別であった。

月が明らかだ、星が美しいといっては、宿居《とのい》の公達たちを集められ、それぞれに楽器をお渡しになる。

そんな時は、東宮は笛をお吹きになり、道子は琵琶をひく例だった。

内気でつつしみ深いので、なかなか、すすめられても、すぐには人前で才能をひけらかそうとはしないだけに、東宮がたって琵琶を持たせて、合奏の仲間にいれてしまわれると、あまり謙遜ぶるのも厭味だと、思いきっておひきになる。

いつのまにか、琵琶と笛以外の楽器の音がひっそりと止んでしまうほど、二人のいきはぴったりと合っているのだった。

「こんなかくし芸があるのに、わたしひとりのためには聞かせてもくれないのですね」

誰に遠慮もない立場の方だけに、東宮が人前もかまわず、そんな怨《うら》みごとをおっしゃるのを、耳も頬も燃えたつように染めて、道子が恥ずかしがるのもゆかしいながめだった。

簾の中の気配でしか、東宮妃の姿や顔を想像出来ないだけに、同座した公達たちはいっそう道子の美しさを様々に想像する。

ずいぶん年上の妃だというので、若い東宮にこっそり同情していた色好みの仲間たちも、東宮妃の並々でない美しさは簾ごしにも察しられるので、いつのまにか失礼な噂は自然に消えてしまっていた。

これほどの寵をお受けになろうとは思わなかったので、道子の入内の成功は、能長を有頂点にさせた。

能長は道子とふたりきりになる機会があると、必ず、

「この頃のことをなくなった父がごらんになればどんなに喜ばれるだろうに……それに乳母にもせめて一日でも、この幸福なあなたの姿をみせてやりたかった。この上はもう一日も早く御子を産んで、東宮との絆《きずな》をいっそう固められることですよ。何といっても、男心というものは飽きっぽいのだから、子供という絆でしっかり結びつかないかぎり、はかなくて安心は出来ない」

と、繰りかえす。

半年たち、十ヵ月たち、ふたりの仲はいっそう濃《こま》やかに見うけられるのに、まだ御子の出来る気配だけはうかがえない。

とうとう、一年はまたたくまにすぎ、ふたたび、池の面《も》に、蛍の青白い光が、とびかう季節がめぐってきた。

今ではもう能長は、道子の妊娠を祈ることだけに夢中になってしまって、宮中の職

務さえ、おろそかになるほどだった。

どこの神社のお守り、どこの村の子宝のまじないの石、どこの寺の安産の護符……道子のところへ訪れる時、能長のたずさえてくるものはそういうものばかりで、もう手箱に何杯もそれはたまっている。

ある日などは、心痛のあまり皐月を呼びよせ、問いただすのだった。

「そなたがお側についていて、どう思うか。世間では、あんまり仲の好すぎる夫婦にはかえって子宝のおちつくひまがなく、妊娠しないといわれている。そんなばかなことと思っていたが、こうも長く、そのきざしがみえないのは、やはり噂にたがわず、夜も昼も、東宮がお召しになりすぎるせいではあるまいか」

皐月ははなやかに笑いながら、

「まあ、そんなことってあるでしょうか。いくら、東宮がお妃さまをお可愛がりになっても、まさか三百六十五日、連日ということもございません。それに、大きな声では申せませんけれど、東宮にはお妃さまの上る前から、お情けをかけていらっしゃる女房が、一人、二人はあるのでございますもの……それに……」

といいかけて、皐月はぱっと、酒がまわったような頰のあからめかたをした。

「え？　何？　それにどうした」

「いえ……あの……」

皐月はうっかりすべらしかけたことばをあわててのみくだし、

「何しろ、新しい御生活は気がはりますし疲れます。お妃さまになさいましても、本当に身も心も落ちつかれるのは、ようやくこれからというところでございましょう」

東宮が旧い女房とのことはともかく、二ヵ月前から、皐月にも情をかけてしまわれたことを、皐月は能長にまださとられてはいないのを知って、ほっとした。

「しかし、それでは尚更、油断もならぬ。もし、万一、他の女に、御子でも生れてごらん。身分のひくい女にかかわらず、生れた御子のおかげで女御になった先例もあるではないか」

能長は、実直な表情をいっそう堅くして、心配そうに顔を曇らせてきた。

「お前はなくなった乳母の気持も血の中に伝えている筈だ。妃のために、命がけで、妃の地位を守ってくれねばならぬ」

「心得ております」

皐月は神妙そうに手をついて能長のことばを聞きながら、東宮と自分の間はどうなっていくのだろうと、ひとりの想いの中におちこんでいく。

「よいか、お前は人をつかってもいいから、東宮のお召しになる女たちの月のめぐりをしらべあげてくれ、一人でも、もしやと思う女があらわれたら、早速、私の方へ密告してくれねばならぬ」

「お告げして、どうなるのでございます」

「聞くだけ愚かではないか。鬼神も折伏してしまう法力《ほうりき》のある高僧たちが、何人でもこの都の周辺にはいられるわ」

皐月は能長のことばにぞっと背筋が冷えてきた。

宮廷内の醜い寵幸争いのことは物語にも読んでいたし、人の噂にも聞いていたが、実際その渦の中にまきこまれるのははじめてのことだった。

こんなことでは、万一、自分と東宮の仲が能長の耳に入った時はどんな目にあわされるともかぎらない。

皐月は能長の邸から暗い気持になって帰ってくると、すぐ道子の身近に仕えている小女が呼びに来た。

「里へよばれていったのですか」

今日のことはすべて内緒にしておけといわれた能長のことばを思いだし、皐月は早くも返事に困った。

「かくさなくていいのです。大方のことは察しているから」

「は、はい」

「父上のおっしゃったこともおおよその想像はつきます」

皐月は道子の落ついた声にいっそう軀が固くなった。

「それよりも、まさか……父上にかまをかけられて、上さまと……そなたの新しい関係を口すべらしはしなかったでしょうね」

あっと、皐月は口をおおってしまった。

道子はおだやかな表情をして、すべてを見抜いていたらしい。

「は、はい」

「そんなに、固くならないでいいのです。上さまのお情けを受けた以上、皐月も私にとっては大切な人です。万一、上さまのお胤《たね》を宿すようなことがあれば、何をおいても大切にお生みしてお育て申しあげねばならないのですよ。父上に何といわれても、私にうちあけ、私を頼りにしてくれなくてはなりませんよ」

皐月はもう、ことばもなかった。東宮の、道子には秘密でつづけようと囁いた声や息の熱さがまだ耳のあたりにのこっている。

こもり沼

右京のはずれのかや原の中に、どんよりと濁った、錆びた鏡を沈めたような沼があって、その沼の彼方の岸に、一軒の怪しげな家が建っていた。

いつ、そこにそんな家が建ったのか、そのあたりを往来する人々も、ふと、不思議に思うほど、その家はいつのまにか、一夜のうちに忽然《こつぜん》とわきでたように建っていたのだった。

道に迷った旅人などが、うっかり、その家に近づいていくと、沼は見かけより広く、沼のふちにそってついている細い小径《こみち》は、ゆけどもゆけども果てしなくみえ、なかなかその一軒家にはたどりつけない。その家に近づいていった者が帰ってくる姿を見たことはないなどという噂も、誰からともなく伝わって、いつのまにか、その一軒家は近在の百姓や、その道を通る行商人たちの間では化物屋敷のように気味悪がられていた。

沼にはいつでも妖気とも、魔気ともいいようのない無気味な霧が濃くたちまよっていて、もちろん、沼の底には、小魚一尾生きてはいなさそうに見えた。

かや原の乱れを透し、夜には、ほのかに沼の彼岸《ひがん》の一軒家に灯の色がちらつくこともあったが、そんなものを見た時は、かえって人々は一目散に駈けだして、口の中に念仏を唱え、邪気払いをした。

都の中には、次第に不穏な空気が流れ、百鬼夜行《ひやつきやぎよう》を見たとか、羅生門で鬼の声を聞いたとかいう噂が野火のように流れていた。

「何といっても、もう末法の世の中に入っているんだからね。いくら、わしら貧乏人が正直に一生懸命に働いたところで、現世で報われるってことはないわさ」

沼の傍の欅《けやき》の樹かげに腰をおろして、干し飯を手づかみでたべながら、時々、塩っぱい乾魚をかじっている油売りの行商の男が、つれになった小間物売りと、話している。

荷物箱を足元に置いて、こちらは、握りしめたこわいいをかじっている小間物屋の若い男は、つれのことばにただ、うなずいている。

「お前さんなんぞ、まだ若いから、苦労らしい苦労もしていないだろうが、わしらの年まで生きのびると、もうこの世の中にはさして愉しみなど待ってはいないということがようくわかるのさ」

「おかみさんは」

「女房なんぞは、とうの昔にいなくなってしまった。いや、死んだんじゃない。逃げていったのか、つれさられたのか、まあ、恥をいえば、国司の気まぐれなおもちゃにされて、それっきり狂ってしまった」

若者の方はびっくりした拍子に、こわいいを咽喉につめ、むせかえってしまった。

「ははは……いやぐち話はよそうか。とにかく女などというものは信用のおけないものだ」

油売りの年齢が、小間物屋の若者にはふと、見当もつかなくなった。

「さて、そろそろ、出かけようか」

油売りが腰をあげると、小間物屋も、荷物をしっかりと背に負い胸へ結びつけた。

ふたりは、七条《しちじょう》の市場へ出て商いの荷をとくつもりだった。

そこへ行けば全国から流れ歩いて来た行商人たちが、それぞれの荷をひろげ、そこへ集ってくる人々を相手に商いをする。市女笠《いちめがさ》をかぶった高貴の邸に仕えている女も来れば、白拍子も来る。かと思うと、全国を流浪している旅芸人たちも客に来る。

市は活気がみち、買手と売手の間にはなれあいの陽気なかけ引きの声がおこり、値切ったり、値切られたりするのも、商いを活気づけるための約束ごとになっていた。

京の市に荷をとくのがはじめての小間物屋は万事、気おくれがして不安だった。

田舎ばかり廻って来て、気の長い田舎の百姓や、町人の機嫌をとりながら、にせ珊《さん》瑚《ご》やまがい水晶の装身具を売りつけるのには馴《な》れていたが、目の肥えた京の買手を相手に、はたして取引きが出来るだろうか。

だんだん無口になっていく小間物屋の表情を横目でみて、油売りがいった。

「さっきもいったように、何事も案ずるより産むがやすしさ。京の人間はこすっからくて、けちで、めったなことに財布の紐をとかないから、向うの調子にまきこまれて、うっかりまっ当な返事なんかしない方がいいのさ。やつらにいいたいだけいわせておき、買いたくなければ買ってもらわなくていいくらいのぶすっとした表情をしていた方が、商売なれないお前さんなんかはかえって、商いがたつんだ。どうせお客なんか天のじゃくだから、そうすると、何だかいい品を買いそこねるような気がして、熱心になる。そこがつけめというものさ」

小間物屋は感心しながら油売りのいうことを聞いていた。

その時、いきなり、小間物屋は何かに突きとばされて、横をたたっと、前のめりに二、三間飛び進んでしまった。

ぎゃっという悲鳴を聞いたと思ったのは、その後だった。

ふりかえると、もう目をあけていることも出来なかった。

黒い布で顔をおおった人影が、血ぬれた野刀をひっさげてこちらへつかつかとやってくる。もう腰がぬけて立てそうもない小間物屋が夢中で手をあわせ、合わない歯をがくがく鳴らして命ごいをしようとした時、血刀がさっと頭上にひらめき、次の瞬間には、もう小間物屋は肩から血を吹き、前のめりに倒れていた。

血刀を草の葉でぬぐい、男は倒れた男たちの懐をさぐり、荷を取りあげると、軽々と二つを肩に背負い、死骸の方はふりかえりもしないで、さっさとかや原の中へわけいっていった。

たちまち、かや原が男の姿をかくしてしまった。

まもなく、男の姿は沼の向うにあらわれ、一軒家の中に影のように吸いこまれていった。

男が盗んだ荷を運びこんだ一軒家の中は暗く、しめった穴ぐらのようだった。小さな明り窓の下でうずくまり、糸車を廻していた女が、ふりむきもせずいった。

「片づいたかい」

「ああ」

男はぶっきら棒に答え、荷物をおろし、覆面の布をはぎとった。もう若くもない暗い表情があらわれた。

「獲物は大したものがなかったろう」

「まあ、そうだ」

男は土間のすみの水がめの中から、くみだめの水を杓《しゃく》ですくいあげ、たてつづけに三、四杯のみ下した。

その間に、女は糸車をとめ、男のなげだした荷をとき、中身をあらためた。

油壺の油を指につけてなめ、

「わりあい上等の胡麻《ごま》油だよ」

といい、小間物の荷をといて、さすがに女らしく、ひとつひとつとりだしてあらためている。

「暗いな、灯をつけろよ」

女はふりかえって、燭台の油皿の中の灯心に火をともした。

灯の輪の中に女の横顔が白くうかび上った。化粧もせず、眉もぼうぼう生えたままにしているけれど、それはあかねにちがいなかった。下ぶくれの頬や、厚いうけ口の唇や、まつ毛の濃い目もとなどに、かつてのあかねの俤《おもかげ》がのこっていた。

あかねは荷物を持ちあげて、ひとつしかない部屋の壁ぎわの、押入れの中をあけ、それを押しこんだ。中には、様々な箱や包みがびっしりつめこまれている。

みんな夫の弥平太《やへいた》が、旅人から奪い集めたものばかりだった。

月に、一度か二度、これらの品を買い集めに東北から来る行商人の一団がある。弥平太は、彼等に品物を売り渡し、彼等はその荷を全国に売りさばきにいく。

何のために、こんなことをくりかえしているのか、あかねも弥平太に訊いたことがない。

あかねには思いだしたくない一夜の浅ましい記憶があった。

もうあれから、何年すぎさったのかさえ数えたこともなかった。あの夜を境に、あかねは、自分が人の住む世界から地獄へまっさかさまにつき落されたのだと思っている。

深い竹藪の奥の空地の竹の落葉のしきつめた上で、気を失い、目ざめ、また気を失い、血みどろになって、もう息も絶えきったと思った時、抱きあげられたのが弥平太の腕だった。

弥平太も、あの時、自分を襲い、自分の肉の上に獣の牙より残酷な爪をたてていったあの男たちの一団の一人であったかもしれない。あかねはそのことを一度も弥平太に訊いたこともなければ、弥平太もあかねにあの日の状況を思いださせるようなどんな質問もしたことはない。

無口で無愛想で、何を考えているのかわからないような弥平太の前で、あかねは最初ただ脅え暮らし、逃げだすすきばかりうかがっていた。

それでもはじめの頃は脚腰たたないほどの凌辱を受けていたため、仕方なく弥平太の世話にならなければならなかったし、どうにか軀が動かせるようになってからも、弥平太はあかねをいたわるだけで、水汲みひとつさせようとはしなかった。

そのくせ、時々、血刀をさげて、猪など無造作にかついで帰るのをみると、この男に追いかけられた時の恐ろしさを想像しただけで身がすくんでしまった。

弥平太にあかねが身をまかせたのは、あかねの体がもと通り快復して三ヵ月もすぎてからだった。

それからも、あかねはまだ時々、弥平太の目を盗み、逃亡をくわだてることもあったが、ことこまかな逃亡の道筋を頭の中で描きわけるだけで実行には移さずじまいだった。

そのうち、身をまかせてしまった女の強さで、いつのまにかあかねは弥平太をおそれなくなっていた。無口や無愛想は天性のもので、弥平太はおそらく命がけで仲間を裏切り、あかねを手に入れるほど、あかねに執着しているのだろうということを察した。

この沼の小屋を、ほとんど弥平太は独りで建て、あかねをつれて二人の暮らしが定着していった。

猪や狸だけが獲物でなくなったのはその頃からのことで、旅の行商人が道に迷って、二人の小屋に泊ったことがきっかけだった。

男は縞《しま》の財布をしっかりと首から吊していたが、その中には砂金がつまっていた。

あかねが、その次の夜あけ方、弥平太の耳に、男があやしいふるまいをしかけたとささやいただけで、一瞬の後に、男は弥平太の刀を血ぬらしていた。

「どうせ、もとは、野盗の仲間だったんじゃないのかい。お前さんはいつまでこんなところにあたしを閉じこめておくつもりなの。旅銀をためて、京に住み難いなら、東国へでも、九州でも、住みいい場所へ移って、もっと人間らしい暮らし方をしようよ」

あかねにすねたり泣かれたりしてせがまれるうち、弥平太は沼のほとりを通って京へ入る旅人を襲うことが、仕事になっていた。

獲物は、あかねが身をやつして、時々、七条の市へ出て売りさばいてくる。そんな時も、弥平太は影のようにあかねの場所の近くに身をしのばせていて、必要以上に、あかねをしつこくからかうような客があると、容赦はしないという態度をみせるのだった。

あかねは、客の中に、ふと、昔の朋輩の姿を見つけだしはしないかと、袿の裾をからげたり、壺装束《つぼしょうぞく》の女を見ると、思わず、はっと、表情をひきしめてしまう。

あかねは、市に立つ時は、わざとかぶりものをしたり、頬に煤《すす》をぬったりして、自分の素顔をみせまいとしていた。それでも何となく物腰にたおやかなところがあるらしく、客の目をひきよせるようだった。

あかねは、弥平太にひとつだけ訊《き》きたくて、訊けないでいることがある。

あの日、あかねを襲い、瀕死《ひんし》になるまで凌辱した一味たちは、あかねの行動のすべてを見ていたのだろうかということだった。

まだ、未明の丹波《たんば》街道の入口の竹藪の中にあかねは懐に抱いて来た嬰児《えいじ》をそっと捨てたのだった。

白絹につつまれ、錦のふとんにくるまれて、赤ん坊は無心に眠りつづけていた。

十日前に、なつのが産んだ祐家の赤子だった。乳母をさがすことから、産褥の世話まで、あかねは祐家に命ぜられた。あんまりな仕うちだと恨みに思うけれども、

「それなら、外の女に面倒をみさせた方がいいのか。お前のことを誰よりも信頼しているし、なつのが産んだといっても、なつののことは、はじめからずっと、お前の世話になってきているのだから、私としてはこの子はお前が産んでくれたような気さえするのに――」

祐家から、そんなふうに口上手にいわれてしまうと、あかねは、また自分のしらない若い乳母などが入って、祐家の好色の目にとまっては藪蛇だとおそれるのだった。

とどのつまり、祐家にいいくるめられて、何から何まであかねはこの赤子の面倒をみるはめになってしまった。

丈夫で、素性がしれているというだけで、およそ女ともいえないような顔つきの乳母をさがしてきたものの、乳をやるだけが能の乳母のかわりに、あかねは赤ん坊から目もはなせない。祐家が訪れる夜でも、ふたりの臥《ふせ》っている横に赤ん坊を寝かせておくような手のかかり様だった。

祐家がこの小さな女の子を可愛いくてたまらないらしく、寸暇をぬすんでは顔をの

ぞきにくるのが、またあかねの嫉妬をあおらずにはいられなかった。

なつのは産む直前までは、まるでこれでも妊婦だろうかと思うほどの丈夫さだったのに、産んだ後では熱が下らず、苦しみつづけている。

何かの怨霊がとりついているのではないかと、祐家は高僧をまねいて祈禱をおこたらないが、なつのは声もあげず、ただ、全身から汗をふりしぼり、悶絶するばかりだった。

そんななつのがいとしいといって、祐家は、なつのの出産後は、夜あるきはもちろん、宮中への出仕さえおこたりがちで、みっともないくらいなつのの枕辺《まくらべ》を見舞っていた。

あかねとの閨の中でも、ふと、なつのの身を案じて、ことばや動作を忘れることがあった。

あかねの嫉妬は、いっそうどす黒く胸の内にこもっていった。

まだ、生れたばかりで、いつでも眠りつづけている目もみえない赤ん坊にさえ、これだけの愛着を示す以上、もし、この子が、父をみとめて笑い、声をあげ、手をのばすようになった時、祐家の愛情はどこまで上りつめるだろう。同時にこの子の母に寄する愛はどこまで高まるだろう。

そう思っただけで、あかねは一ひねりにつぶせそうな弱い無心な赤子が、憎くて胸が煮えたぎってきた。

なつのに反感をみせていた旧い女房たちまで、赤子が女だったため、将来宮中に上がる日がないともかぎらないなど、夢のようなことをささやきあい、その際には、この赤子が国母になり、なつのは国母のうみの母になるのだからと、ことさらしく、なつのの産室近くつめかけるのも、あかねには胸にすえかねることばかりだった。

どういう出来心からか、いや、それは出来心というより、赤子の生まれる前から、もう何回となく、あかねの心に浮かんでいた計画だったかもしれない。

それがただ、祐家が、ある日、新しい女の家へ出かけたというきっかけから、あかねの胸にいきなり燃えあがってきたのだった。

あかねは、生まれた日からくらべると、はるかにととのい、目鼻立が、祐家にもなつのにも似て見えはじめた赤子の顔をみつめているうち、何かに憑《つ》かれたような狂暴な気持ちが高まってきた。

人々の寝しずまってしまった邸を、赤子を懐にいれてぬけだすと、夜道をひた走りに歩みつづけ、夜あけ前には丹波街道の竹藪までたどりついていた。

もう、足が脹《は》れあがり、一歩も歩けないような気持ちになって、竹藪の中を、赤子の捨て場所ときめた。

深い藪の中には、切りとったあとの大きなうつろを開いた竹の幹も残されている。あかねはその中へ赤子を錦の巻きぶとんのままそっとのせた。

何をされてもすやすや眠りつづけている人形のような無心ないきものがいじらしく、あかねはふっと再び抱きあげたい衝動を覚えたが、心とは反対に自分のかぶってきた壺装束の笠をとりはずした。薄い綾絹がとりつけてあるその笠を赤子の上にふわっとかけ、朝露をよけてやった。

――人のいい百姓か、木樵《きこり》、あるいは子がなくて神詣でしているような裕福な町人にでも拾われますように――

あかねは頭の中が真空になって、さすがに脚は、土をふんでいるとも雲をふんでいるとも覚えがない。

突然、赤子の泣き声が背後から追いかけてきたように思って足をとめたが、それは空耳だった。

ふいにおこった風が、頭上の竹の梢の葉をさわがしく鳴らしたのだった。

その時、あかねは、いきなり、背後から胸を抱かれていた。

声をあげようとした瞬間、大きな堅い掌《て》で鼻と口が押えられた。必死に手足を振りあげて抵抗した時、すくいあげるように両脚がつかまれていた。

恐怖に凍りついたようなあかねの目は、眦《まなじり》がはりさけるように見開かれたままだった。

黒い男の影が、巨大な鳥のような感じで、真黒な翼をひろげて、後から後から襲いかかってくるように感じた。

もう、どうもがこうが、叫ぼうが、とうていその鋭い凶暴な嘴《くちばし》を持った奇怪な鳥禽の群れに、抵抗しおおせるものではないことを悟っていた。深い絶望が、死とも生とも見わけ難い白濁の、不思議な静寂にみちた世界に、まっさかさまにあかねの意識をひきずりこんでいった。

あの悪夢の一瞬の襲う寸前、彼等が、自分の捨子の場面を目撃していたのか、どうか、もしそれならば、自分が気を失っている間に彼等はあの赤子をどう処分したのだろうか。

あかねは、さすがに良心がとがめたのか、あの時、赤子の巻きぶとんの中に、守り袋といっしょに、黄金を小袋につめて残しておいた。

拾ってくれた者たちが、赤子の生まれの身分の高貴さを感じ、あまり粗略な扱いはしないようにという奇妙な願望があった。赤子を盗み捨てるという行為と、その願望とは、およそ矛盾しているのに、あかねの中ではそれが一つにとけあっていたのだ。もし、あの一行が、赤子を抱きあげさえすれば、黄金の所在に気づく筈だった。悪知恵のある者ならば、赤子を盗まれた京の貴族を、一日のうちに探しあて、赤子についていた黄金などの何倍かの割のいい取引きをもくろむ筈であった。

格式高い貴族の家では、男の子より女の子が、どれほど大切に扱われるか、どんな野蛮な野盗にしろ承知していない筈はないのだ。

あかねは弥平太に訊きたいくせに訊けないのは、もしかしたら、弥平太は彼等の一味とは無関係で、あかねが自分の血にまみれ、無惨にぼろ屑《くず》のように竹藪に遺棄されていた時に偶然通りかかったのかもしれないという想像がのこされるからだった。もしそうなら、あの地獄図を弥平太には見られなかったという安堵があり、下手な質問はしない方がましだとの警戒心がわいてくる。

心にかかりながら、今もって、あのことについて弥平太に問い質《ただ》すことの出来ない理由だった。

なつのが、赤子のいなくなったことを識り、産褥の熱が高じて、床の上に三尺も飛び上って、何かわめきながら、無惨な死をとげたということを風の便りに聞いたのは、あかねが祐家の家を出て一年もたってからだった。

弥平太が高いびきで寝こんでしまった後で、よく目が冴えて寝つけないことがある。

そんな時にかぎって、あかねは昔ののどかな生活を絵巻物をみるように目の中にくりひろげることがあった。

もう二度と帰っていかれない世界と思うだけに、それはあくまで美しく華やかに記憶の中によみがえってくる。

今では、すっかり軀《からだ》つきまでかわり、表情も卑しくなり、昔のどんな知り人に面とむかったところで、自分とは気づかれないだろう。

そう思うことは、わびしさと同時に、一種の解放感をもたらしてくれる。

あの赤子が無事に育っていたら、いく歳になっているのだろうか。

みめ美《うる》わしい子供だったから、さぞ可愛らしく成長しているだろう。あの子だというしるしは何があっただろう。

顔や軀つきの似ていること以外には祐家と同じ、右の肩の下に二つ並んだほくろがあったっけ。

道子が東宮妃として入内した噂はあかねも聞き及んでいる。

どんなにお美しく装われたことかと、それをかげながらでもおがめない今の身の上がつくづく情けなかった。

弥平太は自分の身の上や過去も語りたがらないだけに、あかねの過去についても聞こうとしない。

あかねは弥平太に、謎をかけるように、

「子供はほしくないのかい」

と訊いてみたことがあった。

「授りものだもんな、生まれたら生まれたでいいが、子供はひよひよしていて、頼りなげでわしはあんまり好きな生きものじゃないな」

子供を馬や犬なみに生きものと片づける弥平太の口ぶりがおかしいのであかねは笑ってしまった。

その時も、弥平太は、あかねが竹藪に捨てた赤子については語りだそうともしなかった。

その日、あかねは、売りさばき損ねた荷から、商品を選びだし、包みにして、頭にのせ、七条の市へ久々に出かけていった。

あかねは器用だから、弥平太が追いはいだ着物や帯をそのまま、使うようなことはせず、みんな洗いはりして、縫い直してしまう。それも、以前の品物とは全くちがったものに縫い直すので、別の品が出来あがるのだった。

七条の辻では、軒毎に商いの店が荷台を道路にはりだしていて、往来にはまた行商人が品物を足元にひろげたり、手に持って道ゆく人に追いすがるように売りかけている。

あかねの立っているすぐ脇には、芋《いも》のふかしたのや、よもぎをつきまぜた餅《もち》を売っている男がいて、そこへは行商人が集まって来て腹をみたしながら、様々な世間話をしていくのだった。

あかねも、時々、彼等の仲間に入って、全国を歩きわたっている彼等の誇張の多い経験談や、見聞談に耳をかたむけていた。

「このごろ、四条の河原に傀儡子《くぐつ》の一行が来ているのは、面白いぞ、あれはこれまでわしらの見た傀儡子の中でも、一とう芸達者だて」

「それより、わしは田楽《でんがく》の小屋をのぞいたぞ。あの方がよっぽど、心が浮き浮きして、傀儡子のちゃちな人形のしぐさなんぞよりは面白いわい」

「ほい、あそこにくるのは、白拍子のさぬきではないかの」

「そうだそうだ。あの女の舞姿をみたら命が十年はのびるそうだ」

彼等の話はとめどもなく、次から次へと移っていく。

昨夜買った女の話、旅で得た女との情事、はてはもうけた話、もうけ損ねた話。何でも事実らしく、事実よりははるかに面白おかしく脚色してあることが特徴だったが、あかねは彼等の話の中から、道子の入内もしれば、祐家の死も聞き知ったという次第だった。

ふと、その日、あかねが四条河原へ出てみる気になったのも、彼等の話す芸人小屋の話があまりに面白そうだったからだった。

河原の近くへ行くと、もう、河原の方から流れてくる空気の中に、さまざまな楽器の音がまじっていた。笙《しょう》、ひちりき、笛、太鼓、琴、鐘、銅鑼《どら》……それらがいりまじって、どれがどれと聞きわけ難いような複雑な音が伝ってくる。

河原に近づく人々の群れは自然にその音楽につれて、足なみが浮き浮きとしていた。

あかねは、小路から小路をたどり、やがて河原へおりていった。

賀茂《かも》川の流れは清らかに滔々《とうとう》と流れている。その両側の河原の雑草の上には、思い思いに芸人の小屋がかけられていた。

今様《いまよう》や催馬楽《さいばら》を唄っている小屋もあれば、鐘太鼓を叩いて、不思議な踊りを踊っているものもあり、皿まわし、猿まわし、手品師のたぐいから、一番賑やかなのは何といっても傀儡子の小屋だった。

傀儡子たちのかなでる音楽は、今様のみやびた音色とはちがい、魂もはらわたもゆり動かすような狂躁《きようそう》さを持っている。

傀儡子の女たちは、どこの風ともしれぬ模様の布地でつくった小袖をまとい、錦繍《きんしゆう》の細帯をしめ、顔には華やかな紅白粉をほどこしている。目は二倍にみえるほども目ばりが入っている。何の顔料か青や褐色の隈《くま》をつけている。

赤い口紅の色も毒々しい。髪には生花をふんだんにさし、体からは麝香《じやこう》の匂いをふりまいている。それに強烈な体臭のまじるのもある。女たちは男どものかなでる楽器にあわせて、まるで神がかりにあったように踊り狂う。手も足も、着物からぬけだし白い腕は黒々としげみのかげまでのぞかせ、胸ははだけ、双の乳房はあふれ、素脚は腿《もも》の深くまでのぞけそうになる。

まるで、天の岩戸の中で胸乳《むなち》もあらわに踊り狂った女神とは、こんな姿だったのではないかと思わせるようだった。

誘い、ひき、つき放し、またひきよせ、目と腕と腰と脚のすべてで、誘惑せずにはおかないというようなすさまじい熱気のこもった淫猥《いんわい》な踊りは見ている者の方が、むずむずと、思わず、腰から振りはじめ、いつのまにか手と足で拍子をとっているようなありさまだった。

あかねは、人々の最も集まっている傀儡子の小屋の方へ近づきながら、ふいに足をとめてしまった。

傀儡子の小屋がもう目と鼻のところに、つんと毒だみの匂いのする雑草のむらがりがあった。

そのかげから、ひょいと白いまろやかな月のような輝きをもつ、子供のお尻があらわれたからだった。

一点の虫さされのあともない小さな肉の二つの丘は、ひょいとあかねの目の前につきだされたかと思うと、くるっとむきをかえた。あかねは次の瞬間、腰まで着物をずりあげた小さな女の子が、可愛らしいおなかの下にすっとのびた足をふんばり、無心にこちらを見上げているのをみとめた。

つぶらな瞳をみひらいて、じっとまばたきもしない少女の、きよらかな瞳の輝きをみつめかえしたあかねは、目をはじかれたように全身が愕《おどろ》きでこわばってしまった。

少女の瞳が、なつのの、いつでもまるで目の前の人間を見てはいないような、無心とも傲岸《ごうがん》ともとれる瞳の輝きを、とっさに思い出させたからであった。

愕きがようやく静まった時、あかねは、媚《こ》びるように、にっと少女に笑いかけていた。

少女は不思議そうな表情で、そんなあかねを、さらにまじまじとみつめていたが、あかねにつりこまれて笑いかえすというようなことはいっこうにせず、表情を変えない。

あかねは、何故か少女にひきつけられ、そのまま、やりすごせないものを感じた。手を出して、相かわらずつくり笑いのまま、おいでおいでをしてみせた。

少女は、着物の裾《すそ》をおろすと、あかねの方へ、少しずつ、歩みよってきた。物怖じをしない性質らしい。肩まで下げ、そこでぷっつりと切りそろえた黒髪が、風に吹かれて、顔にふりかかるのを、さもうるさそうに、首を一ふりして払うと、顎をつきだすようにして、やはり、あかねの手まねきの方へにじり寄ってくる。

あかねは一気にかけよって、少女をしっかりと抱きとめてしまった。自分もしゃがみこみ、少女と同じ高さに顔をさしよせて、やさしそうな声をだした。

「名は何ていうの」

少女はだまっている。まさか口がきけないのではないだろう。

「名があるだろう。何てよばれてるの」

「たまき」

はっとするような涼しい声だった。

「たまき……いい名ねえ、いくつ？　いくつになったの」

あかねはあわただしく歳月の流れを胸の中でたどりかえしている。

「しらない」

「えっ、自分の年をしらないの」

「わからない」

少女は怒ったような声をだした。

九つか十にはなっているのだろうか。それにしては幼なすぎる軀つきだし知恵も幼女めいているようにみられる。

動作や表情がまるで三つ四つの子供のようにあどけないところがある。

なぜこの少女にこれほどひかれるのか、あかねはこのまま少女を手放すのが惜しくなった。

「うちはどこ？」

少女はだまってふりかえり、鼠《ねずみ》色の布をはりめぐらせた小屋を指さした。

中からは騒々しい傀儡子の音楽がわきたつようにあふれている。

傀儡子の子供にこんなきれいな子がいるのだろうか。

その時、小屋の方から、女の声がした。

「たまき、たまき！　どこへいったの」

少女は急にあかねの手を払うと、小兎のようなすす早さで声の方へ駈けさってしまった。

流浪の唄

その夜、あかねは弥平太に酒をすすめながら、いつまでも、食事を終わりにしようとはしなかった。

何か、物ねだりする時のいつもの癖で、弥平太も心得ていて、そんな時は、ゆっくりと濁り酒の碗をかたむける。

あかねは、湯で洗った顔に、うっすらと化粧さえしていた。

「今日は、ほんとに面白いものをみてきた」

自分も弥平太の相手をしながら、少しずつのんだ酒が顔に出て、あかねはぼうっと上気していた。

「何をみてきた」

弥平太はもうすでに、そういうあかねにそそられた顔つきをして目を血走らせている。

「傀儡子の小屋をのぞいてきた」

「何、うっかり女子ひとりで近よるようなところではないぞ」

「ええ、でも、ちっとも危くなんかなかった。女だって、ずいぶん入っていたよ」

「どこだ」

「四条河原」

「面白いか、みだらなものだろうに」

「ちょっと、やってみようか」

あかねは、すっと立ち上ると、着物の裾をつまみあげ、片手で持ち、片手をひらひら目の前でふりながら、脚を交互にはねあげて踊りだした。短くからげた裾から、白い脛《すね》がのび、わざとらしく腰と尻をふるのだから、弥平太の酔眼の前で、あかねの着物の奥が今にものぞけそうになった。

「恋しとよ君恋しとよ床しとよ
　逢わばや見ばや見ばや見えばや」

あかねは、今日覚えたばかりの歌を器用に節をつけて歌いながら見様見真似の踊りを踊りつづける。

「盃と鵜《う》の喰う魚と女子は
　ほうなきものぞいざ二人寝ん」

「やんや、やんや、ほうれ、ほうれ」

弥平太も手拍子をうって、あかねの歌と踊りをはやしたてた。

あかねは、いっそう踊りの手ぶりをみだらがましく煽情的に強調していく。

弥平太がふいに、思いがけない渋い咽喉で歌いだした。

「わが恋はおととい見えず昨日来ず
　今日おとずれなくば明日のつれづれ如何せん」

あかねが踊りながら弥平太の手をとってひきたてた。弥平太はあかねに誘われて座を立つと、腰をふりながらつれ舞いをする。

どこで覚えたか、結構身軽くて、剽軽《ひょうきん》で、弥平太の踊りは型になっている。

「恋い恋いてたまさかに逢いて
　寝たる夜の夢はいかが見る……」

「きしきしと抱くとこそみれ」

ふたりはことばどおり、踊りながら抱きあって、身をもんでその場に倒れこんだ。

皿小鉢がふたりの動きではねとび、騒々しい音をたててこわれたが、もう耳にも入らない。荒々しく弥平太があかねの胸にひげ面をこすりつける。

「何がほしいのか」

弥平太はあかねのまだ火のように燃えている軀を力いっぱいだきしめて訊いた。

あかねはまつ毛をひくひく震わせたまま、瞳をあげようともしない。

眉間《みけん》にたてじわをきざみ、唇を歪め、うすくあけた歯の間からはせつなそうな笛に似た声をもらし、まだあえぎを静めかねている。

弥平太の情欲の強さは今夜にはじまったことではないけれども、こんなことははじめてだった。あかねは危く殺されるのではないかと誰にともなく助けを求めて叫び声をあげたくらいだった。

弥平太は指をのばし、あかねの眉間のしわをのばしてさすってやりながら、

「水をやろうか」

とささやいた。

あかねはようやく唇をあえがせ、うなずいた。

弥平太が寝たまま片手をのばし、素焼きの瓶子《へいじ》の中から酒ののこりを口にふくみ、口うつしにあかねの咽喉にそそぎこんだ。

水だと思って、のみこんだあかねは、いきなり酒にむせて、せきこみながら、弥平太の胸にしがみついた。

「どうだ、はっきりしたか」

あかねは、咳が静まると、はじめて目をあけた。

まだ目の中がうるみ、霧がかかったように、燃えている。

「さ、何がほしかったのだ」

「こども」

「えっ」

弥平太の顔が一瞬灯をうけたように輝いた。

「こども」

もう一度、あかねがはっきりいった。

「わしの子供か」

あかねは首を横に振った。

「わたしはもううまれないのではないかと思ってるんだよ」

わかっているだろうというように、あかねは目をそらさず弥平太をみる。

あの未明の竹藪での惨劇を弥平太が想い出しているのがはっきりとあかねにはわか

った。

やはり弥平太はあの仲間にちがいなかったのだ。

「できるなら……もうとうに出来ている筈だもの」

弥平太はだまっていた。

「こどもを見つけたの、かわいい子。まだ六つか七つにしかみえないけれど、も少し年はとってるかもしれない」

「どこの子だ」

「傀儡子《くぐつ》」

「傀儡子の子を盗めというのか」

弥平太が愕いて、上半身を思わずおこした。

その首に両腕をのばしあかねは甘えたように笑いかけた。

「だって、ほしいんだもの」

夕方からの雨が夜になっても一向に止みそうもなく、河原は雨音と川音で騒ぎたっていた。

傀儡子の小屋はさすがに今日一日は休業状態で、ひっそりしている。若い男たちは、雨の中を想い想いに街へ女を漁りに出かけ、残っているのは、老人か女子供、よほど仲のよい夫婦者といったたぐいだった。

女たちは、めいめい濁り酒の碗をひきつけながら、輪になってかるたをもてあそんでいた。

「京も、もう面白くないねえ、そろそろ、旅に出ればいいのに」

「おや、三条の経師屋《きょうじ》の主人とはもうお終いになったのかい」

「何だい、あんなひねごぼう」

「ひねごぼうはひどいねえ、さんざんしぼりたてておいて」

「金の切れ目が縁の切れめさ」

勝手なことをいいながらも碗の酒を汲む手は休めない。みんな酒は強かった。

小屋の中は女たちが酔いにつれて発散する強い体臭がこもり、それに油っこい食物の匂いがまじって鼻をつく異臭がみちわたっている。

「おや、たまきがいない」

女のひとりが背後の衣裳つづらのかげをのぞいていった。

「小用だろう」

「あの子は時々、外に出てぼんやりする癖がついたよ」

「根が傀儡子じゃない子だもの、それとしらずに、軀の虫が里恋しいと訴えるんじゃないのかね」

「へえ、あの子、京の子供なのかい」

「何でも丹波《たんば》街道の竹藪んなかに捨てられていたって話を聞いたことがあるよ」

「それでまた、何で売りとばしもせず育てているんだい」

「それにはそれだけの見合うものがついているんだろうよ、何でも錦にくるまって砂金を抱いていたそうだからね」

「くわしいねえ、あんた」

その頃、雨に煙った小屋の外では、たまきが大きな笠の下に軀をしゃがませて、じっと、目の前の雨脚を眺めていた。

雨が河原の石ころに当り、さっと四方に星のようにとびちるのが面白くてならなかった。

大きい石、小さい石、青い石、赤い石、様々な石の上に落ちる雨は同じなのに、受ける石によって、そのはねかえり方や音やひびきがちがっていて、たまきは見ていてあきなかった。

いつか、やはりどこかで池の上に落ちる雨だれを終日見て遊んでいたことを思いだした。

物心ついた時から、人にかまわれないので、雨だれや、雲や、とんぼを見てひとり遊びする方法を身につけている。

「たまき」

男の声に呼ばれたように思ってたまきは顔をあげた。

蓑《みの》に全身をつつんだ人影が、草むらの中から半身をのぞかせて、手まねきしている。

たまきは反射的に身をずらせて、怖そうに逃げだそうとした。

「たまき、おいで、ほら、いいものをあげよう」

蓑を着た男は、手をのばし白い布でぬいくるんだ這子《ほうこ》をとりだしてみせた。

鉢をかついだように大きな笠の中に半分かくれたまま、たまきは這子につられて、そろりそろりと男の方へにじりよっていく。

小屋の中の退屈さに、たまきは飽き飽きしていたし、かまわれつけないことに馴れてもいたので、自分を目当てに何かいったりしたりしてくれる人が珍しくてならないのだった。

「ほうれ、ほうれ」

蓑男は、ひょうきんな声をだしながら、奇妙な腰つきで足を交互にあげさげして這子を踊らせてたまきを誘いつづける。

その時、背後の小屋で、どっと、賑やかな女たちの笑い声がはじけるように湧いた。

たまきはその声にはっとわれにかえり、また小屋の方へむかって駈けもどろうとした。

その瞬間、蓑男が、巨《おお》きな夜鳥のように、ぱっと蓑の肩おおいを翼のように押しひろげて飛び上り、たまきのか細い衿首を捕えていた。

声をあげようとしたたまきの背に、当身の拳があてられ、たまきはがくっと、男の腕の中で呼吸をとめてしまった。

男は気絶したたまきを小脇にかかえこんだまま、飛ぶように河原を走りだした。

急に背後で騒々しい声が聞え、どらがうちならされた。

雨の中に重いどらの音がひびきわたり、河原の石という石がそれをこだまするように、響きは幾つにもなって逃げる男を追いかけとり囲んでくる。

石つぶてが飛び、男の足に当った。耳をかすめて吹き針のようなものも飛んでいる。そのうち矢がおいかけてくることは必定だった。

弥平太の足はほとんど地にふれていなかった。

飛鳥《ひちょう》のような速さで河原を駈けぬけ、町に入ると、小路から小路へとわざと乱暴な走り方をした。

追手の目をくらませることが急務だった。

いつのまにか受けている足と肩の矢を、抜くひまもなかった。

沼のほとりの小屋にたどりついた時、弥平太はもう口もきけないほど胸がはずみきっていた。

あかねが飛びだしてきて、たまきを受けとり、弥平太をひきずり込むように小屋に入れた。

そのまま、弥平太は土間にうつ伏せに倒れてしまった。

「この子は？　この子は？」

「あて身だ、みずおちをおしてやれ」

いいざま、弥平太は力をふりしぼって、肩と足の矢をひきぬいた。傷口からふき出した血がほとばしり、走りよったあかねの面上をしたたかに濡らした。あかねは受けた血のりを拭うひまもなく素焼きの瓶子をつかむと、弥平太のところに駈けもどった。

傷口に、瓶の中の酒をいきなりそそぎかけた時、弥平太は獣のようなうめき声をあげて、とび上った。

「しっかりおし」

あかねは、弥平太の腰を抱きよせると、口にふくんだ酒をもう一度傷口にふきつけた。

傷みにのたうちながら、弥平太はあかねの腰にしがみついてきた。

あかねはその弥平太の顔をみた時、口もきけなくなった。

すでに弥平太の顔は半分紫色にはれ上っていた。抜いた矢に毒が塗られていたことは必定だった。

その晩一晩、弥平太は獣のようにほえつづけ、のたうち苦しみながら、もう一言も人間らしいことばをあかねに伝えることもなく暁方死んでいった。

たまきは、そんな弥平太を看病するあかねを部屋のすみからじっと息をころしてみつめながら、逃げようともしなかった。

「お前さん！　お前さん！　しっかりしておくれ！」

あかねは自分でも思いがけない激情にかられて、弥平太の死骸にとりすがって泣いた。

弥平太に一日として心から従っていたとは思ったこともなく、心惹かれていたとも思わなかったのに、突然弥平太に死なれてみると心細さとみれんが、思いもかけなかった激しさであかねの胸につきあげてきた。

やさしいことばや、浮いた愛語は一言も受けなかったのに、思い出すかぎりにおいて、あかねは弥平太からこの上なく大切に扱われてきたことに気づいた。

いっしょに暮した歳月が、少くとものどかで、あかねのわがまま放題にさせてくれたことを認めないわけにはいかない。

一人で裏の柿の木の根かたを掘りおこし、弥平太のなきがらをそこへ埋めた。

弥平太がいないこの小屋には気味が悪くて棲めるものではなかった。

あかねはこれからたまきをつれて、どう動くべきかと思案をめぐらした。

弥平太にたまきを奪ってきてくれと頼んだ時の心には、祐家のかたみの娘をつれてさえいれば、いつかは道子にも近づけるのではないかという野心が芽ばえたのだった。しかし、弥平太が死んでしまうと、かえってあかねは気ぬけがして、なぜ、弥平太と別れ、窮屈な貴族の邸づとめにかえろうなど思ったのか、わからなくなってしまった。

今となっては、かえって、たまきをつれてきたことが荷厄介な気さえしてくる。かといって、弥平太のいない小屋に、今、たまきでもいるから、このすさまじい淋しさがまぎれているのだということは考えられた。

「びっくりしたろう、こんなことになって」

あかねは、泣きはらした目をしてたまきにようやく声をかけた。

たまきは、細い首をはっきり横にふった。

「え？　びっくりしなかったの」

「人が死ぬのはたんとみたもの」

たまきが涼しい目をみはって、ほがらかな声でいった。

「へえ、どこで、そんなに死人をみたの」

「みんなで旅をしている時」

「旅はたのしいかい」

たまきは問いの意味がわからないらしく、じっと目をみはったまま、あかねをみつめている。

物心ついた時から、旅ばかりを明け暮れしているたまきにとって、旅が特にたのしいかどうかわからないのだろう。

「京ははじめてなの」

あかねはたまきになぜあんなに執着したのだろうと自分の心に問いながら訊《き》いた。

「ううん」

「へえ、前にも来たの」

「おととし」

「おととしなら、あんたはまだ小ちゃくて覚えていなかったろうに」

「川は同じだもの」

「なるほどねえ」

あかねはたまきの無邪気さに笑いだした。

「たまきも踊るのかい」

「ええ」

たまきはまた目をみはってうなずいた。

そういう目つきをすると、なつのを思いださずにはいられない表情になる。

あかねは、たまきにたしかめてみたいものがあった。

「ああ、そうだ、もっといいきものを着せてあげよう」

あかねは、衣裳びつの中から、売物にするつもりで仕立てておいたはなやかな色の子供のきものをとりだした。

たまきはさほどに嬉しい顔もみせない。

「ね、いい色だろう。きれいだろう」

「もっときれいなきものたんとある」

「へえ、どこに」

あかねはさすがに不機嫌な表情がかくしきれない。

「舞台ではもっときれいなきものきる」

「ああ、あんたも舞台に出るの」

あかねは、さあ、おいでと、無理矢理たまきの手をひきよせて帯をといた。

たまきは口のきき方の憎らしさに似ず、素直にあかねに軀をまかしてきた。

あかねはたまきの肩をひきよせると、震えてくる手でたまきのきものを背後からさらりとぬがせた。

白い葱《ねぎ》のようにつるりとなめらかに光る細いしなやかな軀があらわれた。

あかねは痛々しい感じのする子供の幼い薄い肩をそっと抱きよせた。

右の肩の下にふたつ並んだ小さな赤いほくろ――

あかねは目の中に紅《くれな》いの霧がたちこめるような目まいを覚えてきた。

まぎれもないほくろ――

祐家の肩にもそれと同じものがあった。あかねは祐家との愛戯の中でそのほくろをどの様に役だてたことだっただろう。

あの子にまちがいはなかった。あかねは自分の直感の確かさが、かえって怖くなってきた。いつまでも着物を着せられないので、たまきがようやく不審そうに首をふりむけてあかねを見た。

「さ、着せてあげよう」

あわてて、あかねはたまきの背に着物を着せかけた。

さすがに、たまきは変った着物を着たのが嬉しいらしく、両手で両袖をぴんと張って、くるりと廻ってみせた。

そんな動作も踊りのさまになっている。

たまきを見ているとあかねは、たまきの成人した姿が、なつのの俤《おもかげ》と重ってあらわれてくるのだった。

それにしてもこの子をどうやって育てていくべきだろうか。

たまきを見た時、あかねの心にとっさに浮かんだのは、たまきを使って、昔の生活にもどる足がかりにしようということではなかっただろうか。

あかねは弥平太から逃れることしか考えていず、たまきを手に入れさえしたら、弥平太の許から、金だけ持ってたまきとふたりで逃げだそうと思っていたのに、こんな思いがけないことになってしまうと、もうそういう気力も失われてしまった。

たまきをいっそ、傀儡子《くぐつ》にかえした方がいいのではないか。

そんなことを、あれこれ考えているあかねの前で、たまきはもうすっかり馴れてきたらしく、ひとりで、自分の姿を壁にうつしてその影法師とたわむれている。

旅寝の多いこの子供は、どういう環境にでもすぐ馴れる癖と、大人にかまわれなくとも気にしない習慣と、ひとり遊びの上手さを身につけてしまったのだろう。

その時、壁にむかっていたたまきが、急にぴたっと動きをとめた。

「誰かきた」

声をひそめて、つぶやく。

「えっ」

「誰か来てる……だんだん、こっちへ来る」

あかねは、不気味になって耳をこらした。

夜になって強くなった風の音しか、あかねの耳には入って来ない。

「たくさん……」

たまきは、ぴたっと、軀を床に横たえると、耳を床につけて目をつむった。

そうして人の足音を聞きわけるというのだろうか。

そのうち、あかねにも、家をとりまく樹々の葉ずれの中に、明らかな人の足音を聞くように思ってきた。

そう思った時、急に、足音が、なだれこむように小屋に近づき、戸をはげしく叩いた。

「あけろ、あけろ」

男たちの声が、口々にいう。

あかねは、とっさにたまきを抱きこもうとしたが、たまきはそのあかねの脇を小兎のようなすばしこさで駈けぬけて、戸の外へ走りでていった。

「たまきか」

あかねはようやくさとった。傀儡子の群れがたまきを奪いかえしにやってきたのだった。

逃げようと立ち上った時、もう戸口から、男たちがどっとなだれこんでいた。

傀儡子の小屋は長雨のあけた後だけに、この二、三日、連日、あふれるような客足を収めきれないくらいの盛況だった。

あかねは、小屋の裏で、洗ってきた洗濯物を干しながら、小屋の中から聞えてくる湧きたつような音楽を聞くともなく聞いていた。

傀儡子の血の流れている者が聞けば、どうしても血がさわぎだし、踊りださなければいられないという不思議な音楽だった。

傀儡子の身分を秘して、生れつき算法、書筆の達者な男が、さる国の国司にめしかかえられ、重宝されて重い役職につき、さとりすましていた。

それを聞いた傀儡子の一行が、わざとその国司の許へ乗りこんで、彼等の音楽を奏ではじめると、傀儡子出の男は、筆を投げすて、身を震わせ、ついには我慢ならず踊りだしたという話を、あかねも、昔、道子の邸に仕えていた頃、朋輩から聞いたことがあった。

あかねは今、毎日その音楽の中に包みこまれているような日を送りながら、その音色に次第に浮かれてくる自分を不思議に思いはじめていた。

沼のほとりから、たまきを奪還に来た、傀儡子たちにてんでに手ごめにされた上でさらわれてきてみると、いっそ、人間の世間を捨てた気易さがあって、あかねはいつかこの生活に、けだるい安息をみいだしてさえいる。

自分の運命はどこまで堕ち、どこまで流れていくのか、もうこうなれば、何のさからいもせず、木の葉が賀茂川の流れに運びさられているように、運命の波に身をまかしきってしまってやろうかと考えている。

傀儡子の首領株の男が、あかねを気にいっている今は、命には害はないようであった。

女たちの嫉妬や意地悪も烈しいかわりに単純で、火花が散るようなつかみあいをしているかと思うと、たちまち、一つの碗のものをすすりあうような仲の好さをとりもどしたりしている。

女という女が、時に応じ、必要に応じ、身を売って稼いでいることも、この中にひたりきってしまえば、どこがどう卑しいのかわからなくなるほど神経が馴れてしまった。

月夜には、女たちは平気で河原で着物をぬぎ、冷い川水に身をひたして軀や髪を洗う。

それが見たくて、河原の草むらに身をひそめ、息をこらしている町家の男たちのいることを識っていて、わざと彼女たちは、濡れた髪をふり乱して、一糸もまとわない軀で、河原を歩いていったりするのだった。

最初は気おくれしていたあかねも、いつのまにか、女たちと同じように、水浴びの仲間にも入れば、濡れた裸のまま、男たちの奏でる音楽にうかれて、群舞《ぐんぶ》の中にまぎれこむこともあるようになっている。

物が縫えるのと、首領があかねを客にさらしたくないため、舞台に出よといわないのがもっけの幸いだった。

あかねは、舞台裏で、汗になった踊り子の衣裳を洗ったり縫ったり、たまきの世話をしていればよかった。

傀儡子のくらしむきは、一応、小屋がけで踊りや、人形遣いや、歌などで、客よせをしているが、女たちは、いつでも相手さえあれば、身を売ることが当り前になっていた。

一座の男たちと、それぞれ結びあっていながら、女が客をとることを、男たちは当然としている。

あかねは最初、そういう男女の仲が理解出来なかったが、女は商売は商売とわりきっているらしい。

それだから、仲間の中で、自分の男や女が操を破ると、たちまち血の雨が降った。

あかねのことを女たちは、はじめから仲間扱いにはしていない。好色な首領が物珍しがっているだけで、すぐ飽きられるだろうと、たかをくくっている。

「ああ、もう京もそろそろいやになったね」

女たちが自堕落に寝そべってしゃべっていた。

小屋がはね、男たちはそれぞれ、遊びに出かけ、客のついた女たちはみんな稼ぎに出て、残っているのは、月のめぐりで出かけられない女とか、魅力のない女たちばかりだった。

「もう、そろそろ、旅に出る頃だよ」

「そうさね。だしものがだれてきたもの」

「今度はどこへいくんだろう」

「伊勢《いせ》だそうだよ」

「伊勢か……変りばえもしないねえ」

「そうそう、話はかわるけど、今度御所へうちの小屋の者が招《よ》ばれてるって聞いたかい？」

「御所？　御所の誰によ」

「東宮さんだとさ、何でも東宮さんは、年に似合わず、さばけたお方で、今様とか、催馬楽《さいばら》とか、何でもお好きでお上手だそうな、それで、傀儡子の歌や音楽も、たんと聞いてみたいとおっしゃるのだそうな」

「へえ、それで誰がいくのだろう」

「まあ、わしらではないことはたしかだろう」

どっと笑い声がわく。

「東宮さんでも寝なさるのだろうか」

「聞くだけ野暮だよ。何で男が、わしらの歌だけが目的で呼ぶものか、今までだってどんな上流のお邸に呼ばれていっても、最後はお床入りで総仕上げときまっているじゃないか」

「だって、雲の上人とじゃ、気分がこちんこちんになって、動きもとれないんじゃないだろうか」

「ばかだねえ、お前さんにお声がかかったわけじゃあるまいし……取越苦労はよしな」

またどっと笑い声がわく。

あかねは、小屋のすみで、彼女たちとは離れ、つくろい物をしていたが、話に出た東宮の件に、胸が高鳴ってきた。

もしかしたら、本当の話かもしれない。貴族の邸に、彼等をまねいて、宴席に興をそえたことはこれまでも、あかねは見聞してきている。

祐家なども、不気味なくらい下情《かじょう》に通じていたが、それも、彼等から仕入れる知識が多かった。

東宮の御所へ傀儡子の一行が召されることになったのは、明日、伊勢路へむかうという前夜のことだった。

小屋はもう、二、三日前に閉じてしまい、旅の支度もすっかり調っていた。衣裳の手入れで、あかねは連日休む閑もなかった。首領の鷲丸《わしまる》があかねとの寝物語に訊いた。

「お前の前身を聞いたこともないが、物腰動作の中に、作法を知ったものの気配がある。お前は、宮仕えでもしたことがあろうが」

「いいえ、宮仕えというほどのことは……」

「かくさんでもいい。わしの目は節穴ではない。あんな沼のほとりのあばら家にいたから、どうせ野盗の妻《め》ぐらいに思っていたが、事情があって身を堕《おと》していたのだろう」

あかねは、鷲丸のことばの奥がはかりかね、だまって思案した。うかつな答えは出来ないと思う。

傀儡子たちは、ほとんど、目に一丁字《いっていじ》もない無学な者の集まりだったが、中には、どこでどう学ぶのか、思いがけない学を身につけた者もいることをあかねもかねがね聞いてはいた。どこから渡ってきたのか、群れをなして、流浪する民たちだが、彼等の先祖が、どこか異国の者だったのは、その高い鼻や、広い額の骨相にも、強烈な栗の花のような匂いにもあらわれていた。

天才的ともいえる音への感度も、その軽妙な軀のこなしも、異国的だった。天井まで飛び上る術や、十何回もたてつづけにとんぼがえりをする術や、まるで骨なしのように全身を飴《あめ》のように自由自在にたわめる術などからも、あかねは彼等と近く暮らしてみていっそう、自分と彼等との違いを感じずにはいられなかった。

首領の鷲丸は、それらのどんな術にも長じていた上、百済琴《くだらごと》では右に出る者はないといわれるほど名人だった。その上短剣投げでは、女の軀のまわりに、一分のすきもなく数十本の剣を投げこむという奇術にも長じている。

鷲丸が数理にたけていることも、漢字を達者に読み書きすることも、共に暮らすうちにあかねも次第に識ってきた。

右の頰に、みみずをはわせたような刀傷をつけているから、無気味に見えるが、よく見ると、彫の深い雄々《おお》しい顔をしている。

惜しいことに、背に、洗い籠をふせたような、こぶを負っていた。もともと背丈が短い方ではないので、さほど気にかからないし、それをかくすために、短い腰までの上着を夏でも重ねているので、人にもさほど気づかれていない。

あかねは最初は無気味なのと、鷲丸の強い体臭にあてられ、抱かれる度、胸もとに吐き気がこみあげ、目に涙を滲ませていた。

おそろしいことは馴れるということかもしれない。あかねはいつのまにか鷲丸の体臭が気にかからなくなるばかりか、ふっと背後から鷲丸の匂いがしてきただけで、反射的に、肌がほてり、軀の奥がうるおってくるのを感じるようになっていた。

道子に仕えていたことは口外しなかったが、祐家に仕えたことがあるというのは、鷲丸に白状させせられてしまった。

「やっぱりそうか。それなら、頼みがある。

公卿の邸にも上ったことがないではないが、まさか、東宮の御所まで召《め》されようとは思ったこともない。今度の連中は若い者ばかりよりすぐれと内々の御達しをうけている。おそらく東宮が、わしらの唄を聞くよりも、傀儡子の女子というものが御所望なのであろう。女子どもに、最低の礼儀作法を教えてやってはくれまいか。何、難しいことはないわ。どうせ、酒が入り、座が乱れてくれば、身分の高下も何もない。身分の高い、学のありそうな人間ほど、酔うと下劣な本性をむきだしにするわ。要するに酔いが廻るまでの間、女子どもに型をつけておきたいのじゃ」

「さあ、型といっても、一晩や二晩では」

「出来ぬと思うのか。傀儡子と暮してみてまだわからないか。わし等ほど型で覚えこむことにかけては天才的な者はいないぞ。女子どもは叩頭《こうとう》ひとつにしても、踊りのふりとして早急にのみこんでしまうのじゃ」

「それなら」

「やってくれるか」

鷲丸は上機嫌になって、いっそう大碗の濁り酒をかたむけた。

それから、即席で女たちにあかねは一通りの行儀作法を教えこんだ。

鷲丸のいったように、女たちは、あかねが舌を巻く早さで、たちまち嫋《たお》やかな宮廷の女たちらしい身のこなしを会得《えとく》してしまうのだった。

「あかね、お前も当日は出席してくれ」

それればかりはとあかねは断った。鷲丸は一たん、こうといいだしたら、聞きいれない強引さで、どうしても出席しろという。

「万一、識った顔にでも逢えば、恥をかきます」

「傀儡子の群に身を投じることは、追はぎ夜盗の妻になるよりあさましいか」

鷲丸は鋭い目をあかねの顔にあてたまま訊く。

「どちらも、恥の程度なら似たようだと思います」

「は、は、はっきりいう女子じゃ。ま、よいわ、それなら、女子ではなく男に化けていけばよいわ」

人形遣いたちは、人形を活かすため、黒装束に身をつつんで、顔にも黒い布をかぶってしまう。それなら、あかねの正体も見破られることはないだろう。

「でも……なぜ、そんなにまでして、私が行かねばならないのですか」

「お前にわしがぞっこん惚れこんでいるからだ。わしの留守に逃げる魂胆があってもそうはさせない」

あかねは、思わず目を伏せた。まだ決心が定まってはいないものの、あかねの心の底では、鷲丸に見ぬかれたような計画がなかったとはいいきれない。

篝火

当日になって、出かけるのは東宮御所ではなく、姉小路《あねこうじ》の能長の邸、道子の里邸だという達しが届いた。

鷲丸からそれを聞かされた時、あかねは、なつかしさと恐怖で顔色が変った。

「どうした、なぜそううろたえるのだ」

鋭い鷲丸の目に見ぬかれてあかねは嘘がつききれなかった。

「そのお邸にも、少しの間、まいったことがあります」

「それなら、いっそう好都合ではないか」

鷲丸はあかねの顔に目をあてたまま、

「それとも……昔の男に、その邸では顔を合わす機会がありそうとでもいうのか」

あかねは首をふって、それ以上は口をつぐんだ。

黒子の衣裳をつけることに決めておいてよかったと思った。

鷲丸の一行が能長の邸についたのは、もう陽が沈みかけている時刻だった。一行は総勢二十人ばかり、そのうち男は八人で、女たちは傀儡子の中でもえりすぐった縹緻《きりよう》よしばかりだった。芸よりも縹緻のよいのを第一条件に選んでいる。

たまきも色どりに入っていた。たまきは可憐な踊りもうまかったが、鷲丸は、他の女には真似の出来ない、たまきの見事なとんぼがえりや、逆立ちや、骨ぬき人間のような身のたわめ方を見せるつもりらしかった。

あかねは、はじめから、黒子になって一行の中にまじっていた。

能長の邸では、東宮を迎えることに一家をあげて弾みきっていた。

傀儡子たちを呼ぶという思いきったことは、さすがに御所ではさけた方がいいと、能長がいいだし、いっそ自分の邸に招かれた方がと、東宮にすすめたのだった。

急に事がきまって、道子も昨夜から里へ下っている。

能長の邸でなら、かえって思いきった傀儡子の芸を愉しめるし、彼等の方も気持が楽だろうと東宮も察したのだった。

傀儡子たちの一行は、裏庭の通用門から通され、庭づたいに寝殿の前の中庭に出た。池を背景に庭が彼等の舞台とされていた。樹から樹へ、幕がかけられ、そのかげが身支度をする楽屋ということになっている。あかねは黒子の衣裳の黒紗《くろしゃ》のかぶりもののの中から、きざはしや廊下の勾欄《こうらん》の方をうかがってみた。廊下には、ずっと簾がおろされ、その下から女房たちの着物の裾が虹をひいたようにふきこぼれていた。東宮の御座所はあかねのところからは見えない。

傀儡子《くぐつ》たちの音楽が鳴りはじめ、女どもが庭にすべり出て踊りはじめると、簾の内側にもすばやく酒が廻っていくようであった。

そそりあげるような傀儡子の音楽が庭にあふれ、踊り子の動きが次第に乱調子に速まってくる頃、庭に篝火《かがりび》がつけられ、その火あかりが踊り子のおこす空気にあおられて、ゆらゆらと大きくゆらぐのだった。

踊り子の赤く青く塗った顔の上にも火あかりがさし、どの顔も熟れた桃のようにつやつやと輝いてきた。

鷲丸は、ひき幕のかげから踊り子の出し入れ、音楽の選択にきびしく気をくばっている。

一組の踊り子がひきあげてくると、すぐかわりの踊り子が踊り出していく。見物に少しの退屈もさせまいという趣向だった。

一踊りした踊り子は、下着まで、水につけたように汗になっていた。強烈な体臭が汗にこもって、ひき幕のかげは、むっと、花の腐ったような匂いで空気がたちまちかき濁されてしまう。

踊り子たちは、手桶に汲みためてある水で軀をふくと、あかねの用意してくれてあった小袿に着かえ、一応、高貴の人の前に出ても不都合ない身なりに早がわりする。小袿には一通り香もたきこめてあるが、それに女たちの体臭がまじるため、いっそう異様な胸ぐるしいまでの匂いにみたされる。

女たちはあかねに教わった宮仕えの女式の化粧をほどこし、口をすぼめてしなをつくってみせてから、きざはしを上っていった。寝殿の上段の間で、東宮や能長たちに酒の酌をするためだった。

女たちが、上っていった頃から、きざはしの上では、酔いが廻りはじめたらしい。傀儡子の音楽や歌声にあわせて、人々の扇を鳴らす音や、手拍子をうつ音が聞え、誰の咽喉か、傀儡子の歌に結構面白く声を合わせていく者もいる。

廊下の勾欄にもたれて居並んでいた若い公達たちの背筋も思い思いの方向に曲っていく頃は、簾の中の女たちの気配も、はじめよりは乱れていた。

簾の中にも灯があかあかとともされたので、簾の中が、外からははっきりとうかがえるようになっていく。

夜がふけるにつれ、その度合いが強くなった。

鷲丸の合図で、たまきの出番だとしらされた。

今日のたまきは、赤い金襴のたっつけ袴のようなものを穿《は》き、衿のつまった上衣を着て、足には共布《ともぎれ》で靴を履いていた。

韃靼《だったん》の服がそうなのだとあかねは鷲丸から聞かされているが、そんな様子がまた、たまきには奇妙に似合った。

頭にも共布で巻いた上に、花をさしている。

たまきはこういうことに子供らしく興奮するということがない。いつでも平静な表情で、どこにいても自由にふるまうのがたまきを時に子供らしくなく、ひどく手におえないしたたか者に感じさせることもあった。

「こわくないの」

あかねは、今更にたまきの度胸に愕《おどろ》かされながら訊いた。

「どうして？」

たまきはつぶらな瞳をまるくして無心に訊きかえす。

「こんな晴れがましいところで、たまきはひとりで踊るんでしょう」

「だって、あそこには人がいるだけでしょう。鬼はいないでしょう」

鷲丸の口笛に呼ばれ、たまきはあかねの腕をすりぬけると、さっと篝火の輪の中へ走りだしていった。

たまきの踊りは、踊りというより、目まぐるしい軀の奇術のように見えた。蝶のように身軽く飛びはね、たてつづけに何十回もとんぼをきってみせ、逆立ちで歩く、一本脚で、こまのように廻る……音楽の方が、たまきの自在変幻の身の動きにひきずりまわされているように後を追うように聞えてくる。

はじめは、小人でも出てきたかと、大して目をあてなかった見物たちが、たちまちたまきの妙技に目も魂も奪われてしまって、しんとなってきた。

たまきが踊りおさめて、手をつくと、一瞬しんとした静寂があたりをこめ、つづいて、その静かさを割るように、わっと歓声と拍手がおこった。

しばらくは、そのどよめきがあたりを圧して、何も耳に入ってこない。

鷲丸の合図で、笙《しょう》の笛が絹をさくように一声高く冴えると、後の楽器がいっせいにそれにつづいた。今までとはうってかわって静かなやさしい曲があたりをつつんだ。

たまきは身をおこすと、曲につれて、踊りはじめた。今までとは別人のような可憐な花の精になって踊っている。

今しがたの踊りで汗に濡れたたまきの顔は陶器のようにつやつやと輝いていた。つぶらな瞳が、身のこなしにつれ、不思議ななまめかしさをそえて輝いていた。

踊りおさめると、ふたたび歓声と拍手がわいた。

珍しくもう酒のまわった能長が、赤い顔をして、きざはしまでよろけて出てきた。

「これ、これ、その乙女、ここへ来い、こっちへ来い」

たまきがちらと鷲丸を見る。鷲丸の合図をうけ、たまきは悪びれず、きざはしのもとにいった。

「そなたはまるで天女の生れかわりのようだと、上さまがたいそうのお気にめしようだ。あっぱれだった。あっぱれだった」

紅桜色の袿の裾をひろげながら、緋の袴をすべらせて女房が一人簾の中からあらわれた。

「上さまが、近うとおおせでございます」

ことばは能長に伝えているようだが、固唾《かたず》をのんでいる一同に聞えるよう、声をはっている。

「何？　しかし、それはあまりに」

能長はあわてた。いくら、この子供の技芸が抜群でも、こんな傀儡子の子供をお側近く召されるのは常軌を外れていた。

「よいではないか、年端《としは》もいかぬ子供だ。上らせよ」

上壇の御座所から、直き直きの東宮のお声がかかった。

能長はこれ以上の反対は不粋とみて、たまきを目でうながした。

たまきは悪びれず、きざはしで小さな靴をぬぎそろえ、服のほこりをはたくと、すっと顔をあげ、能長の後ろから上っていった。

「もっと、近こう」

東宮の声が、たまきに直接かけられた。

人々が、たまきの物おじしない動作にすっかり目を奪われていたすきに、あかねは、ひそかに縁側近くにしのびより、灯の明りに照らしだされた簾の中をうかがった。

見覚えのある女房たちの顔が三人、五人と見わけられる奥の、一段上座に、かく別高貴な装いをこらした女人の姿が見られた。あの頃からみると、一段とろうたけた美しさがしみとおるような道子だった。

道子は檜扇を口もとまでかざしていたが、切れ長の目にあたたかみと、愛憐《あいれん》のかげを浮べて、小さなたまきの動作に目をこらしているふうだった。

あかねはなつかしさに涙がこみあげてきた。

一度として、嫌な態度や冷い目をむけられたことのなかった道子との生活がなつかしく思いだされてきた。

あのまま、道子の許にとどまっていたなら、今日はあの御殿の中から、庭の傀儡子の芸をのどかに見物しながら、ひそかに簾の外の公達としめしあわせて、夜の逢引の約束などしていただろうと思うと、黒子姿の自分を、誰ひとり気づいてくれないのが幸いにも情けなくも思われるのであった。

東宮のお顔を少しでも見ようと、あかねはいっそう幕のかげで身をずらせていく。たまきは、万一こんなこともあろうかと、よく昨夜教えた通りの作法で東宮の前でもためらわず臆せず叩頭《こうとう》していた。

あかねはたまきに笑いかける東宮のお顔をようやく人々の背後からかいま見ることが出来た。

色の白さが目だつ豊頬《ほうきょう》のせいか、ゆったりとおおどかな表情がうかがわれる。目尻に愛嬌があり、大きな口から顎にかけて男らしさがあふれていた。

手まねきされてたまきはすり膝で、いっそう東宮の方へ近づいていく。

あかねのところへは東宮の声は聞えないが、幕の外にいる鶩丸には、東宮の声がはつきり聞えた。

「名は何という」

「たまきと申します」

「ほう、いい名前だ。旅から旅への生活、たのしいか」

「わかりません」

「なぜわからぬ」

「旅から旅へのくらししかしりませんもの」

東宮が高いはりのある声をあげて笑った。

あわてて並いる者たちもどっと笑った。

東宮の笑いに遅れては自分たちがおくれをとるとでも思っているふうだった。

「これ、たまき、もっと、近う」

東宮は近よったたまきのまるい柔かな顎に手をかけ、ぐっと仰むかせた。

つぶらな瞳を、たまきは怖れ気もなくじっとみひらいたまま、またたきもしないで
東宮の目をみつめる。

「度胸のよい子供だ。末頼もしい女だ。それに、この花、咲き匂うと、唐天竺にも珍しい名花となろうよ」

東宮はたまきの金色に光る目の奥をみつめながらうっとりと歌うようにつぶやいた。

「都にとどまりたくはないか」

東宮がたまきの目の中をのぞきこんだまま訊く。

たまきはだまって首を横にふった。

「御所で暮したくはないか」

重ねて東宮の問いがつづく。さすがにまわりの者たちが、はっとしたように顔を見合せた。

一度いいだしたら必ず望みを押し通す東宮の気性を知っているだけに、今のことばも単にこの場の思いつきとも聞き流せないものがあった。

たまきが東宮の身分の高さも人柄にも恐れをしらない動作なので、この問答はひとり角力《ずもう》になった。

東宮は笑って、能長に、たまきに充分のさずけ物をするようにと命じた。

たまきが無事、ひき下ってくると、待ちかねていたように、つぎの傀儡子の女たちの組が踊りだしていった。この組は軀がすけるような羅《ら》をわずかにまとっているだけなので、水の中の魚のようにさわやかにも官能的にも見える。人々の目はたちまちそちらに吸いよせられてしまった。

たまきが幕の中へひきかえしてくると、鷲丸が、

「よくやったな」

といって、頭を撫でてやった。

あかねがすぐ、たまきの汗で肌にはりついた服をぬがせてやる。

「東宮さまは何とおっしゃったの」

あかねの問いにたまきはいわれた通りのことを答えた。

あかねは、噂に聞くように、東宮は相当好奇心の強い、女にかけては油断のならない性質《たち》なのだと察した。

道子の前途が思いやられた。

その日の宴で、鷲丸の一行はたいへんな成績をおさめ、東宮からも能長からも十二分の報酬を受けてひきあげてきた。

傀儡子の女の中で十人ばかりはひきとめられ、その夜の夜とぎに残された。

東宮が踊り子の中では踊りは下手だが一番美しい花丸《はなまる》という女を所望されたということが能長から鷲丸に伝えられた。

その夜、鷲丸はあかねを抱いた後でつぶやいた。

「もう逃れられまいな」

「え？」

背中のこぶがあるので鷲丸は必ず横臥して女の方へ顔をむけて眠る。

今も近々とあかねは鷲丸に顔をのぞきこまれていた。

「お前が今夜はあの邸で姿をかくすかと思っていた」

「…………」

「勝手知った邸の筈だし、その気になれば逃げる機会はいくらでもあった筈だ。どこかにひそんで、わしらが帰ってしまった後で姿をあらわせば、かくまってくれる昔の朋輩も少しはいただろうに」

いわれてみてあかねは、自分でも声をだして笑った。あの能長の邸にいる間じゅう、ほんの一瞬もそんなことを思いつかなかった自分がおかしかった。

「わたしはもう、傀儡子の生活が身にも心にもしみついてしまったのかもしれません。今も、なつかしい気はしても、簾ごしにみた女たちが、昔と同じように窮屈な衣装にくるまれて、わずかな逢瀬《おうせ》の首尾をとげようと、血まなこになって廊下の公達に合図を送っているのを見ると、おかしいやら気の毒なやら……わたしはもう、あんな不自由な世界には帰りとうもない」

「しかし、女は、女というだけで、どんな高い身分の男でも自由自在にあやつることが出来る。たまきはもともと傀儡子の子ではない。今日、東宮が早くも目をつけられたのはさすがだ。東宮の人相を、今日、つくづく占ったが、あの仁は、並の天子ではない。天下の大勢があの仁の器量で心底からゆり動かされるだろう。それだけの人に認められるものがふた葉ながら、たまきの相の中にもそなわっているのだ」

「あなたは、観相もなさるのですか」

「星占い。花占い。亀占い。何でもやる。人の人相を見れば、その人間の未来まで手にとるように見えてくる」

「おお、気味の悪い」

あかねは本気で気味悪そうに、あわてて掌を額の前に拡げて、鷲丸の鋭い目の光りをさえぎった。

「ははは……もう今更、かくしてもお前のことなら、死ぬ日までわしには読めている」

「いやだ、気持の悪いこと」

鷲丸の鋭い目をのがれるようにあかねは鷲丸の胸に顔をおしつけていった。

「たまきを引きとりたいと能長から話があったのだ」

「ええっ、それはどうして」

「東宮がたいそうな御気に入りようなのを見て、能長が気をきかせたつもりなのだろう。あの爺いは人がいいばっかりで、目の前のことしか見えない人物だ。先の目が見えたら、いっそたまきを首にしてくれといいそうなものなのに」

「どういうことなのですかそれは」

あかねは鷲丸の自信にみちた口調が怖しくなってきた。

「自分の娘が可愛いいなら、その寵敵をふた葉のうちにつみとるべきだろう」

「だってまさか、たまきが……あんな子供が……」

「もう、四、五年もたてば、たまきはりっぱな女になる。そのつもりで教えこめば、女など、いくらでも早く成長させることも出来よう。傀儡子の女は十二で男をとる」

あかねは、鷲丸が何を考えているのかわからなくて、だまりこんでしまった。

「能長にはことわった。しかし、東宮とたまきの運命は今日結びついてしまった」

あかねは思わず鷲丸の胸から顔をひき、男の目の中をのぞきこんだ。

闇にちかい中で男の目は異様に光っていた。

「たまきはどこへ流れていっても必ず、東宮の許へ帰ってくるだろう」

「………」

「それがたまきの運命なのだ」

昨夜、邸にとめられた傀儡子たちが引きあげていく気配が、道子のいる部屋にまで伝わってくる。

宴は予想以上の成功をおさめたので、誰も彼も満足しきっていた。

女たちが残され、それぞれ夜とぎをつとめたことは誰もが知っていた。

東宮が女たちの中で、たまきをのぞけば最も若い、胸乳《むなぢ》のはりさけるように大きい女を選ばれたのも、誰もが識っていた。

道子は里に帰った夜をひとり、娘時代をすごした部屋で泊まった。

次の間に眠っている筈の皐月が夜あけ前ひそかにどこかへ消えていったのも感じている。

皐月が、東宮としめしあわせていて、そういう時間、東宮の寝所に呼ばれることになっていたのだろう。

道子の、ほとんど眠っていない瞼《まぶた》の中に、東宮と傀儡子の睦みあう図が浮んでくる。

宵にみた傀儡子の官能的な踊りのさまが次々瞼の中に浮び、瞼の中に炎がめくるめくようであった。

その炎の中に、さらに傀儡子の女の上に皐月の、小肥りの柔かな裸体が重なった。

女たちと連舞する東宮の笑顔……

道子は、はっとして、しとねの上に起き直った。

乳房の渓《たに》に汗がしとどにふき出ていた。

胸がまだ高い音をたてている。

昨夜一夜、心の底で、東宮の跫音《あし》を待っていたのだろうか。

道子は自分の心の底に目をこらすのが怖くなった。

若い東宮の華やいだ心のゆれを一々気にしては、とても東宮の妃としての生活に耐えられそうもなかった。

東宮は道子の前にいる時は、この上なくやさしく、この上なく情熱的だった。

道子は、東宮といて自分の年齢を思いだしたことはなかった。

東宮の落ちつき、東宮の聡明さ、何よりも東宮の自信にみちたことばと動き……そのどれもが、道子に、心から東宮の前に自分を投げだすことをためらわせなかった。

導かれるという気持ちさえあった。

そして、愛する男に導かれているということの嬉しさが、女にとってこんなにも深いものだったのかとさとられるこの頃なのだった。

道子は自分の心のかげりを嫉妬なのだろうかと、みつめた。

御所に上った頃、東宮と、以前からの女房との関係が、耳に入ってきた時は、一向に感じなかった。

皐月が、東宮の寵を受けいれてしまったと察した時も、さほどこたえなかった。

いつ頃から、東宮の女たちに対して、平静でいられなくなったのだろう。

道子は皐月の体臭がこの頃いやになってきているのに気づいている。

皐月の鼻にかかったような甘い声も、神経にさわるようになっている。

あれは、今から半月ばかり前のことだった。

道子は皐月のふっくらした顎《あご》の下側に、何かついているように思って、つい、それを口にしてしまった。

皐月はあわてて、道子にいわれた咽喉のあたりをしなやかな指でおさえたが、あっと、口の中でつぶやき、みるみる顔に紅をちらせた。

皐月は顎を衿元に埋めるように不自然に首をひくと、「灯を消し忘れて、虫が入ってきたのです。今朝、とてもかゆくて、爪で思いきり掻いてしまいました。見苦しいものをお目にかけました」

といそいで道子の前を逃げるように下っていった。

それから、三日ほど、軀の具合が悪いといって道子の前に姿をあらわさなかった。その次逢った時は、皐月はいつもより濃く白粉で首を塗りこめていたが、もうあのすみれの花びらのようなしみは目だたなくかくされていた。

道子はそれが、どういう傷だったかは三日の間にふと思いあたっていた。

東宮が閨《ねや》の中で、ふっと道子に、

「あなたが本当にわたしを愛してくれているのかどうか心許なくなってくる」

といいだした時だった。

「まあ、どういう意味なのでしょう」

「女というものはいくらつつましくても、つつましければ、つつましいほど、ひるま、人目の中でおさえこんでいた想いが夜のふたりのしとねの中では爆発して情熱的になるものです。あなたは、ひるまも静かだし、夜もまるで月夜の水のように冷たく軽く、静かです」

「いたらないものですから」

道子は、東宮の不満の意味がおぼろげに察しられ、それだけに心が臆してきている。

「そうではない。勘ちがいされたら困るのです。あなたを敬愛している心が強すぎるから、もっともっとあなたに我を忘れてしまうほどの情熱をみせてほしいと望んだりするのです」

道子はそれっきりで話題をかえてしまった東宮に、それ以上の説明は需《もと》めなかった。

皐月はきっと、東宮のいう、われを忘れるほどの情熱の波に、自分を投げこんでみせるのだろう。そのあかしがあの首のすみれの花びらのようなあとなのだ。

道子は傀儡子の女たちの官能的な踊りをみている時、不思議な波だちが自分の軀の奥に湧くのを感じたことを今、思いだしていた。

女の踊りに女が刺戟されるなど、異様なことなのだろうか。いやしかし、女どうしだからこそ、踊る女の手足の動きの中に、自分をとけこませて彼我《ひが》の差をなくすことが出来るのかもしれなかった。

あれほど自在に軀をたわめられる傀儡子の女は、男の胸の中でどの様な姿をとるのだろう。

道子は自分の想いの淫《みだ》らさに気づき、水をかけられたように青ざめていく。いっそ、子供でも生まれてくれたら……

そう思うと、東宮がたいそう気にいられた傀儡子の少女の俤《おもかげ》が浮かんできた。
——ほんとうに可愛らしい子供だったこと……まるで、高貴の家の姫君にしても恥しくないような上品な面立ちをしていたものだ、その上、あの物おじしない態度も、法にかなった行儀作法も、尋常の者とも思えない……あんな可憐な女の子がもし、東宮との愛のしるしとして恵まれたら——

道子は、出来ることなら、いっそあの少女をひきとって手許で育ててみたい気さえする。そうなれば、どうしても止めることの出来ない東宮の浮気のことにも目をそらせていられるかもしれない。その上、子供の無邪気さにひかされて、自分の腹にも赤子が宿らないともかぎるまい。

そう思いたつと、道子は矢もたてもたまらないほど、あの少女にもう一度逢ってみたくなった。

傀儡子たちが河原に小屋がけしていることだけは知っているが、河原のどのあたりか見当もつかない。

皐月にはこの相談はしたくなかった。

道子は父の邸の旧い従僕を呼んだ。

「藤太《とうた》、河原へはよくいきますか」

「はい、お妃さま」

家でも一番下働きをしつづけてもう六十の年を迎えた藤太には、道子が吉祥天女《きちじょうてんにょ》のように見えてまぶしい。

「お願いがあるのだけれど……もっと近くへ」

道子は縁近く出て、庭にかしこまっている老僕をさしまねいた。

それからしばらくの後、藤太の姿は河原にあらわれた。

傀儡子の小屋もひとつではなかったが、鷺丸の小屋といえば、すぐわかった。

四条の河原にそれはあると教えられ、かけつけてみると、今朝発ったばかりだという。

河原で洗濯をしていたどこかの小屋の女らしいのが、白粉のはげた首筋をのばしながら、親切に教えてくれた。

「どっちへいったかわからんかのう」

「さあね、何でも伊勢の方とかいってたようだけれど、どうせ、風まかせの流浪の人々だもの、その日の親分の気持の風向き次第で、東が西になったり、北が南へかわったり……どこへどう落ちつくことやら」

「あの、たまきとかいう子供もついていったのだろうか」

「たまき？　ああ、あの子ねえ、もちろんつれてったよ。あの子だけは傀儡子じゃないんだけど、親分がたいそう可愛がっていたからねえ」

「えっ、やっぱり、あの子は傀儡子じゃないんで……」

「ええ、何でもうちの人が鷲丸といいのみ友達で、酔った時、もらしたのを聞いたといってたよ。どこか京の近辺で拾った子だとか」

「そうか」

藤太は女のことばを一々胸に刻みつけ、女にいくらかの礼をむりやり押しつけると、あわてふためいて、能長の邸へ帰っていった。

藤太の報告を道子は真剣な面持で聞いていた。

簾ごしにしか話の出来ない藤太の身分だけれど、道子は人払いして、ことを命じた時と同様、藤太を階段《きざはし》の下まで進ませ、自分は、縁の端近くすすみ出ていた。

「はい、河原にはもう、あいつらの小屋は跡形もございません。ここにあったという場所に立ってみましたが、小屋の柱をうちこんだ穴が残っているだけでございました。

草の中に石をくみあわせて、かまどらしいものがあり、まわりの草も、石の面も焼けておりました。そのまわりに獣の骨がちらばっているのでした。

草の中にひとつだけ、こんな落しものがございました。風でとんだか、犬がくわえてきたものでござりましょうか」

藤太は、自分の勤めぶりを示したくて、なかなか念のいった説明をする。

藤太のさしだしたものは、たまきが頭につけていた帽子の花かざりらしかった。薄い紗《しゃ》のような切れをぬいちぢめてつくった造花には、傀儡子の女たちの体臭のような何かの匂いがしみついていて、本物の花のように匂った。

「ごくろうでした。それで、あの人たちの行方は」

「はい、それが、いろいろ聞いてまわりましたが、さっぱりとつかめませぬ。何でもやつらは、全国、気のむいたところへ足まかせに歩いているようで、やつらにはやつらの縄ばりがあり、大体の道筋はそれぞれの組で決っているとか申します。あの鷲丸は、何でも、伊勢路に勢力がはられていて、旅でかせいでは、伊勢で一休みをするように聞いてまいりました。この後、まだ浪花《なにわ》あたりで一かせぎして、伊勢に入るのではないかと思われますが、奈良から紀州へぬけて、伊勢にまいるかも、尾張《おわり》へ出て伊勢に入るかも、誰にもわかってはおりません。かと申しますと、橋の下の茶店の旅人が申しますには、今朝、早く、京の外れですれちがった傀儡子が、これから九州の大《だ》宰府《ざいふ》へいくと申していたなど噂しておりました。果してそれが、あの連中かどうかはわかりかねます」

道子は、藤太の話にだまってうなずいていた。小さい時から、ほとんど町へは出してもらえなかったけれど、物詣での時には牛車《ぎっしゃ》の中から、町並をみたことがある。葵《あおい》祭りには、一度、ゆっくり、賀茂川を渡ったこともある。

あの時みた白々と光っていた川の流れや、青草の中にひろがっていた白い河原の石床がくっきり瞼《まぶた》の中によみがえってきた。

どこまでもつづく、川の堤《つつみ》を、一かたまりになって遠ざかっていく傀儡子の一行の姿もまるで見たことがあるように浮んでくる。

ふと、籠にかわれた小鳥のように、邸というもの、御所というものから一歩も外へは出られないですごす自分の一生より、彼等の流浪の生き方の方に夢が多いのではないかと、羨ましい気さえしてくるのだった。

花楓

東宮に、新しい妃が上るようだと、ひそやかな囁きが、どこよりも遅く、道子の近辺に近づいてきた頃には、もう、その噂は、噂だけでなく、決定的なものになっていた。

その人は、京極殿《きょうごく》と呼ばれている左大臣藤原師実の養女で賢子《けんし》という姫君であるそうな。師実の北政所麗子《れいし》は、右大臣源師房の娘で、中納言顕房《あきふさ》の妹に当っていた。顕房の娘の賢子を、叔母の麗子が養女にして、東宮妃として参らせるということに決ったのだという。

この御縁組は、後三条帝のお声がかりで、宮中からたってのお望みだったらしいという声なども伝わってくる。

「帝は、大きな声ではいえないけれど、とても、藤原氏の専横を憎んでいらっしゃるので、宮廷へ、藤原氏以外のお血筋をお入れになりたがっていらっしゃるせいだとか聞きましたよ」

ひとりの女房がしたり顔にいえば、

「だって、京極の姫君がいくら源氏の姫君でも、左大臣の養女としてお入りになれば、それはもう藤原氏の姫君ということではありませんか」

「だってそれは表むきの形で、実際の血筋は源氏でしょう。やっぱり、東宮と京極の姫君の間に御子が生れたら、それは源氏の血筋ということになりますわ」

「あら、それなら、いっそ、わたしたちのように、とやかくの大げさな血筋のない者をおとりになればよろしいのよ」

碁をうちながらの女房たちの勝手な噂話が、道子の耳にも、それとなく伝ってくる。

ある日、能長が、いつになく憂鬱な顔付で道子の許を訪れた。

「とかくの噂はもうここまで聞えていますか」

「左大臣の姫君のことなら……」

「ふむ、どうも、もうこれはのっぴきならない決められた話らしい。私は、実は今、帝にお目通りして、真相を伺ってきたばかりなのだ。帝は、日頃、そちの父のおかげで位についたから、あだおろそかには思っていないなどおおせられながら、あんまりななさり方だ。噂によれば、東宮の御心からというより、帝の御すすめによる縁組だというのだから、私も虫がおさまらない。万一の時は、私は亡父に相すまないし、命を断ってもいい覚悟で帝に直き直き伺いに参ったのだ」

「まあ、あんまり無謀なことはして下さいますな」

「何という冷い、涼しい顔をして、そんなことがいえるのだろう。これだって、あなたの幸福を守ろうと思えばこそ、命がけで参内したのに」

能長は、自分の言葉に興奮し、高い鼻をすすって、涙をのみこんでいる。

「それで、帝は?」

「ふむ、決して、そちをないがしろにしたつもりはない。ただ、東宮には一日も早く御子がほしいから……とこうおおせなのだ。実際、どうしたわけで、あなたには御子が生れないのだろう」

能長は、無念でならないという表情でうつむいた。

そんな噂の中にも、東宮は道子をお召しになる夜がある。

ふたりだけの帳台の中にこもれば、東宮は相変らず、若々しい情熱を、惜しみなく道子の白い肉の上にまきちらされるのだった。

「どうして、そんなに、こちんとした態度をくずさないのですか」

東宮は、もどかしそうに道子の乳房を摑んだ掌に、痛いほど力を加える。

道子は思わず、乳房の痛さとも、心の痛さともわからない涙をあふれさせた。

「美しい花がまたお庭に一もと移し植えられると聞きました」

「ああ、やっぱり、あなたほどの人でも、京極殿の姫君のことを気にしているのですね。あの姫君は、まだ十四か十五とかで、ほんのねんねだそうですよ。年よりも少女じみて、まるで子供のようだと聞いています。帝がどういうわけか、しきりに私の子供の顔をみたがって、私にろくに相談もなしに決めてしまった縁組なのですよ。私が京極殿の姫君に懸想したというなら、あなたに恨まれたり叱られたりする意味があるけれど、これでもわたしを許さないというのですか」

ことばの間も、東宮の手や、足は、道子の軀に触れつづけていた。

ことばを尽し、愛撫を尽し、東宮は一晩中、道子を眠らせまいとするかのようだった。

口上手な東宮のことばにうまくまるめられてしまったとは思いながら、東宮の部屋から下ってくると、まだ一日中、ほてっている軀で、道子はやはり、東宮の愛を信じて生きていくよりほかはないとあきらめてしまうのだった。

延久元年《えんきゅう》八月二十二日、東宮御所に入って以来、早くも三年近い歳月が流れている。その間、東宮が慰まれた女房の数は知れないにしても、道子と肩を並べ、道子と同格で、東宮の愛を分けるような女のあらわれなかったことが、むしろ、この世界では奇跡という方がふさわしいのかもしれなかった。

東宮妃の問題よりも、近頃、宮廷や世間の専らの噂の的は、帝の新しい恋の対象に対してであった。

後三条帝は、聡明で厳しい方でいらっしゃると同時に、愛情面にかけても、なかなかかぬけめのないところをお示しになる。気のきいた女房や、美しい女房などは、すぐさま帝のお目にとまってしまうのだった。とはいっても、これまでのことは、ほんのその場の気慰み程度のことで、何の後腐れも残さないものにすぎなかった。

ところが、帝が、御子たちの中でも特に御可愛いがりになっていらっしゃる一品宮《いっぽんのみや》聡子《さとこ》内親王のところに上っていた源基子《もとこ》に寵をかけられ、その寵愛ぶりが人々の口の端に上っているのだった。

基子の父は小一条《こいちじょう》院の御子ではあっても、今は臣籍に下り侍従宰相にすぎない身分だった。

基子の母も権中納言の女で、身分が高いとはいえない。そういう女に帝がお手をつけられたところで、いつもの浮気沙汰として軽くすごされれば、どうということもなかったが、今度は様子がちがっていた。

「あつかましいほど、帝のお側にいりびたっているのですよ」

「帝も帝ですわね。いくら、基子が物珍しいたって、中宮や女御のお手前もあるのに」

など、嫉妬まじりのかげ口が上るうちに、早くも基子がただの軀ではなくなったという噂がひろがった。これまでも、そんな例は珍しくなく、女は宿へ下って身二つになると、宮廷の方では、そんなことがあったかくらいで、わざと白々しい態度でつっぱなし、女は泣き寝入り、よほど運がよければ、気のいい男に拾われて、子供ともども男に結婚してもらうというところがせいぜいだった。

けれども後三条帝は、身ごもった基子を、そんなふうに冷淡にあしらうどころか、懐妊がたしかめられると、これまで以上のご執心ぶりで人目もはばからない愛情をそそがれる。

帝の愛し方が、大そうなものなので、まわりの人々も自然、基子をないがしろには出来なくなり、いつのまにかどんな高貴の姫君か、権門の姫君かと思うような大切なあつかい方をするようになっていた。

その上、一品宮が、帝の御心を汲んで、先だって、基子を大切になさるものだから、自然、女房たちの態度も変ってきた。

すると、世間は、

「あの人のことをさる高名な陰陽師《おんみょうじ》が占ったら、紫の雲がたなびいていたそうな。それは后の位に上るという瑞祥《ずいしょう》だといいますよ。やはり運のいい星の生れの方なのだ」

など、まことしやかにいいだしたりする。

そのうち、もう、宮中にも上れない軀になったので里帰りして、お産を待つことになった。

帝は、基子が宮中を下っても、おしのびで基子を訪ねられ、その夜は暁まで基子の部屋を一歩もお出にならない。これもしのびにやつしている帝の近習《きんじゅ》の家来たちが、家のまわりで待ちあぐねてうろうろ歩いたり、居眠りしたりしている様子も、まるで物語の中の一場面のように見えるのだった。

「楊貴妃《ようきひ》の生れ変りのようだ」

「あんまり、帝の寵が厚すぎて、不吉な気がする」

様々な噂の中でも、結局は、

「子供を持つなら女の子だ」

という結論に落ちついていく。美しい娘さえ持てば、運次第で、国母の位までのぼれるのだから、一門の栄華は思いのままにもなるのだった。

「いやいや、帝はまるで色にほうけているように見えるけれども、あれは基子が源氏の血で、藤原氏の出ではないからだ。帝の藤原氏嫌いが、こういう形で抵抗としてあらわれているのですよ」

などと、さも知ったかぶりでいいだす者もあったが、それはうがちすぎる推測かもしれない。

ともあれ、その基子のお産の日がいよいよ近づいてきた。

予定日がすぎても、まだ一向に生れる気配がない。

基子の宿下りの家の周囲は、四、五丁もの間、帝からのお使いや、一品宮からのお使いや、諸公卿たちのお見舞いの人々の群れでごったがえし、まるで何かの祭りのような騒ぎであった。

京をとりまく山々にこもっている名僧や修験者で、名のある人々は、争って呼び集められ、彼等の読経《どきよう》の声や、祈りのための香煙が、通りという通りに流れただよっている。

それをまた、わざわざ見物に出かけていっては、物知り顔に報告する女房たちも少なくないのだった。

道子のまわりにも、そういう物好きの女房たちが、いきいきと様子を知らせに来る。

「関白や太政大臣の姫君だって、ああは仰山《ぎょうさん》に派手派手しいお産をなさるでしょうか。昔は、身分の低い者はもうどうしたって下積みでしたけれど、こういう例がつくられると、身分の高下にかかわらず、女は器量と運次第ですわね」

などと、聞えよがしに話しあう声も伝わってくる。

さんざん気をもませた基子のお産は、予定日を六日もすぎた二月十日にとげられた。生まれた御子が美しい清らかな皇子だったというので、またしても騒ぎはいっそう大きくなっていく。

この数年来、どの后も女御も、姫宮しかお産みにはなっていないので、格別、基子の幸運がめざましい様に取沙汰されるのだった。

帝にとっても、皇子は東宮おひとりだったから、十九歳も年のちがう、まるで東宮の御子といってても珍しくはない第二皇子の御誕生に相好《そうごう》をくずされての喜び様を、手放しで示されている。

能長は、道子の許に訪ずれる度、ひそかに皐月をまねきよせて訊かずにはおられない。

「ちかごろ、東宮は、こちらの妃をお召しになることがしげしげだろうか」

「さあ、あまり、前とはかわりないと思いますけれど」

皐月は、本当のことを伝えて能長を失望させるのもしのびないので適当なことしかいわない。東宮の夜のお伽ぎに召されるのは、最近では道子よりもあきらかに皐月の方が多い。東宮は皐月には遠慮のないこともおもらしになる。

それによれば、道子は閨の中でも上品で端正で、決してとり乱すことがないのだという。

「ゆかしいといえばゆかしいが、やはり、そちほどでなくともその半分でもとり乱してくれなければ、男としては物たらぬものだよ」

東宮はそんなことをいった後で、

「しかし、わたしはあの人をどの女よりも尊敬しているのだ。今時、次第に貴族の女というものの姿がなくなっているが、あの人こそ貴族の女の中の女という品位を持ちつづけている人だ。それに、年齢のことから、世間で想像しているような老いは全くない。あの人の裸は、若いお前の裸より、ひきしまって美しいくらいなのだよ」

とぬけぬけとつけ加えもする。

それをそのままに、能長に伝えられるわけでもない。皐月のあいまいな返事は、能長の不安と煩悩をいっそう深めるだけだった。

道子は能長をいつものような平静さで迎えた。

「この静かな所にも、世間の騒ぎはいくらか伝わってくるのでしょう」

能長のことばに、道子の涼しい声がかえってきた。

「皇子のお産れになったことでしょうか」

「ああ、あなたはそんな、のんきな声をよくもだせるものだ。いいですか、よく考えてもごらんなさい。帝の皇子といえば、東宮の外にはなかったのに、今度、第二皇子が出来てしまったということは、次の東宮の問題にかかわってくるのですよ。今の東宮が即位なされば、たちまちおきる問題です。私が、あなたに一日も早く皇子を産んでほしいと神仏に祈りたてているのも、そのことがあるからです。東宮が即位なされば、当然、東宮の皇子が次の東宮になられるのはきまりです。しかし、今の様な状態なら、必ず、帝は、御位を譲られたとたん、可愛いくてならない今度の皇子を東宮に決めておしまいになるだろう」

さすが、東宮職にいるだけに、能長の東宮選定の勘は鋭いものがある。

「だから一日も早く、あなたの産まれる皇子の顔をみたいのです。御所に入ってもう三年近くになるというのに、どうしてそのきざしもないのだろう」

能長のぐちはつきることもない。はては、閨での情熱が、道子にはたりないのではないかなど、父としていい難いことまで口ばしってしまうのだった。

能長の不安は適中した。

ある日、能長は、帝の方から召されて参内した。

帝は人払いをして、能長だけにお話しになる。もう三十七、八になられる筈だが、帝はこの頃すっかり若がえって、三十すぎにしか見えない色艶になっていた。

手放しの喜色を満面に浮べていられるのでいっそう若々しく見えるのだろうか。

「爺い、機嫌の悪い顔つきだな」

「とんでもございません。帝の晴れやかな御顔色を拝して、私めまで喜びがわきたってまいります」

「嘘をつけ、不承不承まいったという顔色をみせているわ。ま、それも当然だろう。そちがあれほど望んでいるのに、東宮妃には一向にきざしもなく、思いがけないところに思いがけない皇子が授ってしまった」

「はい、もう、結構なことでございます」

「今日、わざわざ来てもらったのは他でもない。そちの東宮大夫としての役目だけを考えて相談する。そちの娘が、東宮妃ということはこの際忘れて考えてほしい。いいか、私は正直いって、今度の皇子が可愛いくてならない。もちろん東宮も可愛いいけれども、若い時の子供と、年とっての子供は、年とって生まれたほど愛情が深いというのが本当らしい。しかし、私は、自分の煩悩にまけて天下の政《まつりごと》を乱すほど、老いぼれる年でもない」

能長の額にじっとりと脂汗が滲んできた。

その日の帝の話の目的は、結局、一日も早く、東宮の皇子を産ませることが急務だというのであった。

でなければ、実仁《さねひと》親王と名づけられた第二皇子が、やがて東宮の位をつぐだろう。それでは、現東宮に長い間仕えて来た能長の気持ちがおさまるまいというのである。聞き様によっては、ずいぶん思いやりのある言葉のようにも聞える。

「もちろん、今の東宮妃が一日も早く懐妊してくれるのが一番望ましいけれど、やはり、年をとりすぎているのだろうか。今にそのきざしもないというのは、あきらめねばならないように思う。その上、噂にきけば、東宮は相当、誰彼の差別なしに、手広く女を近づけているようだ。それなら、意外な女に皇子の生まれない前に、しかるべき妃をたてておこうと思うのだ」

一々、尤《もっと》もな話で、能長はかえすことばもない。自分が、身分の低い女に手をつけ、皇子を産ませておいて、よくもその御口で……と思わないこともないけれど、能長はだまって平伏して聞いていた。

結局、そういう次第で、今度、東宮妃として、賢子を入れることに帝が万事話をとりきめられたというのであった。

それは、相談という形をもってされたが、実質的には宣告だった。

「東宮にも、そのお話は」

「もちろん、してある。承知している」

能長は、手の震えを見せまいと握りこぶしに力をいれた。

もう、賢子の入内の噂は、誰しらぬ者もなくなったとはいえ、まだ日は、半年か一年先のことと思っていたのに、突然、その日が三月の九日ということに発表されて、誰をもびっくりさせた。

一番、あわてたのは、当の賢子側の師実たちであった。帝が師実に、何が何でも三月の九日に入内するようにと、火のついたように命じられたのが、二月の晦日《つごもり》のことだった。

内々、用意はすすめているものの、たいていこの様な話は、一年も二年も先になることが例なので、支度もそのつもりだった。こんな急なこととなっては、充分な支度も出来かねる。

そういういいわけは帝は一切受けつけようともなさらず、とにかく三月の九日にという。

「実は……基子もその日に入内させようと思う」

それを聞いて、師実は、もう反対をとなえるのはやめてしまった。帝が更に師実にうちあけられたのは、基子をこの際、女御として入内させるという御決心であった。師実は、もう帝の決心がそうと定まっている以上、この件については、何を奏上してもはじまるまいと思った。

異様なほどの、基子への溺愛ぶりは、すでに世間の噂の種になっているのに、皇子誕生から、あるいは更衣くらいにはなさって入内させるかなどと下馬評もあるところへ、いきなり女御ということになされば、どんなに噂がかしましくなることだろう。

師実の父の頼通《よりみち》が、まだ関白でがんばっているなら、こうは簡単に帝のお考えを通すことも出来ないだろうと師実は思った。

頼通と後三条帝は昔からそりがあわず、何かにつけて、反目していられた。帝は即位の時、あやうく頼通にさまたげられかけたことも根深く怨《うら》んでいられる筈であった。

頼通は宇治《うじ》に隠居してしまって、もう政治には一切口だししないといっているものの、やはり、大切なまつりごとのとりきめは、各大臣がひそかに宇治殿と呼ばれている頼通に意向を正している。

何といっても二十六歳から七十六歳までの五十年を関白として世に君臨した人であるから、隠居したといっても、世人がはばかるのは当然であった。頼通にたてつくことをまるで面白がっていらっしゃるような帝にしても、頼通が現関白なら、いくらか、遠慮もあったことだろう。あれこれと、かえらぬぐちばかりが能長の心を去来する。

そんな能長の懊悩にかかわりなく、ついに三月九日は訪れてきた。

基子は女御の宣旨を蒙《こうむ》り、皇子をつれて賑々しく入内した。帝が何かと御心をつかわれ、ひそかに人を手配して、見劣りしないような支度をさせてあるし、人々は帝の御心を汲んで争って御供を申し出るので、華々しい入内になった。

一方、東宮妃として入内する賢子の方の支度は、よくも十日たらずの間にこれだけのことが出来たものだと人々に目をみはらせた。御簾や御几帳に至るまで、いつの間につくられたかと思うように贅美《ぜいび》をつくされており、調度類や、女房たちの衣裳に至るまで、すべて、一流の品々が、選びつくされていた。

女房たちの衣裳は輝くような艶出しの絹に、金や銀で刺繍したり、宝石や螺鈿《らでん》をはめこんだりしたものに、羅や紗の薄物を重ねるといったこり様で、これほどの衣裳競べは、古今東西でも聞いたことがないようだった。

賢子はまだみるからにういういしく、ふっくらとした軀つきが子供っぽいけれども、小づくりのきゃしゃな姿が、唐衣《からぎぬ》をつけた正装の中に埋ってしまいそうなのも可憐にみえる。

まだ、人々にいわれる通りに、人形のようにおとなしくされるのがいじらしいほど可愛らしい。

何といっても長い恩顧をこうむった宇治殿頼通の孫姫だということになっての入内だから、百官の公卿たちは争って、草木のなびくようにこのお供にもつらなろうとする。

後三条帝の策略はものの見事に功を奏し、東宮妃の方の華やかさに心奪われ、とかく難くせつけようと、鵜の目、鷹の目の人々の目を、基子入内からそらせてしまった。

師実は左大臣だけれども、関白太政大臣にもひけをとらない勢いと人気があるから、この盛儀におくれまいとする人々がかけつける。師実の北の方麗子もつきそって入内したから、女たちのお供もいっそう多くなり、春の花と秋の紅葉を一時にあつめたような華麗さであった。

そうした騒ぎはすべて、道子の部屋のあたりにまで聞えて来ずにはいない。

まだ若い女房たちは、道子への遠慮から、がまんしていた好奇心がおさえきれず、こっそりぬけだして、賑いの見物にいく。

気もそぞろになって帰り、興奮しきった口調で見てきた有様を伝える女房のまわりに、物見高い気持ちからどっと集まって、いつのまにか、声まで高くなっていく。

「そりゃもう、すばらしいお支度よ。帝の女御の方も美々しいけれど、何といっても、東宮の御息所の方は、どこにも遠慮のない立場だから、つくせるだけの贅をつくしていらっしゃるわね」

「帝の女御の方はお支度金は、帝がひそかにお出しになったっていうじゃありませんか」

「でも、すばらしいわ。まるで関白太政大臣の姫君のような御様子よ」

皐月が、女たちを追っぱらいにくると、女たちは不承不承ちっていった。

そうでなくても、東宮の御召しが間遠になり、昼、こちらへお遊びに見えるようなことはたえてなくなったこのお部屋のあたりは、淋しいのに、こういう騒ぎの裏にあっては、物悲しいほどわびしかった。

道子は例によって、そういう騒ぎには、一切無関心のように、落ちついて何かに読みふけっている。

皐月は、自分のように、ただ高貴の人のなぐさみにされ、愛と興味が薄まれば、まるでしおれた花を捨てられるように見捨てられても、文句ひとついえない身分の者とはちがい、道子のような立場にありながら、今度の賢子の入内に心も騒がないのだろうかと、不思議に思われてくる。

皐月の気配に道子は静かにふりかえった。

「お騒しくてすみません。今、叱ってまいりました」

道子は、涼しい表情を皐月にむけてかすかに微笑した。

「しばらく宮中から外へ出ませんでしたね、いっしょにどこかへおこもりにでも出かけましょうか」

道子の誘いに、皐月はすぐに乗っていけない気持ちだった。

東宮から、賢子の入内については、閨《ねや》の中で様々にいいつくろわれているけれど、道子のように悟りきれない。道子に対しては、すまなさがあって、はじめから恋敵のような気持ちは捨てている皐月も、恩も義理もない師実の養女賢子には、敵対心が燃え上っている。どうせ、競争もかなわない高貴の相手とわかっているだけに、皐月の恨みは、自分の私怨から、道子に対する忠義心にすりかわって、何としても東宮の心を賢子に奪われたくはないのだった。

この大切な時に、宮中をぬけだして、のん気に物詣でなど考える道子の心情が知れない。

「わたくしは出かけたくありません」

「どうして」

道子の目の中の微笑は消えない。

「東宮さまがどんな真心をこの際、妃さまにお示し下さるか、それをみとどけないでは居られません」

道子は、声に出して小さく笑った。

「皐月のむきになっていること」

皐月は道子にからかわれているような気がした。道子はそんな皐月をいっそう愕《おどろ》かせることばをさらりとはいった。

「殿御の真心など、昔からあったためしがあるでしょうか」

そうはいっても、新しい妃の入内の日に道子が里帰りや物詣でに出るのも厭味らしいということで、宮廷に留ることになった。

道子ははじめての妃ではあっても女御の宣旨は受けてはいない。

女御や皇后の宣旨は、たいていその姫君の親の身分によって決められることだから、左大臣師実の養女となった賢子なら、はじめから女御として入内したとしても、道子にいい分のあるわけはないのであった。

基子の方は、身分は低くても、これは皇子を産んだということで、女御の宣旨を蒙たのだから、やはり致し方はない。噂では、二人の女御が、同時に入内するということだったが、さすがに早くから宮中に上りながら、まだ女御にならない道子に遠慮してか賢子は東宮妃として道子と同じ位で上っていた。

殿上人たちは、帝の新女御の方へ御祝いをのべにいったかと思うと、今をときめく師実の方の御機嫌もとらねばならず、すぐその足で東宮の方へもかけつけてくるので、気忙《きぜわ》しいことおびただしい。

その足音や人声が、道子の局のあたりまでも、ざわざわと伝ってくるのをどう防ぎようもなかった。

基子と賢子の支度や器量の品定めを、道子の女房たちがしている間はまだよかったものの、帝と東宮が、それぞれの女御や妃を召されてからは、もう想いのゆきつくところはひとつにしぼられて、互いにそれを口にするのもはばかられてくる。

道子の局では、誰いうとなく、早くからひっそり灯を消してしまって、まるで無人の島のようにわびしい雰囲気になっていた。

その翌朝がまた大変な騒ぎになる。

基子の方が遅く御閨を下ったとか、いや、賢子の方が遅かったとか、まるで見張りをつけていたような、まことしやかな憶測が耳から耳へ伝っていく。

新床《にいどこ》のしきたりは三日三晩は通いつめ、三日の餅《もち》の祝いがあって、はじめて男女の仲が落着くというしきたりは、宮中にもとられているのだから、新東宮妃がたてつづけに三日召されることは当然である。同時にその間は、賢子の親や後見人たちは気が気ではなく、帝や東宮の御気持ちを飽かせないため、賢子の局にありとあらゆる新趣向を凝らして、お気をひくことに努力する。

管絃の遊びはそういう時につきものである。和琴《わごん》、箏の琴、笛、ひちりき、等の合奏が、道子の局の方まで風に送られてくる。

「ああ、あの箏の琴の冴え冴えとした音色……あれは中納言さまのお手でしょうか」

そんな感歎の言葉も、あたりをはばかるように囁かれているのも、道子への遠慮からだった。

この御局にだって、今夜のような華やかな夜はあったのにと——旧くからいる女房たちは思わず懐古的になる。あの夜からまだ三年ほどの歳月しかたっていないのにと思うと、人の運命のはかなさが今さらのように身に沁みてわびしくなるのだった。

賢子の局では、昼間はずっと東宮がお渡りになり、それについて、殿上人たちが競って集まるので賑やかに華やいでいた。

この日頃の女房たちの衣裳の色などは、宇治殿や宇治大納言など趣味の高い人々が心をこめて選んだというだけあって、一人一人の衣の色がいいだけでなく、それらが集まって、また花園のような趣きを示すように工夫されていた。

女房たちも粒よりの美人揃いが選ばれている上、それぞれ、一芸に秀でた者が選ばれているので、清少納言や紫式部の活躍した当時もこんなだったかと思うほど、活気にみちあふれている。

賢子は十四、五になったばかりで、まだ無邪気で頼りなく、可愛いらしいというだけだけれども、東宮には賢子の若さと稚《おさな》さがこの上もなく新鮮なものに思われた。

道子は大方、賢子の二倍に近い年齢だったし、その他の女房たちも、それぞれ、年をとっていて、恋の手管にたけていればいるほど、年齢は東宮をはるかにこえていた。

　自分より若い女に接しられたのは賢子がはじめてであった。

　東宮は人形のような賢子を、初夜にはそっと眺めておくだけの忍耐に耐えきった。

　翌日、賢子の乳母が、帳台の中の白磁の壺の中に、しるしのものに染った白絹を発見出来なかった時、色を失ったことなど、東宮と乳母の大弐《だいに》の間だけしかしらない秘密になった。

　大弐は、ひそかに東宮に問いただした。

「御息所さまには、おむずかり遊ばされたのでございましょうか。まだいたって稚くていらっしゃいますから……」

　東宮はとりすますほどかえって艶にみえる大弐の顔をいたずらっぽくみつめながら、

「あんまり固い蕾をつみとるのは風流なものではないからな」

「でも……よく、お聞きわけするよう、ことわけてお話申しておきましたのに」

　大弐は、初夜が不首尾では、自分の責任と思っていっそう青ざめた。帳台のすぐ前にひかえて、一晩、お閨《ねや》をつとめる役は、大弐の腹心の弥生《やよい》にさせたけれど、弥生はあでやかな東宮のやさしい声しかもれきこえず、賢子のはかばかしい返事も聞えなかったというばかりだったのだ。

「大弐、案ずることはない。あの人は、一点のしみもない、まるで白磁のような清らかな軀をしていられる」

「はっ」

大弐はぬけぬけといいきる東宮のことばに額ぎわまで染めあげながら平伏してしまった。

人形のようなおとなしい賢子から、人形を扱うように着ているもののすべてをぬがせていった東宮の手つきが見えるような気がした。それほどまでにしても、賢子を清いままにして朝を迎えられた東宮の心のうちが、物堅い未亡人の大弐には一向に判断出来ないのであった。

おぼろ月夜

大弐が、弥生から渡された白磁の壺の中に、朱に染った白絹を発見したのは、賢子が東宮の御閨に召されてから三日めの朝であった。

「ああ、ようやく」

大弐は思わず、嘆息をもらして肩をおとした。

弥生は、大弐の前にかしこまって顔を伏せ、そんな大弐の顔からはわざと目をそらせていた。

「これで、ようやく左大臣様にも晴れて嬉しいお報せが出来ます」

大弐はそっと袖口で目頭を押えた。今日という今日、まだ、白絹が清浄なままでかえされたなら、大弐は、あわせる顔がなく、お役を辞すしかないと考えていたのだった。

異国の朝廷の風習のように、初夜のあけた朝には、鳩を殺してその血潮に染った白絹を、「開道！　開道」と叫びながら、棒の先につけて走り、無事鴛鴦《えんおう》の契《ちぎり》を結ばれたことを示すという芝居気はないまでも、よくよくの時は、鳩の血でも雞《にわとり》の血でもいつわって、左大臣の心配を慰めようかと思いあぐねていたところだったのだ。

「御息所さまには、ご苦痛の気配はなかったようですか」

大弐は弥生の目から顔をそらせたまま、平静を装った声で聞いた。

「はい……あの……」

「遠慮はいりません。わたしたちふたりだけの間の話です」

「東宮さまは、女をあつかうことには、まるで四十男のように気長で、おやさしく、御息所さまのお心もお軀も、すっかりうるおしておしまいになさってから、まるで花の蕾が春の陽に自然にほぐれずにはいられないようにあそばします」

「なるほど……」

大弐の声は思わずかすれていた。

「御息所さまは、ただひとこと、深爪でもなさった時のような、小さな鋭いお声を、ああっとおもらしなさったばかりでございました」

大弐はようやく肩の荷をおろした気がしたとはいっても、相当、女には馴れていらっしゃる東宮が、およそ無抵抗なだけで、何の反応も示さない稚い賢子のとりなしに、たちまち飽きてしまわれはしまいかと、次の心配がおそってくる。

三日の餅の儀式も晴れやかにすますと、左大臣家の饗応で、華々しい祝宴がひらかれた。

この日の賢子の衣裳は、これまで以上に贅をこらし、金銀の紐を結ぶのはおろか、瑠璃や珊瑚《さんご》や翡翠《ひすい》の玉をちりばめた布を、薄い羅ですかして、目もまばゆいようだった。

小さいなりに、生まれながらの気品がそなわっていて、どんな華麗な衣裳にも、衣裳負けをすることがなかった。

三日三晩、新しい生活と未知の愛撫の中に投げこまれた心身の疲れが、眉のあたりにほのかに滲みでていて、目が眠そうに細められているのが、清らかな色気になって、この上もなく可愛いらしい。

東宮が若い賢子にすっかり心を奪われたらしいという噂は、たちまち宮廷に伝わっていった。

もう、来る日も来る日も、東宮は夜毎、賢子をお召しになり、朝がくれば、まるで賢子の後を追うように、賢子の局にお出ましになる。

思いの外、賢子が東宮の御心にかなったということは、左大臣師実にとっては、この上もない喜びであった。

東宮の御心をこの上とも賢子にひきつけておくために、賢子の局をいっそう魅力的なものにせねばならない。調度類はもとより、女房たちの衣裳にいたるまで、一日として見馴れた感じを抱かせないよう、師実は心をつくして新鮮に見えるように気を配っている。

左大臣という職業柄、そう東宮御所にばかり出かけているわけにもいかない。第一、同じ日に帝の女御として入内した基子の方も礼儀として見舞わなければならないのだった。

基子に対する帝の寵愛がこれまたたいそうなもので、東宮に劣らない。こちらは可愛いらしい皇子というお土産がいらっしゃるから、なおのこと賑やかであった。

帝は待ちかねていた皇子をご覧になりたく、女御のお局に早速お渡りになった。師実が、皇子を抱きとって帝にご覧にいれようとすると、帝はすぐ師実の手から皇子を抱きとり、

「女御より私の方に似ているではないか」

など、まだ、どちら似とも決めがたい赤ん坊の表情に目を細めていられるのだった。

帝はすぐその夜のうちから基子をお召しになり、毎夜もうお傍を離さないというご寵愛ぶりである。

女御と御息所を、帝と東宮がまるで競争の様にお愛しになるので、宮廷は何ということなく浮き浮きと華やいでいた。

帝の方には、中宮も女御もすでにいらっしゃるがどの方もつつましい方で、あからさまな嫉妬の様子などはちらりともお見せにならない。

師実は、まだ三十をすぎたばかりの若さなので、帝の方へ伺候しても気がはり、さて東宮の方へまいっても、東宮がずっと賢子の局に入りびたっていらっしゃるので心の休まる閑もない。その上、東宮大夫の能長は明らかに不快さを顔に出し、事によればもう、職も辞しかねまじい不機嫌さなので、師実はやはり気がひけるのであった。

師実はある日、思いあまって帝に申し出た。

「東宮が、御息所をご寵愛下さいますのは、まことに有難い幸せなのですが、何と申しましても、先からいらっしゃる妃さまをないがしろにしては果報にも傷がつくと心配でなりません」

帝はその日も、基子をお傍にひきつけていたが、

「東宮もなかなか私に似て熱しやすいたちだから」

と笑っている。それでも能長が病気と称して、もう十日も伺候しないと聞いて漸《ようや》く顔色をかえた。

東宮は帝に召されて、その日、清涼殿へ上った。

帝は珍しく人払いをして東宮とふたりきりでさしむかいになった。

「若宮の顔をみてやってくれましたか」

帝は一頃より若々しくなった瞳を輝かせて東宮にまず訊かれる。

「はい、さっき、廊下で、乳母が抱いて女御のお局の方へ下るところをすれちがいました。まるまるとふとって、元気そうになり、可愛いらしいことです」

「私よりも、基子よりも、東宮に似てきたとみんながいいますよ」

「眉のあたりや耳など、たしかに私に似ていますね」

東宮は、自分の子供といってもいいほどの幼い弟宮については、つとめて帝の気にさわらない返事をする。

「若宮の乳母の小侍従は、今日つくづく見ましたが、たいそう華やかな顔だちですね」

「また、そういう目のさといことをいう」

帝は笑って、あまりたしなめる口調にもならないで、

「小侍従には手を出さないでもらいたいな、若宮の守りが上の空になっては困る」

東宮も笑って、なごやかに向いあっている。

そんなことで、わざわざ帝が呼ぶ筈はないと思った時、ようやく帝が、まだ瞳に笑みをひめたまま、

「新しい御息所をたいそう気に入られた様子が伝わって、私も喜んでいるが」

と、ことばをつづけられた。

「女というものはうるさいものだし、まして私たちのまわりの女には、それぞれ里方の思惑がついてまわるからいっそう面倒になる。後宮の御し方は、まず、どの女たちにも平均に愛をそそいで……いや、ふりでもいいのだよ。一応それぞれの自尊心をいたわってやらなければならない」

東宮は、顎《あご》をひいて、笑いに肩をふるわせた。

「何を笑う」

「ご忠告有難いのですが、帝がそういうご忠告をなさっても、どうも効き目がなくて」

帝も、苦笑いをしてしまった。ふたりとも揃って、一人の女に夢中になり、夜も昼もない有様なのは、お互いによく知っているのである。

「能長が、気を悪くしてひきこもっているというではないか」

帝は結局そのことがいいたかったのだ。

「はあ、あれでなかなか神経質な爺いですから……しかし妃は聡明な女で決して、見苦しい嫉妬などみせません」

「それだけに恨みは心につもるのだ」

「私は、正直な話、あの妃を尊敬しています。口はばったいいい方ですが、今の宮廷であの女の右に出る才能や、気品のある女はいないのではないでしょうか」

「ふむ、私もそう思っている。しかし、女は聡明すぎたり、立派すぎるとえてして不幸せになるものだな」

遠くから、若宮の元気な泣き声が伝わってくる。帝も東宮も、話をやめ、その声に耳をかたむけるふりをした。

帝に注意されて、東宮はその夜は道子を召した。

皐月がいくらか興奮して、それを道子に伝えた時、道子は、習字の手を休めず、返事もしなければふりむきもしなかった。

皐月は、道子の真意がはかりかね、まだ自分の興奮に酔って上ずった声をだした。

「さきほど私をおよびになって、お妃さまのことを怒っているかとお訊きになるのでございますよ。ご自分の御心にお問い遊ばせといってやりましたわ。新しい御息所は子供っぽくてまるでままごとの相手をしているようで退屈なのだけれど、左大臣の手前もあり、帝の御口ぞえもあって、しばらく、宮中の生活に馴れるまでは、面倒をみてやらねばならないなんて、いいわけたらたら遊ばしていらっしゃいます。それにしても、今夜はどの御召し物になさいますか」

道子は、静かに筆を置いた。まだ皐月の顔はみないで、

「病気だと申しあげ、お断りしておくれ」

「まあ、お妃さま、そんなこと……どうして、素直にいらっしゃらないのでしょう」

いいすぎたと思った瞬間、道子がこれまでみたこともないきびしい表情でふりむいた。

「病気だと、お伝えすればいいのです。もし新しい方のご都合で、ぜひとも今夜、宮さまが御伽ぎがほしいとおっしゃるなら、私の命令です。皐月、そなたがおつとめなさい」

「お妃さま！」

皐月は、道子の気迫にうたれてことばを失った。

「人間には心というものがある。いくら宮さまや帝といえども、人の心は自由にお出来になるものではない。もういいから、ひとりにしておいておくれ」

皐月は一言もかえすことばがなく道子の前をひき下った。

「どうした、皐月、まるで蜂にさされたような顔をしているではないか」

東宮が返辞にいった皐月の顔をみてからかった。

「どうせ、私は不器量でございます」

「そういって、すぐむきになるところが、お前の可愛いいところだ」

「お妃さまは、御気分がお悪くって伺えませんと、おっしゃっていらっしゃいます」

「ふむ……どこが悪い？」

「さあ……あの……」

「はっはっは、皐月はほんとうに子供のように正直で他愛ないな。少しは嘘をつく勉強をした方がよい」

東宮はそれ以上はたって聞こうとはしない。もう、今夜は道子を召すつもりで、賢子の方へは休むよう申しわたしてあるので、今更変更も出来ない。それに、師実にしろ、賢子の女房たちにしろ、参内以来、一日もかかさず、昼の間は賢子の局に東宮を迎え、連日趣向をこらした管絃の遊びや、歌くらべ貝合わせと、東宮の心を倦ませないために心を砕くし、夜は夜で賢子が召されつづけているので実のところ、もう神経の疲れが極限にまで来ていた。

休ませてもらえてほっとしていることは顔色にもあらわれていたのである。

「なるほど、妃がそういったのか、人の心は、東宮でも帝でも自由にすることはかなわぬとな……」

東宮は皐月のなめらかな腹に掌を休ませながらつぶやいた。

「はい、お妃さまは気位の高いお方ですから、そういうこともお考えになるのでしょうか」

「皐月はどうだ」

「私など、殿御次第で心が赤くも青くもなるのですもの。自分の心などありません。その方が、私のように才もない女にとっては結局楽でございます」

「ずるい女だな」

「だって、宮さまだって、人形のような子供のような心などありそうもない御息所さまに夢中になっていらっしゃるじゃありませんか」

「嫉《や》いているのか」

「嫉いておりますとも」

皐月は思いきって東宮の胸をつねった。

「痛い！　あとがつくではないか」

「あとをつけてあげているのですもの、当り前ですわ。お人形のような御息所さまがいぶかられたら、さつきという性悪の毒虫がいて、さされたとおっしゃればよろしいでしょうに」

東宮は久々の皐月の燃える肉の熱さが快よかった。皐月のくぜつも、毒がなく、それでいて、女をじらし、女をまどわし、女を苦しめている実感は、明らかにその女を征服しきっている証拠とみなされて、男にとっては快よい刺戟になる。

皐月はまるで意地になっているように、その夜は東宮に甘え、まつわり、離れようとしない。

こういう時は身分の低さを武器にして羞恥やつつしみを捨てることが得策だと本能的に知っているのだった。

「妃は私を嫌っていると思うか皐月」

「まあ、とんでもない、恋いこがれていらっしゃればこそ、嫉妬もなさいますし、すねて嬉しさをかくしてわざとお召しをこばむのではございませんか」

「そうかな……私にはそうとばかりは思えぬ」

「ではどういうふうにお妃さまをごらんになります」

「女の中には、真実男の庇護なしには一日も半日も生きていけない女がある。御息所は稚《おさな》さにおいてそうともいえるし、そちは女の中の女という意味でそうともいえる。しかし、女の中には、男の愛を必ずしも生活のすべてとしないでも生きていける女もいる筈だ」

「まあ、信じられませんわ。女は昔から、男に従い、男に征服され、男にすがりついて生きてきたのではないのですか」

「そういう女も多かっただろう。しかし、そうではない女もいた筈だ」

「でも男はそんな女を愛する気持ちになるでしょうか」

「尊敬はするだろうな……尊敬も愛の一種だから、敬愛しているともいえるだろう」

「私は敬愛などほしいとは思いませんわ。どうせ馬鹿ですから心なんてどうだっていいのです。こうして、今、逢っている最中、すべてが消えてなくなるほど可愛がっていただければ」

　皐月はいっそう軀を燃えたたせ、東宮にまつわりついていった。軀のあらゆる部分に吸盤がついているような皐月の皮膚は、稚い賢子の無抵抗でなめらかな陶器のようなすべりのいい肌とはちがい、男の官能をいやが上にもかきたてるものがあった。

「でも、宮さまは、お妃さまを決してお捨てにはなりませんのでしょう」

歓びをわかちあったしばしの憩《いこ》いの間には、皐月は会話で東宮の心をひきつけておく。道子が東宮の愛を失うということは、道子に仕えている皐月も東宮と逢う機会を失うということになる。

「捨てはしない。私は、女を捨てるような冷いことは出来ない」

「でも、やはり、飽きるということはありますでしょう」

「飽きるのと、捨てるのとはちがう、飽きても捨てないでおけるものだ、自分の愛用の道具や衣類だって、飽きても捨てずにとっておくものと、捨てたくなるものがあるだろう。私は、自分の愛した女を捨てる気にはならないだろう」

「でも、そんなことをなされば、いつかは宮廷中に、宮さまの愛を受けた女が、いっぱいにあふれてしまいましょう」

皐月は身をよじって笑った。笑いながら、軀のうねりを東宮の腹に伝えている。

「いいではないか。私は天子だ。天子というものは異国の天子の例をみても、後宮三千人という例もある。女を思うさま愛し、性を快楽出来るのが天子の特権ではないか」

「そんなことをはっきりおっしゃれば、帝のお叱りを受けましょう」

「何が叱られるものか、帝だって、結構女好きでいらっしゃる。歴代の帝をみてみるがいい。これはと思うような仕事をなさった帝はたいてい後宮に女の花園をつくられたものだ」

「まあ、勝手な、都合のいい御解釈ですこと。宮さまはお妃さまを冷い方と思っていらっしゃいますか」

「どうして」

「私はお妃さまから冷くあしらわれたことは一度もないのです。どんなそそっかしいあやまちをおかしてもお妃さまはちっとも私たちをお叱りになることもありません。そういうお妃さまはお心のひろい、情深い方だと思われますけれど、私どもの中には、そういうお妃さまは、本当は私たちをものの数とも思っていらっしゃらなくて、私たちなどに一々、心を動かすのもわずらわしいと考えていらっしゃるので、本当は私どもなどに愛情などおありではない……まあいえば、冷いお心なのだと、こんなふうにひがんでみる者もあるのです」

「なるほど」

「でも、私はそうとは思えません。ただ、お妃さまのお心の中には、私どもにはうかがいしれない、何か、ひえびえした湖のようなものが抱かれていて、その底だけはお妃さまにしかのぞくことの出来ない神秘がかくされているのではないでしょうか」

その後は東宮は、もう道子を召してみようとする気配もなかった。

一応、義理をつくしたのに、それを拒んだことに対して、東宮が内心は、やはり気を悪くなさったのかと思い、皐月は気をもんだが、道子はまるでそんなことなどなかったように、物静かな読書三昧の毎日を送っている。

日によっては、風のむきで、賢子の局のざわめきや、さんざめきがほのかに伝わってきて、道子の女房たちは、思わず顔を見合わすこともあったが、道子は一向にそういうことは気にもかけないふうにみえた。

そのうち、前から始まっていた新内裏の造営がいっそういそがれるようになった。帝にも、東宮にも後宮がふえたことや、皇子たちの出産のこともあって、内裏の造営を一日も早くと帝がおせかしになったらしい。

全国から国司たちはきそって人夫たちを献上して、少しでも自分の力を示そうとする。内裏は、諸国から集まってくる材木や、石や、樹々で、日一日と形づくられていった。

もう、屋根がふけた。いや、今日は池がほられた。樹々の配置に大童だなどと、さまざまな噂が里内裏にしている御所に流れてくる。

道子の局では、女房たちが新内裏の落成間近と聞くにつれ、心配をましてきた。

「大きな声ではいえませんけれど、お妃さまは、もう、新内裏へはお供しないとかいうことだけれど、本当なのかしら」

「何でもお妃さまは、新しい方がお入りになって以来、すっかり東宮さまに見限られたような形なので、お心を傷つけられ、お里へ下ることばかり考えていらっしゃるというではありませんか」

「お気持はわからないことはないわね。でも、やっぱり、仕えてる私たちのことも少しはお考えになって下さらなければ……」

この頃、公達の中に恋人が出来たばかりの若い女房が、不平がましい顔をしていう。

仕えている主人の運不運がたちまち自分たちの一生の幸不幸を左右するのが、宮廷の女房たちの共通の運命であった。

仕えている主人が華やいでいる時代は、宮廷に華やかに、その女房たちの美貌や才気まで浮きたって伝えられる。

清少納言も紫式部も、和泉式部もそうして今まで才女として語りつがれているのである。けれども、一度女主人の運命が落ちめになれば、女房たちはどこの国の涯でどんなみじめな境遇に落ちぶれていてもわからなくなってしまう。

あれほど華やいだ清少納言の末路も、中宮定子《ていし》の運命が落ち目のまま、なくなってしまったあとは、どこでどうはててしまったともわからない。

「も少しお妃さまが、素直で、心細そうな風情をお示しになれば、東宮さまのおあつかいだってちがってくるでしょうに」

女房たちは、自分の運命の不安からつい打ちとけ難い女主人の批判までしてみたくなるようであった。

そうするうちにも新内裏の建築はすすんで、その年の延久三年八月二十八日には、いよいよ帝の入幸《じゆこう》というはこびになった。

帝は、あらかじめ、新内裏の後宮の配置について心を配っておられたとみえ、一日、東宮をお召しになり、ご自分の案を図解にして示された。

「いよいよ、新内裏で、新しい生活が始まるのだから、後々、女たちの間で悶着《もんちやく》のおこらないよう、局の配置などに神経をつかったつもりだがどうだろう。東宮にもいい思案があれば遠慮なくいってみてほしい」

東宮は帝のお書きになった図面をひきよせてみた。

まず帝の御座所の清涼殿はともかくとして、中宮馨子には弘徽殿《こきでん》の外、登華殿《とうかでん》、常《じょう》寧殿《ねいでん》の三所をお使いになるようにはからってある。やはり女御基子に御心も空にしているようにみえても、決して、不平がましいことをいわないおっとりした中宮馨子のさすがに内親王らしい品のよさに対して、帝は相当な敬意を払っていられるのだということが察しられる。

女御昭子には承香殿《しょうきょうでん》をあてがわれてある。

一品宮は飛香舎《ひぎょうしゃ》（藤壺）に定められ、一品宮を最も頼りにしている新女御基子のためには、そのお隣りの凝花舎《ぎょうかしゃ》（梅壺）を与えていられる。

梅壺なら、帝が、可愛いらしい二の宮の顔を見に渡られるにしても、渡りやすいという配慮からなのだろうか。

東宮は昭陽舎《しょうようしゃ》（梨壺）にお入りになるように図解されている。

「梨壺も、桐壺（淑景舎《しげいしゃ》）も自由に使ったらいいでしょう。どうせ、そのうち、まだまだ女御や中宮の数が増えようから」

帝は笑っていい、

「東宮の妃たちの局については、東宮が考えるのが一番いいのだけれど、一応私が、こうしておいた。もちろん、都合のいい様に配置のし直しをすればよい」

「いえいえ、これで結構でございます」

梨壺に最も近い麗景殿《れいけいでん》には賢子を配置されている。

「これで気を利かせたつもりだが」

「恐れいります」

「能長がしきりに案じていたが、この機会に妃を里に帰されるような恥ずかしい目には逢いはせぬかと取越苦労をしていたらしい」

「とんでもないことです。何といっても妃は私にとってはじめての妃です。おろそかに思ってはおりません」

その道子の局は賢子のいる麗景殿のすぐ隣の宣耀殿《せんようでん》ということに決められている。あくまで賢子と道子は対等の扱いをするよう、帝も東宮も心がけてはいるものの、どうやら、それは形の上でのことになりそうな気配であった。

いよいよ、帝の入幸に引きつづいて、東宮や、各女御たちの入内もとどこおりなく終わった時は、もう朝夕の風がそぞろに身にしみはじめる夏も終わりの頃であった。

それぞれの御殿に、中宮や女御や妃たちがおさまった有様は、まるで花園の花が、いっせいに咲き競っているような華やかさと美しさに輝いていた。

源氏物語の中に、光源氏が六条の邸に愛人たちを集めて住まわせたという趣きもこれほどではなかったのではあるまいかと想像されるのであった。

弘徽殿の中宮馨子の、あくまで気品高くおっとりとした美しさは大輪の白菊のようにあたりの空気を払っている。

承香殿の女御昭子は、もともと美貌の血筋の家柄なので、ろうたけた中にも、愛嬌があり、花ならば、朝露に濡れて咲き出した竜胆《りんどう》とでもいうところだろうか。

藤壺の一品宮は、うす紫の藤の花房に、夕陽が照りそっているようなさわやかにも清らかな美しさに輝いていらっしゃる。

梅壺の女御基子は、子供をひとり産みおえたばかりの、女の生涯で最も美しい年を、帝の尽きることのない愛情におしつつまれているので、幸福さを一身に集め、まるで紅梅が、雪の朝、朝日と、雪の反射の中に、きらきらと、光りの雫《しずく》をふりこぼしながら、いっせいに花開き、紅いの唐衣でもひろげたようなまばゆいばかりの華やかさと、愛らしさを集めていた。

東宮の後宮に移って、麗景殿をのぞくと、賢子は、蕾の桜が、今、はじめて春のうららかな陽をあび、のどかな眠りからさめて、ほのぼのと、うす絹のような花びらをさも羞しそうにおしひろげたという、いじらしい可憐さに、咲き匂っている。

宣耀殿の道子妃は、これらの花々の中では最もつつましく、ひかえめに咲いていていた。花ならば深山の樹かげのさみどりの苔にかくれてつつましくうつむいている真紫のすみれにもたとえられようか。

それぞれの局の引越の騒ぎは調度を運びこむだけでも大変な騒ぎであった。

各局では、新築の御殿にふさわしいようにと、競って調度の新調をするし、女房たちの衣裳まで新しく染めあげるという凝り様である。

それらを運びこむにも、五日や七日ではおさまらず、女主人たちが渡った後も、つぎつぎ、調度が運ばれてくるので、毎日、車の音が絶えず、活気がみなぎっていた。

弘徽殿、登華殿の細殿《ほそどの》の廊下には、蘇芳《すおう》色や、青、黄、紅などを裏表に配色よくあわせたさまざまの几帳を、ずらりと色とりどりに押し出し並べて、部屋の内のまだ乱雑な引越さわぎをかくしているのが、帝の御座所の清涼殿の上からみると、まるで花の堤のようにはるばるとながめられるのも趣きがあって美しい。

若い女房たちの品定めが、早くも殿上人の間では噂されていて、あそこの渡り廊下、こちらの細殿の板戸が、夜ともなればほとほとと叩かれるのが、くいなの鳴く声のように聞えてくるのもなまめかしいのであった。

女房たちの方でも心得たもので、わざと重い調度類などの取りかたづけはとりのこしておいて殿上人の手をわずらわせて嬉しがらせてみたりする。

新内裏におさまってから大方一ヵ月もたって、東宮ははじめて道子の局の宣耀殿を訪れた。

前栽《せんざい》に萩の花が咲きはじめ、誰かがすすきをとって来て、月を迎えるためか、廊下の端近くにいけてあるのも秋らしい風情がある。

どの局も華々しく飾りたて、調度の冴や、螺鈿《らでん》や、金具の輝きがうるさいほどなのに、この宣耀殿では道子の好みからか、つとめて白木の香木が使われているので、すがすがしい感じがして目が落つく。

しかし、よく見ると、それらの調度は、ほとんど真新しく造られたものばかりなのが、木の匂いによってもわかるのだった。

能長は、道子の里方として、今度の場合も、決して他の女御たちにひけをとらないだけの支度費は出しているのであった。

女房たちの衣裳も、みんな色あいが鮮かなのも、新調のせいなのだろう。

道子は、久々で迎える東宮を、物静かな表情で招じ入れた。

「すっかり落着いたいい局が出来ましたね」

東宮は、帳台の中に腰をおろしてあたりをみまわしながらいった。

「おかげさまで」

ようにしている。

道子はことば少なに答え、表は蘇芳、裏は青の、几帳のかげにほとんど身をかくす

「早く、訪ねて来なければならないのに、こちらから一向に誘いの模様もおとずれないので、すっかり嫌われてしまったのかと思って、敷居が高くなっていました」

よくもぬけぬけといえるものだと思いながら、道子はやはり物静かにうつむいている。

「帝が見廻っていらっしゃったとか聞きましたが、本当ですか」

「はい、昨日、昼さがり突然、おこし下さいました」

その時、東宮は、昼間から賢子の麗景殿にこもりきりでいて、その報せを女房から聞き、息をひそめていたのだった。万一、帝が麗景殿にも来られるかもしれないと思って、女房たちは大あわてで、あたりを取りかたづけたりしたが、帝は、道子のところからすぐ帰られたようであった。

「何か、たりないもの、不都合なものはないかと、おたずね下さいました」

「帝はもともと、あなたのような才女がお好きだからな」

道子は、それには答えず、横をむいている。

わざとらしく、東宮が帝の訪れに嫉妬しているふりをみせるのがもの哀しくさえあ

った。

帝は、昨日、道子を訪れ、

「女は、やわらかきがよきと、紫式部もいっていますよ。あなたのような聡明な人にお説教じみたことはいいたくないが、男はいくつになっても空威張りしてみせたいわんぱくな子供と思ってやって下さい。物ごとは、あんまりがまんしないのが楽な生き方なのですよ」

と、さり気なく話していかれた。

道子は帝のいたわりが身にも心にもしみすぎて、このようにいたわられる自分の立場というものに心が傷んだのを今、改めてひしひし思い浮べていた。

白檀

道子は、この頃、しきりに、出家して、こういう浮世の切ない苦労からときはなたれたいと思いはじめている。

新しい内裏へ来る前に、やはり、もっと心を強くして、思いきって、里へ下ってしまえばよかったのにと悔まれるのだった。

急にこの頃、ぐちっぽくなった能長の気持を思いやって、能長の涙にまけて、こうしておめおめ、若い女御たちにまじって内裏へ来てしまったのがとりかえしのつかないことだったのだ。

帝に同情され、東宮からはたまさかの義理だけの情けをかけられ、若い女御たちの間で物わらいになって老いていくのかと思うと、情けなさで、躯がふるえてくるようだった。

どうして、女というものは、こうして、男の心次第に、扱われ、拾われたり捨てられたりして生きていかなくてはならないのだろう。

道子は、いつか嵯峨へゆく道で、井戸水を汲んでもらうために牛車をとめた時、道端の芋《いも》畠の中でみかけた男女の姿を思いだした。

男も女も、まるで泥で煮しめたようなぼろを形だけ身にまとっていたし、顔もむきだしの腕や脚も、垢《あか》じみてはいたが、目や眉をみると、まだ若々しい二人だということがようやくわかった。

畠の中で、女が足を虫にさされたか、鎌で足の指を傷つけたかしたらしく、けたたましく男を呼ぶと、男は飛んで来て、女によりそい、女の足の傷口をしらべてやっていた。

女の足もとにうずくまった男は、女にも腰をおろさせると、泥だらけの女の足を自分の膝にかかえあげ、自分の口で女の傷口の血を吸い、唾《つば》で女の傷をなめてやっていた。

牛車の中から、偶然、二人の動作のすべてを目にしてしまった道子は、二人の姿から目を外すことが出来ず、みまもっていた。

こんなに近く、そういう庶民の姿を見たこともはじめてなら、こういう天衣無縫の動作をみたこともはじめてだった。

まだ娘だった道子は、男女のむつみあいの実態もしらなかったが、その男女の姿から、何か胸にせつない感情がわきあふれるのを覚えていた。

はじめは痛さに眉をひそめていた女の表情に、いつかうっとりとした柔ぎが生まれ、女の手が、自然に男の肩にかけられていった。

あんなふうにのびやかにいたわりあい、睦《むつ》みあえるのが庶民の生活なら、どんなに貧しく虫のように終日地を這いまわるくらしをしようとも、下人の境涯に生まれあわせた方が、人間としては幸福ではなかったのだろうか。

東宮の何となく空々しい愛のことばを聞きながら、道子はしきりにそんな情景を思い浮べる自分をもてあましていた。

その夜、道子は、何ヵ月ぶりかで東宮に召された。

新内裏に移ってはじめての御召しなので、これ以上拒むのも、あんまり強情すぎるように思われ、帝の忠告も思い浮べ、道子は御召しに従うことにした。

軀を清め、髪を梳《くしけず》りながらも、すべて人まかせのそうした身支度の中で、道子の心はいっそう冷え冷えとしてくるのをどうしようもない。

まろやかな乳房はまだみごとな張りにいささかのたるみもみせていないし、黒髪は重いほど、びっしりと密生して、また一きわ長くなったようにさえ感じられる。禁欲のつづいた肉体は、一面に熱をおびたように燃えあがっているし、肌はしっとりと、朝の苔《こけ》のようなしめりを帯びている。

白粉は気持よくのび、紅もなめらかに唇にのった。

薫炉《くんろ》にかけた衣裳が部屋いっぱいにひろげられ、その間を、衣裳をふむまいと爪先だちして、女房たちが、忙しそうに小走りにかけ歩くのも、久々でみる活気だった。

そうしてみるといつもは通夜のようにしめやかな空気につつまれていたことに改めて気づかされるのだった。

――私ひとりの物想いのために女房たちにまで淋しい陰気な思いをさせていたのは可哀そうだったかもしれない――

道子は、下着から小袖、袴、袿と、つぎつぎ、身にまといながら、やはり一向に華やいではこない心の中で考えていた。

まだ陽の残っている頃から、東宮がしきりに召すので、東宮の御所の梨壺へ出かけることになった。

道子のいる宣耀殿から、梨壺へゆくには、どうしても賢子のいる麗景殿の前の廊下を通ることになる。

麗景殿では、早くも今日道子の召されたことが伝わっていて、女房たちは蔀《しとみ》をかかげ、簾ごしにずらりと居並んで、廊下の外の気配に全身の神経を集中している。

道子のこの日の衣裳は紅梅のぼかしの上衣の裏に緑をすかせて、裳《も》には紫の裾濃《すそご》のぼかしに金で象眼したものをさまざまにちらし、紺瑠璃の表著《うわぎ》を重ねていた。

廊下の目を感じて、うつむいた顔をかくしている扇には珊瑚や瑠璃がちりばめてあって、つややかに光っている。

「まあ、おぐしはうちの御息所さまよりお長いのではないかしら」

「いい、お衣裳のお好みね」

「でも、やはり、何といってもお年は争えないわ。歩いていらっしゃるお姿がろうたけてはいても、お若いという感じはしないじゃありませんか」

つとめて、低くいっているつもりでも、そういうささやきは、耳をとぎすましている道子のお供の女房たちの耳にはすべて入ってくる。

道子は、そういうざわめきも一向に聞こえないように、軽い静かな足どりで、一歩一歩梨壺に近づいていくのだった。

今日召されて、この次はまた半年先か、一年先か——、道子は扇のかげで思わずかすかなため息をもらしていた。

触れられてしまえば、どうさからいようもなく、心の垣をいくら結いまわしても、肉が燃え、泉があふれ、愛撫にこたえてしまう。わが身のうちの煩悩の火むらが道子にはつくづく浅ましかった。

「こんなに素直にからだがこたえてくれるのに、あなたの態度はまるで私を嫌っているとしか思えない冷たさですよ」

おさえきれない小さな声を必死に歯の間でこらえようとする道子を、東宮は余裕のある眼で見下し、ささやいてくる。

若い賢子の蕾の肉の上で、どういう気長な忍耐を覚えたのか、その夜の東宮は、半年あまりも前に逢った東宮とはまったく別人のように落ちついている。

自分の身うちの中の情熱の火むらを、自由自在におしならす術《すべ》を覚えたのか、道子は別人のように老成した東宮の愛撫の技巧に、息もとめられそうになった。

ふと目覚めた時、もう帳台の中にさしこむ陽の光りが、あかあかと朝の輝きをみせているのに愕《おどろ》かされた。

夜、眠れない日々がつづき、浅い短い眠りの果てに、いつも、夜あけのものすさまじい静かさをいやというほど味わいつくしている道子は、目覚めた瞬間、こんな明るい陽光に瞼を染める記憶はもう遠く忘れきっていたものであった。

あわてて、起き上ろうとすると、腕の一つは東宮の首に押えこまれていた。

一晩中そうして東宮の枕になっていたのかと、道子はあらためてむきだしの自分の肩や胸の白さに目を見はった。

躯は熱く、東宮の脚にまきつかれたまま、脚も腕も、しびれるどころか、快い軽さに躍りだしそうに軽快なのに気づくのだった。

東宮はまだ深い眠りの淵に沈みこんでいる。

道子はつくづくその寝顔を見つめ直した。

いつでも、扇のかげや几帳の影で、ことさら、顔をかくし、瞳を伏せているのでこんなにまじまじみつめることはなかった。愛されていた頃も帳台の中は暗く、道子が、極度に恥ずかしがって灯を暗くしてもらうので、東宮の顔をこんなに明るい陽光の下でみつめることもなかった。

東宮は、道子が思いこんでいたよりも、はるかに凜々《りり》しい男らしい風貌をしていた。

丁度、若さから、男らしさへ移る年齢にさしかかろうとしているせいだろうか。

それとも、ここ一年あまりの間に、東宮が心身共に急激な成長をとげたのだろうか。

ひいでた額も、高い鼻筋も、張りの強い力強い顎も、以前よりはくっきりと線が強く、青白いほど澄んでいた深窓の貴人特有の皮膚に、男臭い脂肪がにじみ、一晩で、うっすらと芽ばえた顎やら耳のあたりへかけての鬚《ひげ》の青さが、鮮やかだった。

道子は思わず、あいた手をのばし、指の腹でそっと東宮の鬚をなぞってみた。ふくらんだまるい指の腹にざらついた鬚のかたさがふれ、思わず全身に甘い身震いが伝わった。

その時、東宮がまつ毛をふるわせて、ぱっと瞳をひらいた。

瞳の中の道子の顔を吸いこむようにみつめて、東宮が微笑した。

「夢かと思った。しかしあなただったのですね。よく眠れましたか」

道子は口もきけないほど赤くなった。

もしかしたら、東宮はさっきから目をさまして、自分のしたことのすべてをみていたのではないだろうか。

恥ずかしさに胸がとどろくと、乳房の奥の鼓動が物狂おしくなり、それがそのまま、乳房の震えを通して、東宮の胸に伝わっていく。

身をひこうとする道子の背に東宮の腕が廻った。

「逃がさない」

道子は声もたえだえになって目の中まで赤く染まるような気持ちで「お許し下さいました」

と、尚も身をひこうとする。東宮の腕にはいたずららしくいっそう力がこめられた。思わずもみあうかたちになった時、それが東宮の情念を刺戟したのか、東宮がいきなりしとねをはらいのけると道子の乳房に顔を押しあててきた。

道子はほとんど悲鳴に近い声をもらした。

東宮にそういう愛撫を受けないことはなかったが、こんな明るさの中で全身もあらわにむかれ、乳房を男の口にふくまれたことはなかった。

道子がその日梨壺を下ったのは、もう昼ちかくなっていた。

道子は帳台のある次の間に夜通しひかえていた皐月の顔を見ることが出来なかった。

皐月もそんな道子の顔からつとめて目を伏せるようにしていた。

無数の瞳が簾の中からみつめている麗景殿の前の廊下を通り、道子の一行は宣耀殿に帰っていく。

思いの外、長くひきとめられていた道子と東宮の一夜に好奇の目で妄想の網を思うさまはりめぐらせ、賢子に仕える女房たちははしたないささやきをとめることが出来ない。

「何といっても、あんまり長いおひとり寝だったのですもの。おねだりが深くなるのも当然でしょうよ」

「御み足がよろめかないかしら」

「青ざめていらっしゃいますよ」

「皐月の顔の方がみものですよ」

道子はそれらの声が一切聞こえないように、真直ぐ瞳をあげて歩いていた。

まだ雲の中を歩いているような感じがしていた。

軀は燃えつづけているのに、頭の中は次第に氷につかったようにひえまさってくる。

廊下が無限に長いように思われた。召されて渡った昨日よりも、いっそうそれは、長く、はてしもなく感じられた。

道子の召されたのは、その夜かぎりで、またその後は、東宮は専ら、若い賢子ばかりをお召しになる日がつづいた。

賢子の毎月の障りの日にも、道子に声がかかるということもなく、他の女房たちがおつとめをする様であった。

もう灰になりかかっていた火をいきなりかきたてられあおられ、思わぬ焰を燃やしてしまったことが、今となってはいっそう恥しくうらめしく、道子は、以前よりいっそう無口に無表情になっていくようであった。

もしや、あの夜のお召しが懐妊のきざしをみせはしないかと、お側の女房たちがはかない望みを抱いたのもむなしく、道子にそういうしるしもみえず、やがて、月日がすぎていく。

梅壺の女御基子は、帝の御寵愛がいっこうに衰えず、ますます時めいていたが、早くも、二度めのおめでただという噂が流れてきた。

そうでなくても帝は、一日も基子や二の宮の顔をみないではいられないという溺れぶりなので、お喜びは傍目にもあまるものがあった。

ところが、せっかくの今度の妊娠はどういう加減からか、流産してしまった。

「あんまりお幸せがつづきすぎたので、人のねたみがついたのでしょうよ」

「いいえ、御身重だというのに、帝があんまり夜昼お放しにならずお愛しになりすぎたのですよ。やはり、御子が宿られたら早々とお里に帰るべきなのです。みっともないことですわ」

かげでは、様々の評判がたっているけれども、帝の耳や基子の耳には入らない。帝は、せっかくの御子を流した基子に、また一しおの同情をよせられて、片時もお放しにならない。里へ帰り養生したいというのにも、心配のあまりお許しにならない。こんなにもこの女御を可愛いく思われるのも、何か前世からの因縁なのだろうかと不思議に思われるくらいだった。

ある日、東宮が基子の流産を見舞った時、帝は、二の宮を膝に抱きよせ、しきりにあやしておられた。

東宮の顔をみると、帝はようやく二の宮を乳母の手にかえして、人払いをさせた。

「女御はいかがでございますか」

「ふむ、何しろ、まだ軀が若いので、あまりこたえないようだ。快復も早いだろう」

「それはようございました」

「しかし、年はとりたくないものだな。私はまだ四十にもならぬのに、もう老人のように、子供の将来が案じられてならない。ついては、東宮にくれぐれも、二の宮のことを頼んでおきたいのだ」

「何をおっしゃるのです。帝はまだ、いわば男盛り、これからの御時世ですし、まだまだあと何人御子を産まれるかわからないのに、心細いことをおっしゃる」

本当の親子なのに、うんと若い時の子供のせいか、帝と東宮の間は、父と子というより、むしろ兄弟か叔父甥のような感じがただよっていた。

帝は東宮に対しては、長男としての可愛いさよりも、頼もしさの方を感じるのだろう。

自分の後をまかせることの出来る東宮として、帝はわが子ながら、この年齢より沈着な老成した感じの第一皇子に信を置いていた。

「東宮はまだ孫の顔を私にみせてくれる気配もないのだろうか」

「さあ、妃は年をとりすぎていますし、御息所はまだほんとに子供っぽいものですから」

「ふむ……しかし、東宮が子供を持ってくれると、私の二の宮へ対する盲愛の気持ちもわかってくれるかもしれないと思って、その日が待たれるのですよ」

「私にも二の宮はほんとに可愛いらしく思いますから、帝のお気持ちがわからないつもりはありませんが」

「私の東宮時代のことは能信などからよく聞いて知っているだろう」

「はい。しかし、自分が東宮になってみて、帝の御政治の様を近々と拝するようになってから、いっそう能信の話してくれた帝の東宮時代のことがわかるような気がします」

「実に長い年月だった。東宮に立ったのが、私の十一歳の年で、即位の年には三十五歳。実に二十五年という長い歳月だ。人生の半分はすぎている。しかも、藤原氏を外戚としない天皇は、宇多《うだ》天皇このかた実に百七十年ぶりのことだった」

後三条帝の切れ長の瞳に、きらりと光るものがあった。

後三条天皇は、後朱雀《ごすざく》天皇の第二皇子尊仁《たかひと》親王として生れた。母は陽明門院《ようめいもんいん》禎子内親王であった。禎子内親王は、かつて道長のために在位六年で、心ならずも後一条天皇に譲位を強いられた三条天皇の皇女《ひめみこ》である。したがって、後三条天皇はこの時代に珍しく、藤原氏を外戚としていなかった。

道長のあとをついだ時の関白頼通《よりみち》が、藤原氏の血筋でない尊仁親王を東宮に立てることを喜ぶ筈はなかった。あやうく、尊仁親王東宮案は、頼通の謀略で流されようとした時に、頼通の弟能信の正論によって、押しきられ、尊仁親王は東宮になった。とはいっても、頼通が、それであきらめてしまう筈はなく、尊仁親王の東宮時代に、しきりに娘たちを後宮に入れ、皇子の出生を待ち望んだ。

頼通の弟の教通《のりみち》も同様にしたが、ともに失敗して、皇女ばかりしか生まれなかった。

関白頼通は、何とかして、尊仁親王の東宮時代に、東宮が藤原氏の圧迫に耐えかね、藤原氏の血統をひく皇子に東宮を譲るよう計りたかったのである。

その時の頼通の胸には父道長の時代、道長の圧迫に耐えかねて、自分から東宮をおりた小一条院のことが思い浮べられていたのだろう。

頼通は当然のように、自分の気にそまない東宮に対して、あらゆる圧迫を加えはじめた。

「壺切りの剣《つるぎ》のことは聞いているか」

帝は東宮に訊かれた。

壺切の剣とは、代々の東宮が伝承する剣で、三種の神器《じんぎ》が、天皇のしるしであると同様の意味を、東宮に対する壺切の剣が持っていた。

「はい、頼通が、帝の東宮時代二十三年もの長い間、壺切の剣を自分の許にとめおいて、献上しなかったということですか」

「うむ、その通りだ。頼通の私に対する厭がらせの一つで、その理由は、壺切の剣は、藤原氏腹の東宮の宝物だから、藤原氏の腹ではない私に、どうして伝える必要があるかということだ。私も強情だからそんな剣など一向に必要としない。もともと、藤原氏腹が東宮になる例の方こそ歴史が新しいので、それだからこそ、そういう形式で飾ることが必要なのだろうなど、負けずに厭がらせをいっておったものだ」

「それでとうとう御即位ののち、ようやく頼通はあの剣を帝に進上したのでしたね」

「そういうことだった。しかし、私の性格が強気でなければ、正直のところ、とても二十五年の東宮の歳月は持ちこたえられなかっただろう」

東宮は帝が今日にかぎって、どうしてこんな懐古談をなさるのかわからなかったが、何となく当り障りのない話しか普段はしていないので、急に帝の心にぐっとひきよせられたような親しさを覚え、耳を傾けていた。

後三条帝の藤原氏嫌いは、もう世間にかくれもないものなのだし、先の関白頼通とは犬猿の間柄だということも誰知らぬものもない。頼通は、帝の御即位後は、さっさと宇治の別邸に隠遁《いんとん》をよそおって、帝との正面衝突をさけるふうに見えるが、観方によれば、後三条帝の統治する世の中にすねて、わざとらしくそっぽをむけているともとれないこともない。

一切政治には口出ししないとはいっているけれども、現関白教通は、何か重大な事件がある度、秘かに宇治へむかい、今は宇治の入道と呼ばれている兄の頼通の指示を仰いでいることも、天下周知のことであった。

「東宮は私の政治のやり方をどう思っているのか、聞かせてくれないか」

「私は帝を、最も帝王らしい帝王だと尊敬しております。帝の剛直な、神罰をおそれない気宇《きう》の大きさこそ私もやがて帝位に即いた暁には見習うべきだと思っております。殊《こと》に、帝が御即位後直ちにとりかかられた荘園整理は、後世にものこる一大偉業ではないのでしょうか」

帝は満足そうにうなずいて、

「そこまで考えていてくれるなら、私も嬉しいし話しやすい」

帝は満足そうにうなずいて、もう一度、あたりに人がいないか、目顔で東宮にしらべてみるように示された。

東宮がいった荘園整理とは、後三条帝が即位後、意欲的に断行された様々な改革政治の最も著しいものであった。

帝は即位後年号を延久と改められ、関白には、教通を据えたが、村上源氏師房《もろふさ》を右大臣に任じて、藤原氏の廟堂《びょうどう》独占の習慣も破り、大江《おおえ》匡房《まさふさ》や藤原実政《さねまさ》を輔佐として諸政の改革に華々しくのりだした。

大江匡房には宮廷の故実書で「江次第《ごうしだい》」の選をさせ、礼儀作法を明らかにされ、源師房には、叙位、除目《じもく》のさいの公卿の作法について「叙位除目抄」を書かせるなどして改革政治の参考にされた。

荘園整理については、東宮時代、大江匡房について、学問をしていられた当時から、帝の胸中にあたためられていた問題であったらしく、即位後直ちに着手して、「記録荘園券契所《きろくしょうえんけんけいしょ》」を設けたのは、早くも延久元年十月十一日のことであった。

後三条帝は、早くから諸国の荘園が朝廷の許可もなく公田《こうでん》をかすめとるのは、天下の大害であるとかねがね考えていたが、殊に頼通の時代になって、正式の手続もとらず、ただ口頭だけで摂関家の領地となっている荘園が諸国に充満してきたため、受領《ずりょう》がその公務を果すことが出来ないとこぼしているのを耳にされていた。

諸国の私営田領主たちは、次第に実力を失い、それとともに、まるで家畜のように彼等に思いのままに使役されていた農民が、次第に力を持ちはじめ、領主たちの自由にならなくなったので、彼等は中央の権門や大社寺に頼って、自営の田地の一部を寄進し、そのみかえりとして、自力でおさめきれなくなった自分の領地をおさめてもらったり、田地を寄進することによって、中央政権から名義的にせよ、栄誉の爵位や肩書を買いとろうとした。

そのため、藤原氏が摂関家となって栄えた時代には、むやみに貴族の荘園が全国的に拡がっていた。

受領の主要な役目というのは、管内の土地人民から租《そ》・庸《よう》・調《ちょう》などを徴収して、中央に送る徴税事務であった。

ところが受領の手におえないものが荘園である。荘民《しょうみん》は領主の権力を笠にきて、受領の徴収に応じようとはしない。いざという時は、後おししてくれる中央の権門の勢力を当にしているからあくまで強気なのであった。

一方、受領もぬかることはなく、とりたてられるものはあくまで苛酷に、塵《ちり》ひとつも見逃さず取りたて、様々な口実を設けて、その上前をはね、私腹をこやすことにつとめていた。

朝廷がいくら、きびしく受領を責めたところで、受領はひそかに直接、藤原氏の権門にとりいって、賄賂《わいろ》を送り、自分の地位は守っていた。

そのため、朝廷の政権をあずかりながら藤原氏の権門は、同時に荘園領主でもあるから、地方の私営田領主と、受領の双方を適当にあやつり、とれるものはとって、双方の競争の上に安坐《あんざ》して富を肥やしていた。

後三条帝は、この弊害を改めることが、藤原氏の権勢にいくらかでも傷を負わせることだとみぬいていた。

これまでにも朝廷では延喜《えんぎ》二年、永観《えいかん》二年、寛徳《かんとく》二年、天喜《てんぎ》三年と、度々試みてきてはいた。しかし、この制令を出す当面の政治責任者が、最大の荘園所有者である藤原氏なのだから、その効果のあがる筈もなかった。

後三条帝の荘園整理案は、これら過去の政策の失敗に鑑み、徹底を極めようとするものだった。すなわち、荘園関係の文書《もんじょ》を領主から提出させ、記録し、一定の基準に応じて審査した。

審査の基準は、寛徳二年以前の成立であることが確かな証明の得られる荘園。また国務の妨げにならない荘園であること。という二条件であった。この二条件に違反するものは停止するというのである。

この基準のもとになった寛徳二年という年は、関白藤原頼通の意見により荘園整理令が発せられた年に当っているので、一見、頼通案を踏襲しているようにみえて、藤原氏を刺激することはなかった。しかし、この荘園整理令の一月ほど前に、瘦《や》せ地と肥《こ》え地をすりかえているもの、公民を使役して公田をとりこんでいる荘園、正確な台帳を作っていない荘園、また荘園領主とその田畑総数を正確に検査して申告させているのをみても、この整理にかけたなみなみでない意気ごみを示すものであった。

記録所の役人も、藤原氏と関係のうすい源氏の人たちや、大江匡房、小槻孝信《おつきのたかのぶ》などを起用して、情実に捕われず、法に従ってきびしい審査を行わせている。

記録所は、これまでは手もつけられなかった権威のある大寺院や、摂関家にも、文書の提出を要求した。

文書を需められた頼通は、

「私の家の荘園は領主が寄進しますと口頭で申し出たのをうけつけてきただけだから、文書などはありません。どうか遠慮せず、確かでない荘園はとりあげて下さい。本来なら、このようなことは私自身が沙汰すべきことなのですから、一所のこらず廃止されるべきでしょう」

と、爽やかに申し出た。後三条帝は頼通のこの出方に、拍子ぬけして、さすがに頼通の所領の文書だけは提出免除をしたものであった。

しかし、やはりその荘園の一部分は、規定通り、朝廷が召しあげている。

この新政治は、地方の領主や受領たちに、つくづく、もはや藤原摂関家の権勢の衰えと、朝廷の威信について反省させる機会となった。

目先の読みの早い領主や受領は、早くも、新しい権力者への追従を遅れてはならじと考えはじめている。

「私の在位時代にやりとげたいことは唯一《ただ》つだ。即ち、藤原氏の専横をおさえて、朝廷の威信をとりもどすだけだ」

帝は、東宮にむかって、いっそう語調を強められた。

「それはもう、ずいぶん効果をみせているのではないでしょうか」

「まだまだ、これからだ。私の新しい政治の構想は一つや二つではない。たとえば先ごろ絹、麻の品質の統一をはかるため、重量による価の基準を定めてみたが、まだ米や水などをはかる桝《ます》の大きさも公定したいし、あらゆる物価も公定して、民衆の生活の安定をはかってやりたいと考えている」

帝は、東宮をうながして、清涼殿の前の廊下へ出た。

階《きざはし》のすぐ下の庭さきに、白い砂を盛りあげたものが目立った。帝は庭におりていって、大小さまざまな桝が重ねられているのをとって、その中に砂をもりこんで掌でさっと砂をきった。

「これが私の定めようとする桝の見本だ。毎日、砂をはかったり、穀倉院の米をはかってみたりして、研究している。桝が定まれば、官物や年貢を計るのに、官や荘園領主が便利になるだけでなく、農民が一番安心出来るだろう」

「たしかにそうなりましょう。さしずめ、これは、帝の宣旨によって生まれた桝ですから宣旨桝というところでしょうね」

「なるほど、うまいことをいうね」

東宮も庭におり、帝をまねて白木の木の香も新しい桝で、砂をはかってみた。

「私は考えているのだが、藤原氏がこれほどまでに専横になったのには、われわれの天子の側にも責任があると思うのだよ」

「と、いうのは」

「歴代の帝が、しっかりして、いつでも民のことを考え、政治を真剣にみていれば、藤原氏をのさばらせるゆとりなどなかった筈なのだ。結局は藤原氏の策略に乗せられ、後宮に溺れてしまって、藤原氏のさしいれる娘たちに鼻毛をぬかれてしまって、閨《ねや》の中での話がすべて、藤原氏につつぬけになってしまって、何もかも通じてしまっていたからだ。やれ管絃、やれ花見、やれ月見と、一年中、遊び遊びで暮れてしまっては、いかな聖天子《せいてんし》でも、ふぬけてしまう。私にしたって生れつき煩悩が強く、好色さも人にはおとらないし、快楽はすべて好きだ。しかし、天子と生まれた以上は、やはり天子としての天職を果たさねばならない。何がつまらないといったって、有名無実の存在くらい馬鹿げたものはないだろう」

後三条帝の声がまた一だんと強まってきた。

「もっとはっきりいうなら、藤原氏を外戚としないこと、つまり藤原氏腹の皇子を決して帝位につけないこと、これが藤原氏を弱体にする唯一無二の政策なのだ」

「しかし、私の母は藤原氏です」

「そうだ。しかしそちの母は同じ藤原氏でも、頼通ぎらいの能信の養女だったからな。とはいってもたしかに藤原氏腹だ。だからこそ、今日、私がわざわざこういういらでもの説教をしておくのです」

「よくわかりました。私も帝位をふんだ暁は、只今のおことばを思いだし、帝の御意志を重んじ、その通りにつとめます」

「よくいってくれた。私が能信の娘とはいえ、藤原氏の娘を先ず後宮に入れたのは、ひとつは藤原氏への策略でもあったかもしれない」

東宮は、なかば目を閉じて、ひとりごとのようにつぶやく帝の声を複雑な表情で聞いていた。帝は政策のため迎えた藤原茂子の腹に生まれた東宮の自分に帝位を譲ることが惜しくなったのではあるまいか。

帝が二の宮に対して抱いている愛情の激しさは、はた目にもあまるものがある。いくら帝が聡明英俊《えいしゅん》の帝であっても、肉親の愛情の絆《きずな》は断ち難いものがあるだろう。政略的に娶った藤原氏出の茂子に生まれた東宮に対してよりも、すべてが自分の思い通りになった天子の位で、自分から選んで、愛して妊らせた基子の腹に生まれた二の宮実仁親王に愛情が濃くうつるのも当然であろう。

東宮は、外観は雄々しく、風貌は近ごろとみに男らしく剛毅に見えてきたが、神経はいたって繊細で人の心を読むことにたけていた。

今も、帝の話の目的が、どこにあるのかをすばやく思いやっていた。

「宣耀殿の妃は年齢の上から妊りそうもないというが、若い御息所の方は早晩、そのきざしがあらわれるだろうな、時間の問題だろう」

帝のことばはまだひとりごとめいている。

「東宮は二の宮に対して、自分の子供のように将来も後見してくれるだろうか」

「何をおっしゃいます。二の宮は私にとっては最初の弟ですし、どうして可愛いくないことがありましょう。しかし、二の宮の後見など、私がつとめる必要もありますまい。帝はまだまだご壮健ですしお若くていらっしゃるのですから、これから何人弟や妹が生まれるかと、愉しみにしているのですから」

「ふむ、そうはいっても、人の命というものは、たとえ天子の力でも致し方がないものだ。私の命数だって、明日の知れたものでもない。それに私は荘園整理断行の際、藤原氏だけでなく、諸国の大社寺に対しても徹底的に法にのっとって容赦のない態度をとってきた。東宮も私が石清水《いわしみず》八幡宮の荘園を大幅に没収した件につき、今に私に神の祟《たた》りがあらわれるだろうという流言がまことしやかに流されているのを知っているだろう。また三井寺《みいでら》の希望をしりぞけ、三井寺の切望する戒壇《かいだん》設立を許可しなかったことも、今に三井寺の新羅明神《しんらみょうじん》の祟りがあろうなど噂されているのも知っているだろう。私は神罰や仏罰を怖れてはいない。神も仏も、人間の精神を支配するほど崇高なものならば、まるで女の怨みごとのようなめめしい報復などされるものか。しかし世間では、私が即位して以来、うちつづいている天変地妖《ちよう》まで、神仏の私に対する祟りといいふらしているようだ」

「さあ、それは帝の思いすごしではないでしょうか。私には一向にそのような噂はとどいておりません」

「それが本当なら、東宮は私の期待外れの鈍器かもしれぬな」

帝の切れ長な目にきらりと冷い光りが走った。

「即位の年、筑前大分宮《ちくぜんだいぶぐう》焼亡のこと、同年十二月二条の内裏焼失のこと、延久元年石清水へ行幸の時、私の輿が損壊したこと。伊勢豊受《とようけ》大神宮の正殿の扉が開かれなかったこと、諸国に大風が見舞ったこと、そして、去年の京都の地震、つい先頃の祇園社の火事……指を折れば天変地妖とみなされるものはいくらでもある」

話しながら二人が部屋にもどった瞬間、足下からいきなり突きあげられるような衝撃を覚えた。

つづいて、帝も、東宮も、横ざまに押し倒されそうになってあわてて、軀を持ち直した。

ぐらぐらと目の前で簾がいっせいにゆれ、簾につけた金具が激しく鳴りさわいだ。

奥の方で女房たちの悲鳴が、むしろ、歓声のような華やかさで聞こえてきた。

また鈍い震動が、あたりをゆるがした。

「出ましょう」

東宮は帝をうながして、すばやくまた庭に走り出した。

帝も東宮の後につづいた。廊下という廊下に女房たちが走り出していた。

いつもは簾の奥深くかくれている女たちが地震におびえて走りだしてきたのだか

ら、顔をかくすつつしみも忘れている。

庭には帝の身を案じて若い殿上人が走りこんできた。

その時になって、女房たちは、人の目をようやく意識した。

殿上人たちは、廊下にあふれ、かたまった華やかな色彩に目もくらみそうになって茫然と立ちつくしている。

「はしたない。もう大丈夫だから早く入りなさい」

帝が注意したので、女房たちはあわてて我先にと御殿の奥へかけこんでいく。出て来る時よりあわてているので、人の袿の裾をふんだり、自分の裳の裾につまずいたりして、思わぬ嬌声《きょうせい》があちこちからわきあがる。

地震はまだ、不気味な余震を伝えてはきたが、もう大したこともあるまいと思われた。

「大丈夫でございます」

いつのまにか傍に大江匡房がひかえていた。

「おお、匡房来ていたのか」

帝は頼もしそうに匡房をふりかえった。

大臣や、大納言より、帝の信頼を一身に受けている匡房は、年齢より老けた陰気な風貌をしている。

「大したこともなく、何よりでございました。女御様にもお障りもございませんでしたでしょうか」

匡房はそれが癖の、目を半眼に伏せた表情で、こもった声を低くもらした。

「ふむ、今、見舞ってやろうと思っていたところだ。匡房、いよいよ、神罰ということになるかな……どうやら、今度の女御の流産からして、神の祟りと噂されそうだ」

「天変地妖《ちよう》は、どんな聖代賢帝《せいだいけんてい》の時にもおこる時はおこるものでございます。ひとり我国のみならず、異国のどんな歴史をひもときましてもそういう例は伝えられております。一番怖ろしいのは天変地妖の現象ではなく、それに脅える民衆の恐怖が、帝の御心に翳《かげ》をおとし、帝の御叡慮を曇らせることでございます」

「大丈夫だ。私は神罰や仏罰を恐れてはいない。ただ、天災に抗して民草の不安を救ってやる万能の力を持たないのが口惜しいだけだ。所詮、天子も自然の脅威の前には何の力も持たぬ虫けら同然かと思うと口惜しくてならぬ」

「帝がそのようにお考えになるのではあるまいかと思い、実は、かねがね、陰陽博士の賀茂道平《かものみちひら》に、今年の災厄について占卜《せんぼく》させているところでございました」

「ふむ、私は元来、人間の世界の幸不幸という出来事は、すべて人間の心がらのつくるもので、怨霊とか仏神罰の祟りなどということは信じていないのだ。しかし、こう、さまざまな天変地妖がつづくと、人心を安定さすためにも、占いでこうだという一つの形を示してやった方が民が安心するかもしれないな」

帝は、そういいながらも、まだ、次々おきる天変を人力でどう防ぐことも出来ないのが如何にも口惜しそうな表情をされる。

「東宮は、どう思う、占や予言が果たして、本当に政治の扶《たす》けになると思うか」

東宮は若々しい眉を伏せて、すぐには返事も出来なかった。

気象の烈しい帝にうかつなことをいっては大事になるのを知っていたし、この頃、帝の気持ちが大きく揺れ動き、定まらず、側近の女房たちも、御機嫌をとり難いと噂していることは、女房たちの口から口へ伝わって、麗景殿あたりでも評判しているからであった。

大江匡房は、半眼の目をますます眠そうにとじてしまい、黄色いしなびたような顔で、表情をかえないでいる。東宮の返事のしかたをその顔ではかっているのであろう。

「さあ、問題が大きいのでしかとは答えかねますが、私は、天子になる以上は、天下の現象のすべては、天子の責任として政治力でそれに対するより外ないように思います。神仏をおそれ敬う心は人一倍持つのですが、神も仏も、所詮は、われら皇室即国家の鎮護の目的をもって存在するのではないでしょうか。伝教大師《でんぎょうだいし》が延暦寺《えんりゃくじ》を皇城の鬼門に当たる比叡山《ひえいざん》に選び建立されたのも、あえて鬼門を犯し、皇城鎮護の道場としたのだと聞いております。伝教大師は十万十世諸の国土、現在の聖皇帝に資益《しえき》し奉りて、宝寿《ほうじゅ》天の如く長く地の如く久しく、十善の代日毎に新に紹隆《しょうりゅう》して為に努めて群《ぐん》生《じょう》を利せんと願い、また、三災七難みな消滅し、風雨節に応じて国土をして、安寧ならしめ給えと祈り、また、五穀七宝、用いて尽くることなく、衣食豊饒《ほうじょう》にして妙法を与え給えと祈っておりますが、これみな、大師の護国の思想のあらわれで、つまりは、天子の安泰を祈ることに尽きております。尚また、伝教大師は、顕戒論の中にも国の為に念誦し、国の為に護り、国の為に経を転じ、と、国家精神を強調しておりります。弘法《こうぼう》大師にしても真言密教として賜った東寺《とうじ》を、教王護国寺と称し、高雄山寺《たかおさんじ》を、神護国祚真言寺《しんごこくそしんごんじ》と名づけ、国家安穏、国家鎮護、五穀豊饒、洪難《こうなん》消滅の祈禱をしています。私は、東宮に選ばれ、やがて天子になる運命の人間となった以上、当然ながら、仏や神も、占いも予言も、天子の政《まつりごと》をなだらかに行ない、天子の権威を民に認識させる方便として用いるためにしか興味はありません」

東宮はそれらのことばを、いつものゆったりした表情で、声も平静にいい終わっていた。そして、すぐ、そういう機をみていたというように、すっと座を立った。

人と逢う約束がありましたからといって、東宮は、帝の前を下がって、すぐ麗景殿に立ちよった。

帝と大江匡房の前で窮屈に心身を鎧っていたのを一刻も早くとき放ちたかった。

麗景殿では、ふいのおなりに、女房たちがあわてて、几帳をひきよせたり、屏風をのばしたりして、だらしなく横になっていた姿をかくそうとしたり、ひろげた衣類をとりかたづけようとする。

「地震はこわくはなかったか」

東宮はおしゃべりで陽気な小宰相の君と呼ばれている女房にきいてやる。一月ほど前から、この年上の才気のある女とも東宮は他人ではなくなっている。小宰相はほどをわきまえているので、そういう気配はおくびにも出さないところが、東宮の気にいっていて、女の態度次第で、長くつづく間かもしれないなど考えていた。

「はあ、もう大騒ぎでした。頼りになるお方が見舞いにも来て下さらないので、私たちはまるで離れ小島に流されているような心細い気分でしたわ」

「厭味をいうね。実は、帝の御前にいた時、あの地震で、どうしようもなかったのだ。そこへ、大江匡房がやってきて、いっそう座が立ち難くなった。これでも、ぺらぺら、まくしたてて、二人を煙にまいておいて、心配なところへかけつけてきたのだよ」

「まあ、どうですか、どこかの几帳のかげでいい匂いにくるまっていらして、すぐには立ち上がれないご状態だったかもしれませんわ」

「ばかなことをいう」

東宮はつと、小宰相の胸に手をすべりこませ、堅い熱いまるみをつかんでおいて、奥へ入っていく。

南の庭に面した賢子の部屋では、昨日洗った髪に油をしみこませ、女房が賢子の長い髪を梳っているところであった。

香油の匂いがあたりの空気にとけこんで、甘いなつかしい匂いが東宮の顔にまつわってくる。

賢子は、薄紅色の小袖の上に、目のさめるような山吹色の袿をかさねていた。鮮やかな黄色は、たいていの女の顔をくすませてしまうけれど、まれには、その明るさにまけないで、かえって、ひきたつ美貌がある。それは若さと、麗質と、現代味がとけあった女の顔の場合だけだった。賢子はその顔を持っていた。

山吹色の布には、薬玉《くすだま》の模様が浮き織りになっている。

「まあ、こんなところへ……すみません。もう少しでございます」

賢子の髪を梳っている中年の女房があわてていいわけをした。

賢子の髪は、両親が生まれた時から、今日あることを願って、大切に一筋もおろそかにせず、ひたすら守り育てただけあって、黒漆をかけたようにつややかに輝き、身丈よりははるかに長くのび、両の掌ではつかめないほどたっぷりと密生していた。

髪のかげから、身をひねり、賢子はちらと東宮の目を上目づかいにすくいあげ、ほのかに笑った。

東宮は賢子の横に手枕で軽く横たわりながら、その傍にある櫛《くし》箱の中の櫛や簪《かんざし》をもてあそんでいた。

左大臣師実が、財力と権力に物をいわせて調えた賢子の御所入りの支度は、すべて申し分のない見事さであった。殊に女の命といわれる黒髪をあつかう櫛の類は、家伝来の家宝の多くをとり揃えてあるので目もまばゆいものばかりが集められていた。日常のつげの櫛はもとより、黒漆や朱漆のものに、珊瑚や瑠璃をちりばめたり、螺鈿《らでん》細工が虹色の光りを放っていたりする中に、鼈甲《べっこう》に金蒔絵《まきえ》のものや、印度《インド》やペルシャやトルコからはるばると絹の道を通り、唐を経て京へたどりついた象牙やびいどろ細工の珍しい櫛もあった。金や銀を磨きあげた指のうつりそうな目もまばゆいものもある。

賢子の髪は柔かくしなやかに絹糸をさらに幾つにかひきさいたような細さで、一筋一筋は煙のように軽かった。

昔の后の中には、一本の黒髪を檀紙にとると、まるで墨を流したように白い檀紙が黒髪で埋められてしまったとか、邸の外の牛車に乗った姫君の髪の裾が邸の玄関を通り、中の柱にまきついていてまだたっぷりあったとかいう伝説が伝えられているような長い髪の持主もいたらしい。

賢子の黒髪もこの細さでありながら、檀紙一枚くらいは優に黒々と染められそうな長さに思われるのだった。

東宮は手をのばし、賢子の黒髪の裾をつかんでひきよせた。

賢子も女房も気づいて気づかぬふりをする。

女の黒髪は指にも掌にもひやりと冷たかった。

東宮は黒髪の裾を自分の顔にかぶせてみた。くすぐったい柔かさが鳥毛でなでるように頬や鼻にふれてくる。

黒髪の冷たさがかえって女の肌の熱さと弾力をなまなましく思いおこさせてきた。

東宮はふいにみなぎってきた欲望を黒髪のかげで熱い吐息にしてはきだした。

賢子のすきとおった桜色の乳房が、次第に紅梅色に色づいてきて賢子の息が、かぐわしく匂いだす時の灯かげのふたりの睦みあいの秘めごとが、瞼の裏いっぱいにひろがってくる。人形のように無表情で、無抵抗でひたすら素直だった賢子の軀が、賢子の感情や意志とかかわりなく、勝手にうごめきだしてくるこの頃のかわり様が、ひとつひとつ東宮の全身によみがえってくる。

「長くかかるのか、その髪の手入れは」

東宮は賢子にとも女房にともつかず訊いてみた。

「まあ、お気ぜわしい。も少し、御待ちなさいまし、女御さまだって、お髪《ぐ》しのお手入れが充分でなければ、東宮さまのお膝にもよりかかれませんでしょう」

年のたけた女房が、恥しげもなくそんなことをいうのに、賢子はぽうっと頬を染めあげて鏡から顔をそらしてしまう。横にむいてすねた拍子に髪からのぞいた耳たぶが桜貝のように染まりすきとおっているのが、思わず歯をあてて、きちっと嚙みきってしまいたいほど、いじらしく美しく東宮の目に映る。

蔀戸《しとみど》をおろし、几帳をひきまわし、帳台の中にこもれば、昼をたちまち夜にすりかえることが出来る。

梳き終ったばかりの黒髪は、東宮と賢子の軀に、生きもののようにまつわりつき、蛇のようにぬめぬめとしめあげてきた。

香油の匂いに賢子の甘い体臭がからみ、帳台の中は、むせかえるような匂いにつつまれてきた。

「一日も早くわたしたちの子供の顔がみたいものだ」

東宮が囁く。

賢子はとじたまつ毛をかすかに震わせ、瞼まであからめてきた。

「目をあけてごらん。私をみてごらん」

賢子のまつ毛がいっそう震えをましたがうすい瞼はひくひくうごくだけで糊ではりついたようにひらこうとはしない。

東宮を受け入れたまま、賢子はこんな恥ずかしさの中で息がたえてしまうかと思うように身悶えしている。

「あなたの愛がたりないから、子供が生まれないのですよ」

とじたままの賢子の瞼がふくれ上がり、きれ長の、描いたような眦《まなじり》から、ふわっと涙があふれでてきた。

「冗談だ。冗談を本気にとって、こんなに涙を流すのだから、あなたはまだほんとに赤ちゃんなのだね。こんないじらしい人がそれでもやがて、人の母になるのかと思うと、いたいたしいような気がする」

東宮は賢子の透明で無垢《むく》な涙を吸いとってやった。

女の涙はほのかに塩っぱく舌をさした。

「さ、もう機嫌を直して目をあけてごらん」

「お許し下さいまし」

賢子が消えいるような声でこたえた。

「どうして、私の顔をはっきりみてくれなければ……あなたが誰の俤《おもかげ》を瞼に描いているか安心出来ない」

「まああんまりな」

賢子は、思いがけない東宮の嫉妬めいたいいがかりにたちまちかかって、ぱっと瞳をあけた。

近々と、思ったよりももっと近々と、東宮の瞳が真上からのぞきこんでいた。

あわてて、反射的にまたとじようとした瞼に東宮の唇が落ちてきた。

東宮の舌にまつ毛をくすぐられ、賢子は身をよじった。

東宮がようやく、賢子の唇や頬や乳房から唇をはなした時、賢子の全身はすもものような匂いをたてて紅梅色に燃え染まっていた。

「今度は、冗談ではない。しっかり今からいうことを聞いて下さい。私たちは一日も早くふたりの子供を持とう。その子はやがて天子になるのです。私の受ける位はその子がうけつぐ運命なのです」

「でも、二の宮がすでに……」

賢子の声を東宮の強い声がおさえた。

「だからこそ、いそぐのです」

賢子はただだまって東宮のことばを聞いていた。

東宮の目の中に、もうすでに女を愛撫している時のやわらぎやなまめきは消えているのが、賢子にも感じられて、次第に軀を冷たくしながら、そっとまつ毛のかげから東宮の表情をうかがっている。

東宮は、その賢子の様子に気がつくと、急ににっこりと笑って、賢子のまるい頰をつついた。

「どうしてそんなに怖そうにしている」

「でも……」

「何も案じることはない。あなたは、強い賢い皇子を産んでさえくれればいいのです。いや、ただ、ひたすら、私を頼り、私を信じ、私にとりすがって、愛してくれていればいいのです。必ず、私たちの愛の子がやがてさずかるだろう」

「でも……宣耀殿の妃さまにも、もしかしたら、もうさずかっていらっしゃるかもしれませんわ」

東宮は軽く笑い声をもらした。せいいっぱいの、稚《おさな》い嫉妬の表現がいとしさをいっそうました。

「誰に教わってそんなことをいうすべを覚えたのですか。あなたに似合わない。あなたは私の妃として、誰よりも愛されている自信だけを持っていればいいのです。宣耀殿の妃もりっぱで美しいすぐれた人です。私は尊敬もしているし、信頼もしている。しかし、男の愛情の中には、尊敬や信頼よりももっと強いものがある。それは可愛いくてならないという感情なのですよ。あなたは私にとっては可愛いくてならない人なのだ」

東宮はことばを愛撫で証明するように賢子を物狂おしく抱きしめた。

帝に譲位の意志があるという噂が、いつからとはなく流れているのを東宮は識っていた。

病気でもない帝が譲位することは、近い歴史にはあまりない例だし、帝が政治に対して並々でなく意欲的な気持ちを持っていることは誰の目にも明らかなことであるし、その帝が、みすみす帝位を降りられようとは考えられない。

しかも、譲位ともなれば直接、関係のある東宮には一言もそんなことをもらされたこともない。

いったいどういうことなのか。

東宮は今日の帝のことばのすべてを思いだしていた。そのことばにかくされている帝の本心は何なのか思いめぐらせていた。

藤原氏腹の自分に位を譲るのを帝は厭になっているのではないのだろうか。

東宮は頭の中はめまぐるしく働かしながら、手はそれとは全く無関係のように微風のようなやさしさで、賢子の裸身を撫でいつくしんでいた。

帝は、譲位して、院政を開くつもりではあるまいか、政治づいている帝が、政治からは離れず、帝位を降りるということはそれ以外に考えられない。とすれば、それほどまでにしても譲位したい本心は……次の東宮を一日も早くとりきめる必要を感じているからにちがいない。そこまで考えついた時、東宮は強く張った肱《ひじ》をゆるめ微笑を浮べながら、力強く賢子の中に入っていった。

東宮が切望して待った効もなく、若い賢子には懐妊のきざしはあらわれないまま、早くも帝の女御基子がみたび、妊られたという噂が後宮にひろがっていた。

何という果報な星の下に生まれあわせた方なのだろうと、娘を持つ親たちは、この女御のたくましい生命力につくづく心うたれている。帝のお喜びになり様が、これまた手放しで、この頃は、女御といえばまるで梅壺の女御基子しかいないかのような有様であった。

延久四年十二月八日には、帝はついに噂通り、東宮に譲位され、次期東宮にはその日のうちに梅壺の女御腹の二の宮二歳の実仁親王が定められた。

東宮にまだ皇子の生まれないことではあり、皇弟が東宮に立つのはまず順当という印象であった。

さほどの後楯もない基子がやがては国母とあがめられるのであるから、いっそう基子の幸運は人々の羨望の種になった。

しかもその年があけて、正月十九日には、第三皇子輔仁《すけひと》親王を産みおとされた。

後三条院は、退位後は習わし通りに宮廷を出られ、やがて関白教通の二条邸に移られた。

帝が退位なさると、女御たちもちりぢりになるし、その女房たちもそれぞれ宮廷を出て、全くこれまでの華やかな生活とはうってかわったようになる。

その上、院は、宮廷を出られてまもなく、腹水病にかかられ、急に御病気がちになってきた。

あまりめざましい基子の幸運を嫉むあたりが、何かよくない祈禱をしているのだとか、いやいやはり、御在位の時の活発すぎた政治が、三井寺の新羅《しんら》明神の御心をそこねての祟《たた》りだとか、誰が流すのか、黒い噂がしきりにたちはじめている。

気性の勝った後三条院は、そんな噂を耳にもいれず、御在位当時のように、大江匡房をはじめ気の合った学者や公卿を集めて、相変らず、政治についてことこまかな計画や意見をだされていた。

院は譲位後直ちに院庁の院司《いんのつかさ》を任じ、つづいて院蔵人所《いんのくろうどどころ》を置かれている。

院庁の公卿別当《くぎょうのべっとう》には藤原能長が任命されていた。

能長は、この任命には、やはり院が能信への恩義を忘れず、退位後までも、自分を重く扱ってくれるのかと感激した。

その他の院司の人選も、藤原氏ではあっても、反藤原氏とみなされる人々ばかりで、後三条院の藤原氏嫌いは、ここまできてもはっきり示されている。

院は、たまたま御見舞いに参上した白河《しらかわ》帝を枕元近く呼びいれられた。

「しばらく逢わない間に、すっかり帝王らしい貫禄が身についてきましたね」

院は青白くむくんだ顔を枕からあげ、頼もしそうに白河帝をみつめた。

「もっと早く上らなければならないのに、馴れぬ政務にふりまわされておりまして」

帝は急に一まわり軀まで肥られたような堂々とした態度で、病床の院にむかってい
る。

「今度の病気は命取りのような気がする」

帝は腫《ふく》れあがった瞼の中から、熱にうるんだ瞳をのぞかせていった。

「とんでもございません。そんな不吉なことはお口になさるのも怖しいことです」

「いや、三の宮も生まれたばかりだし、二の宮もまだあのように頑是《がんぜ》ない。死んでも死にきれない気持ちだけれども、寿命なら、致し方もないだろう」

「腹水病は、命取りというほどの病気でもございません。気の弱りで病いに負けてしまってはなりません」

「何れにしても、どうせ、一度ゆっくり逢って頼んでおきたいことがあったのだ。他でもない、私に万一の時があれば東宮の後見をお願いしたい。知ってのように東宮の母には、確かな後見がない。頼みになるのはあなただけなのだから……あなたにとっては母はちがっても血のつながった弟だから、面倒はみてくれると信じているけれども」

「何をおっしゃるのかと思えば、そんな水くさいことを院から今更いわれようとは思

いもかけませんでした。もちろん、二の宮も三の宮も私の弟ですからおろそかには思いません」

「それを聞いて安心した。そこで、私の気持ちをもう一安心させてはくれまいか」

「どうしろとおっしゃるのです」

「三の宮を、二の宮の後の東宮に決めてほしいのだ」

帝は一瞬声をのんだ。全く予期しないことではなかったような気がする。いや、院が人払いして、二人だけになりたがった時から、今のこの話がきりだされることを予期していたというのが本当だったかもしれない。

まだ二歳の東宮をたてただけでは気がすまず、三の宮のことまで次期東宮にきめておきたがる院の心のうちは何をもくろんでいられるのか。

どんな賢帝も血縁の恩愛の前には痴愚になるというのだろうか。いや、院はそんな凡俗な恩愛の感傷を政《まつりごと》にもちこむような方ではない。

やはり心の底から藤原氏の政に関わるのを嫌っていられるのであって、そのため、帝の女御たちの藤原氏腹に帝の皇子が生まれる前に、二代の帝を、基子の腹の皇子で決めておきたいと考えられたのであろう。

院が譲位された時、すでに三の宮は懐妊されていて、院はそれを識ったからこそ、思いきったあれほど早い譲位を決行されたとも思えるのである。

そして院政をしき、その設備がととのったところで、三の宮を次期東宮にする計画が院の胸中には固まっていたのだろう。

それが思いがけない病いに倒れて院の計画が不安定になってきたのだといえる。帝は、とっさの間にそれだけのことを考えめぐらせると、おだやかな表情をつくって一膝乗りだした。

「院、私は院の御容体《ようだい》を、院のように重くは見ておりません。しかし、院の御心がそれで静かになられるなら、三の宮のことはしかとお約束致します」

「ありがとう。必ずそういってくれるとは思っていた。しかし、万一、帝に皇子が生まれても、それは守ってくれるだろうな」

「しかとお約束致します」

帝はそれをいう時、真直、院の目の中をみつめていた。

白河帝の瞳はうすい茶がかった瞳の中に虹彩が不気味なほどはっきりと浮かんでいる。白眼が青白く澄んでいるのと瞳が茶色のせいか、帝の目の表情はいつでもなごんだように見えるかわり、目の表情に変化がなくて、院の黒眼の凝った細い鋭い瞳に、喜怒哀楽の激しくあらわれるのと全く対照的であった。

女を愛する時も、政を執る時も、白河帝の瞳の色はいつでも薄く茶色に煙っているのだ。

今、院に、三の宮を東宮にするという重大な約束を誓う時もその瞳の表情に動きはなかった。陶器のような白眼の青さは、帝の誠実をあらわしているようにも、ことばの真剣さとは別に、自分のことばを一切信じていない冷淡さのあらわれのようにもとれた。

院は、心に最もかかっていたことを帝に打ちあけ、快諾を得たことが、よほど容体にもひびいたとみえ、あれほど衰弱がひどかったのが、急に持ち直されてきた。

白河帝は、院の御病気が薄紙をはぐようだと聞くにつけ、あの遺言めいたことをいわれた一日のことは、院のたくらんだ芝居にかけられたのかと疑ってもみる。しかし、そんなそぶりは露もみせず、帝は政治にとりまぎれたふりをして、あれ以来、院の病床を見舞うということもなかった。

二月に入ると、院の御健康がすっかりよくなられ、院庁の人々を引き具して華々しく摂津《せっつ》の天王寺《てんのうじ》まで行幸され、参詣されたりした。

あまり信仰心の厚い方ではない院にしては珍しいことだと、天下では噂していたけれど、その一行の華々しい行列は、船路をとり、沿岸の人々の目を奪った。

帝はその時も、型通りの御見舞いの使いに珍しい果物や乾物の贈り物をとどけさせはしたものの、格別の興味を示したふうでもなかった。

院は、この旅行が病後の軀にこたえたものか、帰洛してほどなく、ふたたび発病され、病勢は急激につのっていった。

「やはり、神仏が後三条院には呪いをかけていられるのだろうか」

そんな噂が宮廷のあちこちで囁かれていたが、その噂にも白河帝は、無表情な茶色の目をかすかに煙らせるだけで、一言も発言しない。

適当に見舞いの使いを送り、見舞いの品々を届けさせながら、自分は政務にとりまぎれているふうでほとんど院の方面へは足をむけなかった。

誰も聞いていた筈のない、あの東宮の約束は、その後いつのまにか、公然の秘密になって、人々の口の端にのぼっていた。まるで、三の宮が次期東宮に立ったような噂がまことしやかに流されている。

師実が、ある日、たまりかねて帝とふたりきりになった時、はじめてその真偽を聞いたことがあった。

「臨終近いと思った病人に、ましてそれが父親なら、どんな気休めの約束でもしてみせるのが子の義務だろう」

帝はこともなげに顔色もかえずいい放った。

四月に入って、なお一層容体のあらたまった院は、二十九日に遂に出家をとげられた。それを待ちかねていたように、五月の七日に火の消えるようにおかくれになってしまった。

気性の激しい方だけに、最後まで意識はしっかりとされていて、次々寵をかけられた中宮や女御にお別れを惜しまれもした。中宮馨子は、院と同じ日に早くも落飾《らくしょく》されて、真心の厚さを誰よりも確実に示されたのが、もうすでにほとんど夜の御渡りもなくなっていただけに人々の涙をそそった。

院の御心を最後まで悩ませ、この世に未練の心をひきとめ、来世の障りになりはしないかと案じられたのは、女御基子の産まれた二人の皇子たちへの恩愛の絆であった。

帝はなくなる日にも、院の御病床につめていられたが、院は最後の声をしぼって、

「藤原氏を外戚にしない私の政策は、帝も守りぬくように」

と言われた。

そして最後に、

「三の宮を……」

といいかけて、もう言葉も出ず、帝の手をまさぐった。院ののびた指の爪が、帝の掌に、刃物のようにくいこみ、院のこりかたまった執念が帝の厚い、女のように柔い掌に、うっすらと血のあとを滲ませていた。

その日のうちに、一品宮聡子も、女御基子も落飾した。

時に院が三十九歳、院の女御基子は二十八歳だった。東宮実仁親王はまだ二歳だし、三の宮輔仁親王は生まれて半年もたっていない。

とりのこされた女御の心細さは誰の心にも思いやられるものがあった。

まだ若々しい顔立ちの、豊かな黒髪を惜しげもなく切り落し、基子は来る日も来る日も終日泣き暮している。

院の寵愛がはげしかっただけに、いざその支えを失ってしまうと、急によるべもない頼りなさが基子の身辺をとりまいていた。

二十一歳の白河帝は、いっそう帝位の重々しさが滲み出て来て、院の葬送の儀一切を手ぬかりなく見事に片づけられていく。

院の葬儀の盛大さは、院の遺徳のあらわれと見るよりも、この時は白河帝の実力と権力の堅実さと偉大さを、天下に改めてさし示したような感じだった。

この年の葵祭をはじめ、すべての行事は服喪中なのでひっそりと、さしひかえられていた。

内裏でもすべてが墨染の喪服をまとっているので、うら淋しく、新緑のかがやかしさも消え、五月雨《さみだれ》ばかりが長々と来る日も来る日も故院の死をいたむように降りつづいていた。

あれほど後三条院とは犬猿の間柄だった宇治の頼通はこの時すでに八十二歳になっていたが、院の崩御を宇治の別荘で伝え聞くと思わず食事中の箸をとめ、

「末代の賢主がかくも早く崩じられようとは……わが国の運のつたなさもきわまった」

といって重く嘆息した。その頼通も、翌年には八十三歳の生涯を終わってしまった。

旅 愁

伊勢路に秋風がたってきた。

今年の夏は、何十年来の暑さとかで、京では、正体のわからない熱病がひろがり、一日に何十人かの死人が路ばたでゆき倒れていたなどということが、まことしやかに伝わっていた。

旅人の群は秋風に追われるようにして、尾張や、大和《やまと》や、浪花から入ってくる。

伊勢は皇大神宮《こうたいじんぐう》のある神域だというわけで、格別尊まれてきたが、平 維衡《たいらのこれひら》が七十年ばかり以前伊勢守に任じられて以来、伊勢の開発に力をそそぎ、いっそう伊勢は豊かな土地柄になっていた。

五十鈴川《いすずがわ》の流れは、まるで太古からのような清らかさをたたえ、今も神域を清めているほか、大神宮のある森の深みは、維衡の孫、正衡《まさひら》の代になっても、神聖さに一点のけがれもよせつけず、聖地としての尊厳を守り通されている。

大神宮司や国司はいても、次第に強大になってきた平氏の実力をどうとりおさえられるものでもなかった。

受領は次第に地方で勢力を貯え、武力と財力で都では買えない実力と支配権を養なっていた。

尾張から来た薬売りが、大神宮前の道ばたに荷をといて、一休みした。先着の針売りにむかって、

「いつ来ても、伊勢路はのどかだし、空気はいいし、何といっても大神宮さまの有難さが草木や石にまでしみとおっている感じで、いいものだなあ」

と話しかけた。

「そうですね。私のように全国を歩いている者でも、伊勢に来ると、何だかほっとします」

「お前さんは針を売ってなさるのか」

「へえ、けちの商いで辛気くさくなりますが、これより他に腕もないので」

「京は通ってきなさったか」

「ええ、二月ばかり前、京にいて、浪花から伊勢路へ入ってきたところです」

「わたしはこれから、反対に浪花を通って久々に京へ上ろうと思っています」

「薬屋さんは、東国からおいでなさったのですか」

「富山《とやま》から、東国へ出て、昨日は尾張からようやく鈴鹿《すずか》をこえてきました」

「東国の景気はどうです」

「やっぱり天子さま次第の世の中で、世替わりすると、何となく景気がぱっとあがる。わしらの商いにしても、今、どうでもいいような薬を、買いだめておこうかというゆとりが出てくるのも、景気のいいしるしとみていいのじゃないかな」

「そうですか。私は瀬戸内海を船旅で筑紫《ちくし》から帰りましたが、海賊が怖くて、夜もろくろく眠れませんでしたよ」

「もう、世の中は、大きな声じゃいえないけれど、武家の時代だよ。あんたまあ、一度東国へいってごらん。源氏の勢いのもり上ってきたこと。受領というのはほんとにいい商売だね。実力さえあれば、どこまでも大きくなれる。わしらも今度生まれかわるなら受領になりたいやね」

「ここもう、平氏の土地柄ですよ」

「時に、江口《えぐち》や神崎《かんざき》で、お前さんいい夢をみて来なすったか」

「先だつものがないので……まあここで傀儡子《くぐつ》でも買うのを楽しみにしています」

その夜もふけた頃、伊勢湾にのぞんだ入江のとある岩かげで、あかあかと焚火が燃えさかっているのをとりかこみ、十数人の男女があたりかまわぬ声をあげて、酒宴を開いていた。

そこから、少し離れた松林のかげの草むらに身をひそめ、二人の男が息をひそめていた。

昼間、大神宮の前で逢った薬売りと針売りの男らしい。

「なるほど、あれが傀儡子の酒盛りというものか、わしははじめてこんなにま近に見る」

薬売りは好奇心を露骨にみせた金壺眼《かなつぼまなこ》をひきむいて、皺ばんだ首を草むらからつきのばすようにしている。

「わたしは、筑紫で何度か見ましたよ。あいつらは、自分の女に平気で客をとらせながら、ああやって、仲間うちだけの酒盛りの時などは、女房を大切にして人前で臆面もなく乳くりあったり、口を吸ったりしてふざけます」

「何、口を吸うとか……人前でか」

「あ、ほれ、あれを見てみなされ」

薬売りは若い針売りに指さされた方に、尚いっそう目をひきむいた。

あかあかと燃えさかる焚火のまわりは、一人の首領らしい男を中心にして、自らの統率がなされているようだった。大きな酒の瓶子《へいじ》が女の手から手へ廻り、首領の前から下座の方へ流れてゆく。

男たちが胡弓《こきゅう》をひき、笛を吹き、笙を鳴らし、百済琴《くだら》をひく。女の何人かが、それにあわせて、細い高い声でそそるような歌を歌う、歌詞ははっきりと聞きとれぬけれど、どうせ淫らな歌らしいことは、炎にうつしだされた一座の人々の次第に紅潮してくる表情にありありと描かれている。それらの輪の中の二人が今、ぴったりと身をよせあい頰と頰をすりつけ、胴と胴をもつれあわせ、唇をあわせているのだった。

人々はそんなふたりに目もくれず、それぞれ勝手に楽器や歌に夢中になっていた。

薬売りが生唾をのみこむ音が、不気味なほどごくりと高く聞えた。

「ああ、ああ、男がほれ、女の胸乳《むなち》をつかみ出した」

薬売りの声がいっそう高くなり息があえいだ。

「あの連中は恥ということがないから……平気でやりたい時は仲間の前で女をつき倒しますよ」

「お前さん見たのか」

薬売りは羨しさを顔いっぱいにみせて針売りをふりかえった。

「筑紫で、傀儡子の女に惚れこまれましてね。危く、あの仲間に命をとられそうになって逃げだして来たのですよ」

「それでもまだこりずに傀儡子を買おうとてか」

「どうせ、買うなら、あの連中にかぎりますよ。情が深くて、恥しらずで、一夜に十たびも、極楽をみせてくれる」

「げえっ、十たびもか」

傀儡子の宴はいっそう賑やかになっていく。音楽はますます乱調子になり女の声はいよいよ高く強くなる。

雲を破って、月が今、彼等の真上から、光りを投げかけてきた。

鷺丸は酒に強い。女たちが木の実を噛《か》みくだきかもした原始的なつくり方の、傀儡子独特の濁り酒を、あかねにつがせて、もう十盃ものんでいるだろうか。

鋭い瞳に、きらきらと光りが強まり、顔に脂が浮び出てくるが、態度に乱れは出て来なかった。

「おお、いい月が上がった」

鷺丸の見上げる月を仰いで、あかねも目を細めた。

京で見た月が思いだされる。東山から出る月を待って、月見の宴の支度に薄《すすき》や、萩をきっていた宵のことが昨日のようにありありと思いだされてくる。

「たまき、月見の踊りでも踊らないか」

たまきは、鷲丸の横で、人形を置いたようなおとなしさで坐っていたが、はっきりかぶりをふった。

「どうした、いやか」

「いやだ」

「ほう、こいつ、はっきりいう」

鷲丸は、たまきには目がなかった。鷲丸にむかって、こんなはっきりした拒否を出来るのは、仲間のうちではたまきだけだった。

あかねは、たまきの端麗な横顔をみつめながら、この子も大きくなったものだと思う。

京をはなれた時は、まだいかにも子供っぽかったたまきが、この一、二年の流浪の間に、見る見るひきのばすように背丈がのび、ふっくらと肉までついてきた。

――いったいこの子の本当の年はいくつなのだろう――

捨子だったということは、仲間のうちでは誰しらぬ者もないけれど、たまきの本当の年を知っている者もまた鷲丸をのぞいては誰ひとりないようであった。

月光を片頬に受けたたまきのまるい頬に、ふくよかな桃の実のように金色のにこ毛が光っている。

顎から細い首へかけての曲線に、急にまるみが出て来たのもたまきの成長をあらわしていた。

傀儡子の娘は性のめざめが早い。もとは朝鮮から流れてきた一族だともいわれているが、傀儡子たちも、自分たちの祖先が、何処の国から来たものやら知っているふうでもない。「山を屏風とし、苔《こけ》を褥《しとね》とす」と、その放浪の旅寝の奔放さを詩人に歌われながら、青空や星をいただいた草の褥に、いつでも情のおもむくままに、女たちは軀《からだ》を開いている。

そういう仲間の姿を目にし、耳にして育つせいか、傀儡子の娘たちは、十をすぎればもう、女のしるしをみる者が多い。

わが子は十あまりになりぬらん　巫《かんなぎ》してこそ歩くなれ
田子の浦に汐《しお》ふむと、いかに海人《あま》集うらん
まだしとて、問いみ問わずみ嬲《なぶ》るらん
いとおしや

笛の音が、急に哀調をおびると、ゆりという声のいい女が、歌いだした。

このごろ、仲間でいつからとなく歌われだした歌である。

十歳をこせば、もう歩き巫《みこ》として操を売る習慣が、傀儡子の仲間では珍しくもないことを歌のことばが示していた。

たまきはあかねと共に、この集団の中でたったふたり、傀儡子ではない。とはいっても物心ついた時はすでにこの仲間の中に育てられていたたまきは、彼等の生活しかしらないし、生活感情しか持っていない。

興がのれば夜を徹して酒宴に時を忘れ、酔いがいたれば、人の目など問題にせず、天然の欲望に身をまかす傀儡子たちの中に育っているので、自然心身の発育も並の少女よりは早い筈であった。

鷲丸がたまきを大切にすることは異様なほどで、まちがっても男たちの酔いの肴《さかな》に手などふれさせまいと目をみはっている。

あかねは、たまきの護衛係り兼教育係りのようなことを、いつのまにかひきうけさせられていた。

傀儡子の中で、まともに読み書きの出来るのはあかねくらいなので、たまきに字を教えるのもあかねの仕事のひとつであった。

鷲丸はどこからか、古今集の写本を手にいれてきて、あかねからそれをたまきにまる暗誦させている。

この頃では、自分で、夜ながの一ときを、熱心に和琴《わごん》を教えていた。

傀儡子は誰でも不思議なほど音感と運動神経が発達している。尾根づたいに一日あれば十数里も走るといわれているのを、あかねはこの仲間に入って実際に何度か目撃している。音という音は一度聞いたら、ただちに口で真似をすることが出来るし、彼等は楽器は教えられなくとも手さぐりでいつのまにか自由自在に使いこなしてしまう。

鷲丸の百済琴の音は姿にも顔にも似ないものであった。あかねは、鷲丸の百済琴の音を聞いていると、いつのまにか自然に涙が流れていた。

どうせ、教えるなら、たまきにも百済琴を教えればいいのにとあかねは思うけれど、鷲丸はきかない。

あかねはある時、ついおかしさに笑いだしていった。

「まるで后のしつけをしているような」

鷲丸はその時、大真面目で、

「今頃、何をいうのか。はじめから、たまきには后のしつけをしているのだ。そのつもりでお前も、あの子の軀にはのみ一匹ふれさせてはならぬぞ」

あかねは、それをも笑い流そうと聞いていたが、途中で顔がこわばってきた。

鷲丸は、本気でたまきにそんな教育をつけているつもりなのかもしれなかった。

得体のしれない鷲丸は、得体の知れない野望を胸に秘めているのかもしれない。

たまきは、そんな鷲丸の心の中を知ってか知らずか、ただ日と共に玉が光り出すような輝きを滲ませ、日一日と美しく成長していく。

時々、鷲丸はたまきをすぐ自分の傍に寝かせておきその横であかねが悶絶してしまうほどの激しい愛撫を加えることがあった。

浜辺の酒宴を盗み見した翌夜、薬売りと針売りはそれぞれ、彼等の中の女を買うことが出来た。

伊勢参詣の客をめあての宿場の一室へ、女たちは買われて来て、まるで十年も昔からの深なじみのような、へだてのない笑顔でまず酒の相手をする。

需《もと》められると、自分で膝を叩き拍子をとりながら、今様や、催馬楽《さいばら》を上手に歌った。

酒も大いにのんだ。酒量は多くて、薬売りは自分ものめる口だが、あとの楽しみにさしつかえるのでつとめて制御している。相方の女はゆりと名乗った。昨夜浜辺でいい声で歌を歌った女だったが、とめどもなく酒をのむ。昨夜の歌がうまかったと、咽喉まで出るのをこらえて、薬売りは、ただ、歌を歌ってくれという。女は、

「いっそ、人形を廻させたら？　いつでも呼べば来るよ」

と、仲間の男にも金を稼がせようとする。どうせ、夫婦か、そうでなくとも情夫にちがいない男をわざわざ呼びよせる阿呆もあるまいと、薬売りはにやにやして返事をしない。

「人形廻しというても、お客さんが思ってるようなものとちがうんだから、人形にあれをさせてみるのよ」

「へえ、あれって何さね」

薬売りはとぼけてみせる。女は、

「わかってるくせに」

と、男の膝をつねりあげた。

女はどこか傀儡子らしい野性味の外に上品な匂いがする。薬売りとはいっても、旅から旅へ廻り、各地の盛んな町を見めぐっている男には、そんな女の不思議な匂いはかぎわけられる。

「お前は根っからの傀儡子か」

「どうして？」

「お前らの仲間には貴族の血のまじったおなごも多いというではないか」

「あら、そうお？　それでわたしはそんな女に見えるの」

「ちがうのか」

男はもう酔いで目のふちも手首も赤くなった女の肩を抱きよせた。麝香めいた物狂おしい匂いは、女が高価な香料をつけているのではなくて、女の肌自体から匂いたつものであった。

女の髪は太く冷く、ぎっちりと脂をふくんで、男の掌にねばりつくようであった。薬売りは鼻を犬のように鳴らせて、女の髪をかきあげ、衿足に鼻を押しつけ、唇をつけ、それを首筋から衿の奥へと沈めていく。

「あれ、くすぐったいじゃないか」

女はわざとらしく大げさに身をよじって膝を崩した。

声と軀と目つきがみんなばらばらで、女の目は冷く黒く冴えかえっていた。

男の手が荒々しく着物の衿をずり下げ、まるい肩にのびかけた男の鬚がさわるのを感じながら女は、

「あたいね、貴族のたねじゃなかったけど、堂上のえらい人をおなかにのせたことは

たんとあるのよ」

といった。

「へえ、どんな貴人のお相手をしたのかね」

「色々ありますよ」

「といったところで、貴人も公卿も人間だろ。いざ床へ入ってしまえば、そうわしら下人と、変ったことをするわけでもあるまいて」

薬売りは酒の酔いも手伝っていっそう目が淫らになっていく。

「そうね、どっちかっていえば、身分の高い人の方が床の中ではしつこいし、色々うるさい注文があるわよ」

「へえ、うるさい注文ってどうするのかね」

薬売りはいっそう興味をそそられた顔つきになって女の膝をなでた。

「さあ……」

女は焦らすようにくっと鼻と咽喉で笑って、とかくの返事もしない。

女は酒をせがんで、薬売りよりもよけいにのんだ。酔いが深まるにつれ、女の体臭が強くなり、肌があらわになっていく。

床に入ってからの女のあつかいは薬売りを満足させた。

「なるほど」

薬売りが感にたえたようにつぶやくのを女が聞きとがめた。

「何がなるほどよ」

「いや、お前を呼ぶことを世話してくれた針売りがそういったのだよ。傀儡子の女は一晩に十度も極楽をみせてくれるとな……わしはどうせ、針売りの大げさな嘘にきまってると、大して本気にも聞いていなかったのだ」

「まだ二度すんだばかりじゃないか」

「その二度でも十度の想像がつくというものだ」

女はまた、くくっと咽喉を鳴らしていった。

「くれるもの次第で、どんなことだってしてあげるさ」

「ほんとうか」

薬売りはまたみなぎってくる欲望を覚えて女の軀に手をかけた。

「だめだよ、先にわたしてくれなければ」

「がつがつするなよ」

「あたり前じゃないか、わたしらは好きな男と寝てるわけじゃない。肉を売ってるんだものね」

た。

「わかったよ」

薬売りは、枕元の反物《たんもの》の中から、ずしりとした革袋をとりだし、女の掌にさわらせた。

思わず女の目が光り、それをつかむと、

「おっとっとっとと、そうはむざむざ渡せるものか。ほれ、手ざわりでわかるだろう。お前の乳房のように固くて柔かなこの手ざわり、これは砂金のぎっしりつまってる手ざわりさ」

「わかったよ。この中からどれくらいくれるの」

「そこにある酒の盃で一すくいはどうじゃ」

「まあ、けちくさい」

「砂じゃない。砂金だよ」

「いいじゃないか、ね、これなら」

女の軀がすっと、薬売りの軀の横をすべったと思うまもなく、薬売りは下腹部に熱いなめらかな女の濡れた唇を受け、思わず、うっと声をもらした。

その夜も明けて、暁をつげる鶏の声が、あちこちから聞えてきた頃、薬売りはふと、肩先の冷えを感じて目をさました。

まだ軀の節々にけだるさが残り、頭が宿酔《ふつかよい》のように重かった。

手をのばすと、ふれるものはない。

「おい」

雨戸の中にはまだ闇がこもっている。薬売りはあわてて、身をおこし、火うち石を手さぐりですった。

枕元の油皿に火をうつすまでもなく、薬売りには昨夜の傀儡子の女がもういないことがわかった。

「畜生！　もう逃げだしたか」

薬売りは女の残した様々の甘言や愛撫のすべてを一挙に思いだし、やはりあれも口さきだけ、手さきだけの真似事だったのかと思った。遊女に真心なんかある筈はないと識っているくせに、あんな甘言にのせられてしまって、うかうかと鼻の下をのばしせがまれるままに、砂金を過分にやりすぎたと後悔が先だつ。女は砂金をしまいこむと、

「明日も一日べったりついていてあげる」

と、嬉しがらせをいったのであった。

薬売りはその時になって、はっと気づき、あわてて自分の寝床の下へ手をいれた。

た。

「ああっ、やられたっ」

あの手ざわりのいい革袋がなくなっている。

薬売りの面上から血の気が失せ、手足が急におこりになったように激しく震えてきた。

その頃、傀儡子の小舎ではゆりが自分の男の猪平《いへい》の濃い胸毛に頬を伏せていた。

「これだけあれば、たんといいめが出来るだろう」

ゆりは、薬売りの枕の下からぬいてきた砂金の革袋で、ぴたぴたと男の頬を叩いた。

「そうさな、まあ、まずお前のほしがっていた、小袖を買って、あの唐わたりの香木を一かけら買って……」

「いいよ。そんなもの、それより、ねえ」

女は男の耳に口をよせて囁いた。

「ふたりでここを出ようよ」

「ふむ」

男はあいまいな返事をする。男は女よりもはるかに傀儡子の運命を知っている。どこに行き、どう身分をかくしたところで、傀儡子ということはいつかはばれるし、出生がわかってしまえばせっかく得た地位も職も一度に失うことは、これまで数えきれない例をみて識っている。

女にはそういう例を見てきてもまだ、自分の運命だけはそうはならない可能性と夢が残されているような考え方が出来ると見えた。

「わしらの生きる世界はここだけだよ」

「そうかしら。わたしはもっと人まじわりして、こんな流浪の暮しはやめてしまいたい。小さくても家を持って、お前の子を産んで、いやな男に肉を売るような暮しはやめてしまいたい」

女の目から急に涙があふれ、男の胸毛に露のようにとまった。

猪平は女の涙を吸ってやりながら、その乳房をやさしく撫でた。

「子供を産むのはよそう。こういう暮しでは子供が可哀そうだし、女が生まれても、男が生まれても、わしらと同じ暮し方しか出来まい」

「だから、外へ出ようっていうのに」

ゆりはいっそう激しく身悶えして、猪平にしがみついていく。

「だって、もう出来ているよ」

「えっ」

猪平は、ゆりの目の中をのぞきこんだ。

「本当か」

ゆりは、まだ涙をあふれさせつづけながら、頼りなげな表情で、猪平を見上げた。

「そうか」

「……だから、ふたりで……」

ゆりはことばにむせて、またひとしきり泣きむせんだ。

その時、小舎の外で、何かわめく男の声と、それを打ちけす、わけのわからない叫び声がわきおこった。

「けんかか」

猪平が、きっとなって、す早く、短刀をひきよせて、立ち上った。

「かえせっ！　わしの砂金の袋をかえせ！　ここの女は盗人だぞう！」

「何を、こいつ、みんなでやっつけてしまえ」

「そうだ、そうだ。いいがかりをつけて来やがって、太い野郎だ」

「ちがう。ほんとの話だ。女に逢わせてくれたら、わかる」

「うるさい！　女を買って、因縁つけやがるなんて、人間の屑だ。遠慮するな、骨を叩き折ってやれ」

「わあっ！　助けてくれっ！」

ゆりが猪平の、今にもかけ出しそうな足にしがみついた。

「あの男だよ。すておおきな。それより、ね、今のこの騒ぎの間に」

ゆりはぱっとはねおきると、いつ、用意しておいたのか、大きな包みを二つとりだし、その一つを猪平に持たせ、自分はすでに走り出しながら、それを背負った。

猪平はまだ、おもての騒ぎに心ひかれながらも、ゆりに手をつかまれて、小舎の裏の方へ走り出していく。

二人が小舎を出た時、物かげからあかねが出てきた。

あっとたじろいだゆりの前で、あかねは目をみはったが、次の瞬間、くるっと背をむけた。

「早く、おゆき」

ゆりと猪平は耳を疑った。あかねが鷲丸の女だということは、もう公然の事実だったし、日頃、物わかりのいい鷲丸も、仲間の脱出に対しては容赦のない態度で臨むことを二人はすでにいくつもの例で思いしらされている。

あかねが鷲丸に一報すれば、二人の脱走はたちまち鷲丸によってはばまれるどころか、今、表で仲間にとり囲まれ、袋叩きにあっている薬売り以上に、惨めな目にあわされることは火をみるより明らかだった。

「お行き！　早く、しあわせになっておくれね」

「あかねさん」

二人はあかねの背に手を合わせると、次の瞬間、猪平は背にゆりを背負いあげ、もう疾風のように走り出していた。


伊勢一帯に波風ひとつたたせないのは平氏一族の力だった。

二見《ふたみ》ケ浦《うら》に近い景勝の地に建てられた平正盛《まさもり》の館は、京都の摂関の邸にも劣らない豪壮な規模のものであった。

始祖の平維衡が、東国の源氏の勢力を嫌い、伊勢に移ってから早くも百年あまりの歳月がすぎ四代を経ているが、その間に、平氏は武力と財力を養い、いつのまにか伊勢一帯を掌中におさめてしまっていた。

伊勢、伊賀《いが》はいうまでもなく、その勢力は紀州、尾張あたりまで浸透していた。

伊勢平氏は、武力を貯えるだけでなく、田畠を開発し、財力の拡張にも意をそそいだし、農民の生活を守り治安にも意をそそいだので、武士団の大棟梁《とうりょう》としての貫禄が備っていた。

実際、うだつの上らない都で藤原氏の権勢下におされているよりは、参議以上の公卿になれない者は地方へ受領《ずりよう》として下って、財力をたくわえることが何よりも出世の道であった。

黄金《こがね》の中山《なかやま》に
　鶴と亀とはものがたり
仙人童《せんにんわらわ》のひそかに立ち聞けば
　殿は受領になりたまう

と今様に歌われだしたのも、受領になれば宝の山に入るも同様の富がきずかれるからであった。

管内の土地人民から租・庸・調などをあらゆる名目で徹底的にしぼりあげ、その上前をはね、中央に送るべきものを私腹すれば、富は自然に蓄積される。

天禄《てんろく》の頃、信濃《しなの》の受領であった藤原陳忠《のぶただ》が、任が終り、上洛する途中のことであった。

陳忠の乗馬があやまってかけ橋をふみ折り、陳忠は馬もろともまっさかさまに谷底へ墜落した。

家来が驚きあわてていると、谷底の方から陳忠の声で籠を下せと叫んでいる。さては殿は御無事だったかと、いわれる通り、籠を縄で谷底へ下した。

「引きあげよ」

という陳忠の声を聞き、家来たちが引きあげると、いやに軽い。上ってきたのは、籠一杯の茸《きのこ》であった。あっけにとられた家来たちの耳にふたたび、陳忠の声で、籠を下せというのが聞える。

今度の籠には手ごたえがあり、ようやく陳忠が乗って上ってきた。その陳忠は両手いっぱいに茸をつかんでいる。

「馬は墜ちたが、わしは木の枝にひっかかって助かったのだ。ふとみると、あたりに茸がいっぱい生えていたので、手のとどくかぎりとったが、まだのこしてきた。惜しいものだ」

とつぶやいている。家来たちが陳忠の欲の深さに思わず笑うと、陳忠は真面目な顔で、

「笑っているお前たちは宝の山に入って手を空しく帰る輩だ。受領は倒るるところ土をつかめというではないか」

とすましていた。そんな陳忠の話が百年後に、語りつがれているのをみて、如何に受領が私腹を肥しやすい立場にいて、また欲深かったかが想像されるのである。

その財力に武力の加った武士の棟梁を、地方の農民たちは、姿を見たこともない中央の為政者たちよりもはるかに身近に頼りに思うのも当然だった。

正盛の邸では、いつでも数えきれない人々が集まって、米をついたり、味噌をつけたり、餅をついたりしていた。

機織場では、女たちの機を織る音が終日絶えることがなく、糸車の廻る音が風を呼んでいた。馬も牛も、何百頭となく飼われていたのでその声だけでも、まるで祭りの雑踏のような騒がしさだった。

正盛は剛直な性質で華美を好まないので、万事にわたって質実な生活をしているけれども、正盛の実力を頼りにして、百姓たちは争って土地を寄進したり、労役を寄進したりしてくるので、富は日毎に増していく一方だった。

正盛の邸の門を、今、鷲丸とあかねとたまきが入ってきた。

「いいかい、たまき、さっき言って聞かせたように、おとなしくするんだよ」

鷲丸が今、また気がかりになったというふうにたまきの頭を片手でおさえ言いきかせる。

「わかってる」

たまきは、鷲丸の目を見上げ、きっぱりといった。聡明だが口数が少なく、子供らしくないのが、可愛いげに乏しいと鷲丸は今になって、いささか心配なのだった。

「あかね、いいだろうな、万事、お前に頼むしかない」

「わかっています」

あかねもあっさり答える。あかねは今日の鷲丸の緊張ぶりにいささか呆れていたし、それほど鷲丸の決心が深いのかと、改めて、目を見はるような思いだった。

庭の草をぬいている男や、馬の足を洗っている男や、洗濯物をかかえて干し並べている女たちが、三人の方を見て、みんな愛想のいい笑顔をむける。

鷲丸がその勢力を畏怖されるほどの男だったし、あかねはへだてのない愛想のよさで、この土地では好かれていた。

たまきの美貌はすでに評判になっていたし、たまきの踊りや歌を、彼等も一、二度は見たり聞いたりしている。

鷲丸の一座は、正盛の気にいっていて、何かの宴がある時にはよく召されて来ているので、彼等も宴席の賑わいを庭の物かげや草の中から覗き見させてもらっているのだった。

「いい日和《ひより》だなあ」

鷲丸は、彼等に声をかけながら進んでいく。いつもより小ざっぱりした身なりをしているけれども、あかねもたまきも、いつものような丹青《たんせい》の強い、異国風の濃化粧《こいげしょう》はしていない。そのため、素地の白さや柔かさがかえって人目をひくほど、陽光の下で輝いていた。

こんな小人数で訪れることは珍しいので、下人たちは物珍しそうな瞳をむける。

「鷲丸、ほかの衆は後から来るのかね」

なかでは頭株の米つき男がいった。

「いいや、今日は踊りも歌もしない。わしらの方から殿様にお願いがあってきたのだ」

鷲丸は答えておいて、さあというように、両手で二人の女をひきよせ、大股に奥庭の方へ進んでいった。

「鷲丸、とうとうつれてきたのか」

三人で庭の白雪のような砂利の上に平伏したのを階《きざはし》の上から見下ろしながら、正盛は機嫌のいい笑顔をむけた。目が吊り上っていて、口が鳥天狗のように突き出しているので美男とはいえないが、体格の立派なのと、声の力強く凜々《りり》しいせいか、やはり西国で聞えた伊勢平氏の棟梁だけの貫禄は充分にあった。

「おおせの通りでございます」

「女たちにも覚悟はついているのかな」

「いい聞かせてございます」

「しかし、よく決心がついたものだな鷲丸」

正盛は、吊り上った目をいっそう吊り上げるようにして鷲丸を見下ろした。

鷲丸はそれには答えず、烈しい目の光りで正盛の顔を見上げた。

「心変りすることはあるまいな」

「われらも傀儡子《くぐつ》の頭領でございます。女々《めめ》しいことは許されません」

「ふむ、よくいった。女たちはしかと預ったぞ。お前の望みは必ず果たすよう計らってみよう」

「しかとお約束下さいまし」

「何か不安か」

「殿がいかに伊勢では第一等の武人で権力者でも、京へ上れば、何かと腹黒公卿がとぐろをまいております。人のいい殿などどんな手にのせられるかわかりません」

「たわけが」

正盛はことばとは反対にいっそう小気味よさそうに笑い声をあげた。

面と向って、ずけずけいいたいことをいう鷲丸が、正盛は気に入っているのだった。

その鶩丸が最愛のあかねを引出物に正盛に渡し、そのかわり、たまきを養女格でひき受け、その生涯の後見人になってくれるという取引きが出来ていた。

いいだしたのは、鶩丸であったか、正盛であったか、誰にもわかっていなかった。女にも堅い一方だった正盛が、あかねにだけは心を動かしているのを鶩丸が傀儡子特有の勘の良さで察知した時、鶩丸がきりだした話かもしれないし、正盛が、たまきにかける鶩丸の野心を見ぬいた瞬間、正盛の胸にあかねを手に入れる時機到来と囁く声が聞こえたのであったかもしれない。

あかねもたまきも、ただ黙って両手を地につかえ頭を下げていた。

「さ、もう挨拶はそれでよいわ。上がって酒でも汲んでいけ、女どもには、少しは邸の内を案内させておいた方がよいだろう」

正盛が手をうつと、品のいい顔立ちの老女が京風に袿をひきずってあらわれた。

正盛に命じられていたと見え、老女は二人の女に向って、

「さ、ではこちらへ」

とうながした。

あかねは立ってたまきの肩をひきよせ、老女の後に従った。立ち去りぎわに、ちら

と鷲丸の方をふりかえった。

鷲丸は顔色をかえず、光る目にいっそう光りを添え、だまって強くあかねを見かえしただけであった。

たまきは、鷲丸の方をふりむきもせず、すっすっと、踊りの足さばきで老女の方へ走りよるように近づいていった。

明け星

その夜もふけて、遠い潮騒の音が、夜のしじまを縫って、正盛の館の奥深くまで伝わっていた。

「後悔しているのか」

正盛が、もう酔いが廻った顔であかねに盃を突きだした。

あかねは濃い化粧の顔を灯の色に染めながら、艶然と笑みをふくんだ目もとで正盛をみつめた。

「いいえ、どうしてでございましょう」

「鷲丸とお前は、相当に濃厚な間柄だと伝え聞いているぞ」

「まあ、おからかい遊ばして」

「いや本気の話だ。鷲丸はお前を一度も客の枕席には出さなかったというではないか。傀儡子の間では女房、子供に操を売らせるのは当然の習慣なのに、鷲丸がそれほどお前を大切に扱かってきたからには、よほど惚れぬいていたのであろう」

「さあ、どうでございますか」

あかねは、すねたように横顔をみせて顎をひき、流し目だけは正盛の方へ送っている。

「傀儡子の男は精が絶倫だと聞いている。鷲丸もそうか」

「ぞんじません。もうおからかい遊ばすならお返事を申しません」

「はっはっは、美しい女子は怒った顔や泣き顔まで美しいというが、本当だのう。お前のすねた顔の何と冴え冴えと美しいことよ」

「まあ、お口のお上手な」

「これ、もっとこちらへよれ」

あかねは、海の藻がゆらぎなびくようなたおやかさですっと身を正盛の方へ近づけていった。

あかねの動きにつれ、あかねの衣服の中から、濃い異国の花のようななまめいた匂いがながれてあかねの軀より先に正盛の顔にまつわりついていった。

夕方、老女はあかねとたまきを湯殿につれていき、蒸《む》しあげて、その軀にすみずみまで匂い油をぬりこめたのだった。その上、風呂から上がると、香をたきしめた新しい衣類が、下着からとり揃えてあり、あかねもたまきも着がえさせられた。

鏡の前には、唐渡りの白粉が蒔絵の白粉入れの中に入っていた。このあたりの下人や、傀儡子の使う白粉は、米の粉や白粉草の実から取った粗悪なものだったが、ここに用意された白粉は、鉛を酢で蒸した唐渡りの上物だった。紅も極彩色《ごくさいしき》の貝の中に玉虫色に光る上紅が塗りこめてあるのが用意されていた。

あかねは、昔の生活でそれらには馴染んでいたので、使い方に迷うこともなく、それらを遠慮せずふんだんに用い、粧《よそお》いをこらしたのだ。きものにたきこめた香も、薫《くん》陸《ろく》香と麝《じゃ》香をあわせたものだということは、昔の記憶が覚えていた。

正盛の生活が、聞きしにまさる文化的水準の高さを保ち、それは京の貧乏貴族などの比ではないのにあかねは内心愕いていた。

鷲丸が、あんな決心をしたのも道理だとうなずけたし、正盛が鷲丸のいうように非凡な男かもしれないとようやく思いはじめてもいた。

「お前の気持ち次第で、どんな栄耀《えいよう》もさせてやるぞ」

正盛はひきよせたあかねの胸に掌をいれながら、早くも耳朶を嚙みはじめた。

「よいか、わしが、これまで女には堅い男だということは聞いているだろう。そのわしが、珍しくお前を一目見た時から心惹かれ血が騒いだのだ。男の野心のさまたげになるのは女だと思い、わしはこれまで女には目もくれなんだ。しかし、お前はちがう。お前はわしの野心をいっそうかきたててくれる女のような気がするのだ」

「殿様の野心とは？」

あかねは鷲丸から夜毎に聞かされていたことをみじんも知らぬふりをして、あどけなく訊きかえした。

「わしの野心か。それは、京へ上り、殿上人になることだ」

「まあ」

「愕いたか。こんな田舎豪族が、とんでもない望みだというのだろう。しかし、平氏はもとを正せば源氏と同じく皇族の出なのだ。今でこそこんな田舎にひきこもって田舎武士になり下っているが、血統には由緒がある。昇殿を許され、殿上人になってもまだ、昔の位には及びもつかぬくらいだ」

「…………」

「お前が昔は高貴の人に仕えていたということは鷲丸から聞いている。一目見て、これは傀儡子ではないとわしの睨んだ眼力に狂いはなかったのだ。わしの血が京に郷愁を覚え、京に憧《あこが》れ、京の女を需《もと》めているのだ。お前を可愛いがることは、わしの夢の実現に近づいた気がするのだ」

　正盛は酔いのせいか多弁だった。あかねは、正盛の目の中に狂的なほどの思いつめた野望がほむらをあげて燃えさかっているように見えた。

「たまきは……」

「あの子も傀儡子ではあるまい」

「と、思います」

「あれは一目でわかった。京の貴人の血が流れている。教育次第で、どこへ出しても恥ずかしくない女になるだろう」

「そのあかつきは……」

「女には男にはない武器がある。それ、お前にもな」

　正盛の手があかねのゆたかな乳房をつかみさらにその手はあかねのなめらかな肌をたしかめながら下方へすべりこんでいった。

「あっ」

　あかねは声をあげ、身を崩しながら、いっそう正盛の方へまといついていった。

「ほら、ここにも」

正盛はあかねを抱きしめたまま、その場に横倒しになった。

「人が……」

あかねが初心らしさをよそおってひくい声でささやく。

「誰が来るものか。人払いしてあるのだ」

正盛はあかねの帯をときながら、声を強めていった。

「たまきを使って、平氏が藤原氏にとってかわり外戚になることも出来よう。その時お前は后の養母だ」

眠りこけた正盛の腕からぬけだし、ようやく寝所の外の廊下へ這い出た時、あかねは、暁の冷気の中で足もとがふらついていた。

鷲丸の愛撫も烈しかったが、正盛の愛撫も執拗を極めていた。

さっきまで、あかねは一睡もさせられていない。しまいには咽喉が乾きあがり、目の中に虹がうずまき、頭は真空になり、軀中の水分という水分がことごとくしぼりつくされたような感じだった。

ようやく正盛が眠りに落ちたあとで、あかねは、その腕からはなれることが出来たのだった。

厠《かわや》から出た時、庭の闇の中から声がした。

「あかね」

あかねは、ぎょっと足をすくませた。

鷲丸の声を聞きちがえることはなかった。

「眠ったか正盛は」

「あんたは……」

あかねは、鷲丸の心底がはかりかね、声がふるえた。

「来い」

「でも……」

「いいから来いというのに」

鷲丸の姿は見えない。鷲丸は時と場合によっては身をかくす忍法を心得ているから、あかねの目から見えなくなるくらい何でもない技だった。

あかねは思いあきらめてはだしのまま庭土をふんだ。

いきなり、その腰が抱きよせられた。

「ふん、腰がぬけている」

鷲丸の息があかねの顔にかかり、その鬚の痛さが頬を刺してきた。

「だって」

「わしの命令だからといいたいのだろう。どうせそうだ。女は誰にでも身を開く貝なのだ。女の操など昔からあったためしがあるものか」

「お前がすすめて、お前の命令で、いやがるあたしにこうさせておきながら」

「ふん、それをいいことにして、腰も脚も萎えるまで正盛の自由になることもあるまい」

「じゃ、このまま、つれてっておくれよ」

「さ、そうはいかぬて」

鷲丸はあかねをかかえこんだまま、飛ぶように正盛の邸の暗い庭を走っている。

ふいにあかねの軀が地上におろされた。

夜露にしめった苔《こけ》の匂いがあかねの鼻をくすぐった。

樹立の奥の苔のしとねにあかねは横たわっていた。杉の木のかなたに、暁の明け星がひとつ、輝きそめている。

波の音が、正盛の寝所よりずっと近くなっていた。

鷲丸がもう、あかねの上にかぶさってきていた。

「だめだってば……いくら何でも……」

「だめなものか」

鷲丸の掌は波の音のようなゆるさと規則正しさで、あかねの全身を愛撫しはじめていた。

あかねのうすくあけた目に明け星が次第に大きく月のようにふくらみ、無数の角のような光芒《こうぼう》を放ってくるくる廻りはじめていた。

冷たい波しぶきで全身を叩かれたように思った時、あかねは深い身震いと共に意識をとりもどした。

真上から鷲丸の目が覗きこんでいた。

顔が濡れているし、潮の香があたりにしていた。

いきなり、鷲丸の口から霧のように水がふきかけられ、あかねはそれを顔にまともにあびた。口に入ったものが塩辛く、目に入ったものはひりひりしみた。

海水を鷲丸が口いっぱいにふくんで、気を失っていたあかねにふきつけていたらしい。

「だらしのないやつだ」

鷲丸の声音にはことばと反対にいとしさが滲んでいた。

あかねが傀儡子の小舎の鷲丸のふしどの中で何度か聞いた覚えのある声音《こわね》だった。

「あんた」

あかねは腕をのばし、鷲丸をひきよせた。

「やっぱり、のんきな傀儡子の暮らしの方がいいのよ。もうわたしには御殿づとめなんか何のみれんもありはしない」

鷲丸の目があかねの甘いことばをはねつけるように冷たく光った。

「よせ、もう取り決めた。男のきめたことは変えられぬ」

「だって、あんたは正盛との約束を今からこうして破っているではないか」

「これはこれ、そうそう理屈通りあきらめられるか、お前のような女はまたとはいまいに」

「これからも来るのかい」

「そうはいかぬ」

「だといって、こういうことを正盛はきっと見抜いているよ。これから帰ればあたしは叩き斬られるのがおちさ」

「大丈夫だ。あの男はそんなけちな男ではない。第一、わしはもうここにはいない」

「えっ」

「今日、朝のうち、伊勢を発つ」

「そんな！　あんまりな！」

「いや、わしだとて人間だ。目の前にお前を見ながら、お前を正盛の自由にさせてあきらめきれるものか。もうみんなは出発の準備を終わってわしの帰るのを待っているばかりだ」

「そして、どこへ」

「京へいく。お前には始終連絡はする。お前からの便りもその使いに托せばいいようにはからっておく。万事お前のことだからぬかりはあるまいが、くれぐれもたまきに気をつけてやってくれ」

「たまきに逢いたくないのかい」

「逢えばみれんが出る。このまま行く」

「待って」

あかねが立ち上がった時は、もう鷲丸は飛鳥《ひちょう》のように庭をかけぬけていた。

「待って」

あかねは、声も軀も届かないことを知りながら、尚、二声、三声叫び、鷲丸の後を追った。

「行ってしまったか、すばやい奴、運のいい奴だ。命びろいをしたな」

いつのまに来ていたのか、正盛が背後に立って笑っていた。

白河帝が即位されて後は、道子は宣耀殿から承香殿に移り、承香殿の女御と呼ばれていたが、承香殿にはほとんど住むひまもなく、ずっと父の能長の邸に里帰りして、内裏に上がろうともしなかった。

「こんなことでは、あなたが女御であることさえ、宮中では忘れられてしまうではありませんか。人間の運命というものは心の持ちようで好《よ》くも悪くもなるものなのです。もっと自分の心をひきたてて、女は愛嬌よくするのが幸福への道だと思うのですが」

能長は、実の娘とはいい条、今は女御の道子に、いいたいことも遠慮がちにしかいえないのがもどかしい。

その間にも、賢子の寵幸はいやまさるばかりで、東宮時代からの妃である道子をさしおいて中宮の宣旨を受けているし、皇子や皇女を次々に産んでいるので、その盛運の様は、人の目にもまばゆいばかりだった。

同じ女と生まれ、同じ後宮に上がりながら、こうも運命のひらきが生まれるのは、どういう前世の縁なのかと、能長はあきらめきれない口惜しさに胸を締めつけられている。誰の目にも、道子の美しさ、道子の教養の高さ、品位の高貴さは、中宮賢子以上だと見られるのに、帝の心を惹きつける点だけは、賢子と道子とでは比べものにならないのであった。

自分の立場のわかる聡明さを持っていることと、自分を卑しめることが許せない自尊心のあることが、道子をいっそう不幸な道へ追いやるようであった。

帝からも、もう道子の存在など忘れてしまったように、この頃では、たまさかの便りさえなくなっていった。

いっそ、このまま、世にも人にも忘れられた形で、ひっそりと世を捨て、髪をおろして、静かな山奥へこもってしまいたいとさえ道子は考えはじめている。

後宮の生活の中で、一日として幸福だったと思えた日はなかったような気がする。後宮の華やかさは自分の性質《たち》とはおよそ相いれないものだし、年齢の差のせいか、どうしても帝に対して、無心に甘えきって抱かれることが出来ない。官能の波におし流されそうな瞬間さえ、そういう自分を見つめる冷たいもう一つの自分の目が感じられる。すると、熱く燃えたった軀に、いきなり水をそそがれたような恥ずかしさとむなしさがおそってくるのだった。

女として、何か欠けたものが生まれつきあるのかもしれない。

道子は自分で自分を淋しく見つめてそうも思う。かと思えば、里に帰った静かな歳月の中で、ふと夜の目覚めに、虫の声が枕の下にわきたつようなのを聞いたり、遠い木枯しの騒ぎが潮鳴りのように近づいて来るのを聞いたりすると、ふいに軀の奥深い湖の底から、波がさかまきながらわきたつようなどよめきが伝わってきて、手足の指まで、燃えたぎるような恥ずかしい情炎に焼かれてくることもあるのだった。人知れず、身内のほむらをかき消しながら、道子は一日も早く、自分の肉体から女の火が消えつきる日を祈りの想いで待ち望むのだった。

そうした道子の許へ、ある日、突然、宮中から、全く思いもうけなかった吉報がもたらされてきた。

道子に准后《じゅんごう》の宣旨が下ったのである。突然のこの宣旨に、能長は狂喜したが、道子は、能長ほどの喜びをみせなかった。

帝が、ふっと、何かの気まぐれに、もう三年あまりも顔をみない道子のことを思いだし、あまりにあわれだという気持が動いて、こんなことを思いつかれたとしか考えられない。帝のことだから、もしかしたら、もっと深い政治的な意味があるのかもしれない。いずれにしろ、実質のともなわないむなしい后の位など贈られたところでどうなるものでもない。道子は、こういうことに素直に喜びきれない自分の性質を、これだから、帝の愛も得られないのだとみつめながら、いっそう出家したいという気持ちがまさってくる。

　宮中から、もう姿をかくし、現実には世の中を捨てたつもりでいても、外から見れば、寵を得ない後宮のあわれな存在としてしか映らなかったのかと思うと情けなかった。

「いっそ、捨てておいて下さるのが御慈悲というものですのに――」

　道子はこんどの宣旨で、かえって自分の存在のあわれさを、人々が思い出しただろうと思うと、穴をほって入りたいような気持ちにさせられた。

「さすがに帝は思いやりのある御方だ。愛のさめた女御にも、体面を保つことだけはなさる。帝王というものはそうでなくてはならない」

　そんな噂が道子の耳にも入ってくる。何をしても、必ず、自分の尊厳と偉大さの顕示として利用することを忘れない帝のぬけめのない政治力が、道子には離れているだけにありありと読みとれて、かえってわびしさがつのってくる。単純な能長は、もう有頂天になって、

「こういう御愛情を示されているのに、内へ上がらないというのは、何かまだすねているようで世間体もよろしくない。華々しく、最初の入内のように私がすべてを整えるから、もう一度再出発のつもりで宮中で時めいてはどうでしょう」

などと、わくわくとすすめるのであった。

道子は、今更といって、能長のことばに耳もかさなかったが、能長は、道子にかまわず、入内の準備だけをいそぎ、かつて東宮妃入りをした時よりも、新内裏に入った時よりも、よりいっそうの美々しさをつくして、道子の再出発の日の用意に心を砕いている。

ついに明けて、承保三年の九月二十三日、帝からもしきりにお召しがあり、道子も入内にふみきった。

道子の存在など忘れはてていた中宮賢子の女房たちは、この日の道子の入内の様にすっかり心をかき乱されていた。中宮への帝の寵幸の確かさを夢疑うことはないけれども、珍しいものには惹かれずにはいない男心を、帝も多分に持ちあわせている。つい先年もその油断ならない例があったばかりだ。

中宮賢子が、二度めのお産で里帰りしていられる頃、帝は、上東門院の御所に侍女をしていた女房師子を見そめられ、一時、夢中になって召されつづけたことがあった。

師子は、賢子と同じ源顕房を実父とし、母は後冷泉院に仕えていた式部命婦《みようぶ》といわれる中臈《ちゆうろう》で、中宮賢子とは異腹の姉妹に当たっていた。

帝はもともと賢子の容姿が気にいっているせいか、どこか俤《おもかげ》の似通うこの中宮の異母妹の師子に心惹かれたとみえ、その急激な寵愛ぶりは人目にもあまるほどだった。同じ姉妹とはいっても師子は母の身分が低いため、賢子とは全くちがった育ち方をしていたし、心はさらに素直で野性的だった。

帝が御召しになれば、毎夜毎夜、夜といわず暁方といわず、しのんで参内し、帝の愛撫をうけていた。

中宮の女房たちが、口惜しがるうち、師子は妊《みごも》ってしまった。

師子は賢子に似て、桃の蕾のように可憐な顔をし小作りながらつぶつぶと肉の肥えた軀つきをもっていたし、性質が無邪気で、頼りないほど素直だったので、帝は賢子と同じくらい愛されていたけれども、いざ妊ってしまうと、さすがに賢子の手前、大っぴらに師子の世話をすることはひかえられてしまった。

顕房は顕房で、賢子は自分の娘とはいいながら、師実の養女にしてある手前、その義理もあって、師子の後おしは出来ない。

「あの師子はわたしの娘でなどあるものか。わたしの娘なら、中宮の手前、どうして帝が御召しになっても参るようなことがあるものか」

とうそぶき、まったくそしらぬふりをした。あわれなのは師子で、誰に頼ることも出来ず、身重の軀のまま、上東門院の御所からも、帝の前からもひっそりと姿を消してしまった。山に入って皇子を産み落としたという噂が伝わっても、帝も顕房もその行方を探そうともしなかった。

結局、その事件の決着をみても、帝が最後には中宮賢子を誰よりも大切に思っていることを知ることが出来る。しかし師子は母の身分が低かったから、そんな軽々しい扱いを受けたのかもしれない。

道子は三年も、里の邸に下がり、一度も逢わないでいてさえ、突然、今度のような宣旨を下されるほど、大切に思っていられるとしたら、帝の御心がふと動き次第、どんな結果をみないでもないのであった。

二十八歳で十一歳年下の帝に、東宮妃として上がってから数年、道子には妊娠のきざしもないままに、ほとんど子どもができないように人は思いかけているけれども、それも、どんな偶然から、道子が妊らないと保証出来ようか。

賢子の局の女房たちは、美々しい道子の入内の賑わいに、神経をたてながら、ひっそりと息をつめ、成り行きを見守っている。

すると、三年の歳月が道子を老けさせるどころか、六年も若がえらせているようだという噂が、その日のうちに伝わってくるのだった。

帝が東宮だった頃とはちがって、中宮は藤壺に移られ、道子の局は宣耀殿から承香殿に移っていた。

道子は、夜が近づくにつれ、気分が重苦しく落ちこんでいくのをどうしようもなかった。

皐月がつききりで、道子の夜の支度に気をつかうのをみると、いじらしさがこみあげてきた。

「皐月、お前も長い間淋しい想いをさせましたね。宮仕えというものは仕える主人次第で幸福にも不幸にもなる。私のような不甲斐ない女に仕えたばかりに、あたらお前の青春を空しくすごさせてしまうのですね」

「とんでもございません、私はお優しい御主人に仕えて幸せでございます」

「皐月、今夜のお伽ぎは私にかわって、お上をお慰めしてはくれないかしら」

「まあ、何をおっしゃいます。足かけ三年の間、一度もお上の御閨にお上りにならなかったのではございませんか、お上もどんなにかお待ちかねでいらっしゃいましょう」

道子は三年の歳月の淋しいけれど、世の中から忘れさられたような生活が今更になつかしかった。数えてみればもう三十四にもなっているのだ。十幾つも年下の中宮と寵を争う気などさらさらないにしても、やはり、宮廷に暮せば、痛くもない想いをさぐられて恥の多い目にも耐えなければならないだろう。

その夜もふけて、ようやく道子が帝の寝所に進んだ時は、道子は今日一日の気疲れと肉体的な緊張で、今にも倒れそうな気分になっていた。

「ようやく来てくれましたね。どんなに逢いたがっても、あなたは七夕《たなばた》はおろか、三年に一度しか逢ってもくれないという気の強さなのだから、心細くなってしまう」

帝はこの三年間に、すっかり一天万乗《いってんばんじょう》の天子としての貫禄がそなわり、一廻りも二廻りも大きくなったような感じがする。

どうかするとふと先帝の烈しい気象を秘めた眉根のあたりとそっくりの表情になられるのが頼もしかった。

逢ってしまえば、ことばがやさしく、愛撫も旧にもましてこまやかに扱われるので、道子の心も雪のとけるように柔かくほぐれてしまう。

「誰よりもあなたを信頼しているし、年とってしまった最後の話し相手はあなたをおいて他にないと思っているのに、あなたはわたしの万分の一も想ってはくれないのですね。三年も、私に逢わずにいて、こんなにすこやかに、若がえっているあなたの心は、ほんとに冷たいのだと恨みますよ」

どこまで本心だろうと思っても、やはり、帝自身の口から直接聞く愛の囁きは心にしみた。それにもまして、決して肉体に衰えのきていないということを、いやむしろ、清らかな禁欲のあげくだけに、なおいっそう、血潮は燃え、泉はあふれる若さとすこやかさを保っていたことを、道子は帝からうける愛撫によって、はっきりと教えられた時は、心とかかわりなく、もうひとりの自分が自分のなま身の中には生きつづけていることを、切なく悟らされるのであった。

三日つづけて道子が召されたことに、後宮はただならぬ空気につつまれてしまった。

帝が時々、若い女房に手をだしたり、師子の時のように、一時、ひとりの女に夢中になったりするようなことがあっても、いつでもそれほどの身分のものではないので、最後は帝の浮気の虫がおさまった時、女たちの方が捨てられた形で、こともおきなかった。しかし、今度の場合は、お相手が准后なのだから、中宮賢子にとっては、油断のならないことになる。

年齢の差では、若さに自信があっても、美しさや、品格や、教養の点では、道子の方が上だし、第一、東宮妃としては第一にお傍に上った歳月の重みは、何にもまして、帝との因縁の浅からぬことを語っている。

その上、三年間、まるで世捨人のように、後宮に背をむけて暮らしたことが、かえって、今度の帰り咲きめいた出仕に、神秘的な色さえそえてきている。

帝の例の虫が、物珍しさだけでも、道子に新鮮さを感じるのは当然であった。

「以前にはなかったお色気がおつきになっていらっしゃいますよ」

「そりゃ、何といってもお里帰りの間は、宮中にいるよりは自由ですからね。その気にさえなれば、どんなことでも出来ますもの」

「その上、あちらは、顔をお作りになることが名人でいらっしゃるし、あのつつましいお方のどこからあんな情熱的な顔がおつくりになれるのか不思議なくらいの激しい顔をつくられるというじゃありませんか。同じ趣味の貴公子が、こっそり参上したり、お文のやりとりをせがまれることも当然でしょう」

そんな囁きが、中宮賢子の局では、大っぴらにささやき交わされていた。

中宮自身は、無邪気で心のおだやかな性質なので、道子のこれまでの身の上を思いやって、かえって、これで少しは自分の気持も楽になれると考えていたが、それを口に出して、近習の女房たちをとまどわせるようなことはしなかった。

そんなある日、師実が賢子のところへ久々に訪ねてきた。

「承香殿の女御が、すっかり帝の御心を奪われたというではありませんか。もちろん、それだから、こちらの中宮をないがしろになさるような帝とは思わないけれど、どんな美味しい御馳走でも毎日たべるとあきがくるものです。帝が、承香殿の女御に御心をとらえられたのは、やはり、たまには変ったものを召し上ってみたいという人間の本能でしょう。ついてはこの際、思いきって、少し里帰りなさって、御軀も気持も休ませられてはいかがでしょう」

「それでは、帝に、いかにもあてつけがましくとられるのではないでしょうか」

宮中に上った時は、人形のようにただ可愛らしいだけだった賢子も、何人もの母になる間には、さすがに心に成長をとげている。

「今しばらくおだやかにしていて、私もそのうち、休みに、帰らせていただきましょう」

道子にとっては、夢のような三ヵ月が、またたくまにすぎてしまった。

さすがに、半月もすれば、帝は賢子に気がねして、道子と賢子を交互に召すようになったものの、道子の思いがけない若やぎと、かつては決して見せたことのない情熱的な態度に、まったく別人を新しく愛しているような新鮮な気持になっているらしい。

「女というものは不思議なものですね。あなたのように、生まれかわったように瑞々《みずみず》しく若がえるにはどんな秘法を用いたのだろう」

帝がしみじみ道子の桃の花の色に染まって、まだあえいでいる軀にうち伏しながら囁く時、

「うまい酒をつくるには、長い時間、かもすというではございませんか。わたくしは、三年間、陽のささない蔵の中で、かもされていた酒のようなもので、たまたま、帝が想いだして下さった時が、一番、のみごろの豊醇さになっていたのかもしれませんわ」

と答える。そんな答え方も三年前の道子はしなかったものだった。

帝が望むことには、どんなことでも応じてみようとつとめてもみる。これも以前の道子は恥ずかしがったり、迷惑がったりして、軀をこわばらせ、無言の拒否を示したものだった。

帝は次第に、道子のどのようにもたわみ、水か飴《あめ》のように、どんな容《かたち》にも添ってくる柔かさとなめらかさに心を奪われ、全く思いもかけなかった形に道子の現身《うつしみ》を変幻させてみたくなるのだった。

賢子には、いとしさといたわりがあって、要求出来ないようなことも、もう三十をとうにすぎた道子には思いきって需めても見る。

すると、道子のあとで、賢子を迎えると、賢子との単調な愛の交歓が急に色あせてみえてくるのだった。

賢子は道子が入内して二ヵ月ほどたった時、物忌みだと称して、師実の邸に帰っていった。

七日の予定で帰ってから、軽い頭痛がおこったという理由で、ひきつづき、里ごもりをつづけている。

賢子の意志よりも、師実が、道子に対する帝の、思いがけない寵愛ぶりに、危険を感じ、苦肉の作戦に出たための引止め策だった。

その間、師実は、賢子のためにあらゆる美容法を研究させ、唐の文献までとりよせて、食事から化粧法まで、あらゆる方法を駆使して賢子を磨きたてることに懸命になっていた。

三ヵ月めに入って、帝は陰陽博士の忠告で、方違《かたたが》えのため、当分内裏をさけることになった。

噂では、師実の圧力で、陰陽博士がそういう卦《け》を出したのだということも囁かれていたが、陰陽師の選んだ方角は、師実の別荘の六条邸で、そこは手ぜまだという理由から、道子のお供はかなわなかった。まもなく、賢子が御子たちをつれて六条邸に移ったという噂が聞える頃は、道子はふたたび、父の邸に帰り、ひっそりとした生活がはじまっていた。

その年もあけ、道子は松の内がすぎた頃から、どこということなく気分がすぐれず、食事も、まるで小鳥の餌ほどしかすすまなくなってしまった。

三ヵ月間の宮廷の生活は、まるで夢をみていたようなはかなさで思い出されてくる。女房たちは、まだ、宮中の生活の華やかさが忘れられず、その間に、復活した恋や、新しく得た恋の想い出に、まだ浮き浮きと落ち着きをとりもどしていないようだった。

「帝が、六条邸にお入りになったのを待ちかねて、あちらの中宮さまは御子たちをつれてすぐ六条邸へいらっしゃったということですよ。うちのお后さまを追いだすことだけが目的の方違えにちがいありません」

女房たちは口惜しがって、むこうがそうなら、こっちだって遠慮することなく、もっと積極的に帝の御心をひくようにお出になればいいのにと残念がる。

道子はそんな女房たちのくぜつを聞き流しながら、いっそうひっそりとひきこもってしまった。

二月に入ると、食事が全くすすまなくなり、氷のかけらしか喉に通らなくなってしまった。むやみに橘《たちばな》の実がたべたくなり、あちこちに手をまわして、貯えてある橘をさがして来させたりする。

能長は心配のあまり、自分でも病気のようにやつれてしまったが、厭がる道子をむりに医者に診せたところ、思いもかけない報せをもたらされた。

「お后さまには、おめでたく御懐妊でいらっしゃいます」

「ええっ、それは本当か」

能長は思わず、膝をすすめた。

「まちがいございません。もう三ヵ月に入っております。御子もすこやかに、お育ち遊ばし、只今の症状は、当然の悪阻《つわり》にすぎませんので、まもなく、御気分も晴れやかに、お食事もすすまれるようになると思います」

「ああ、有難い」

能長は、夢を見ているような感じだった。

あれほど、父能信が期待していたことが、今になって実現されようとは。道子が入内して早くも七年もすぎているのに、一向にそのきざしもなく、三十五歳の新春を迎えた今になって、この喜びに逢うとは、何という思いがけないことだろう。

能長はこれまで秘かに祈りつづけてきたあらゆる神仏に対して、ひれ伏したくなった。

道子のところへとんでいって、能長は医者のことばを伝えた。

「こんな嬉しい報せを生きているうちに聞けるとは、何という喜ばしいことでしょう。神仏のいますことが今度という今度こそわかったことはありません。この上は、あらたかな神や仏にいっそうの祈願をこめ、御子が必ず皇子であらせられるよう祈りつづけることです。これであの世に行っても亡父にあわせる顔が出来たというものです」

能長の手放しの喜び様を見て、道子は面《おも》やつれした顔にさすがに紅《くれな》いを上らせた。

十三夜

道子の懐妊の噂はたちまち、宮中にひろがっていった。子のできぬ妃などと、ひそかにかげ口をきいていた連中に対して、能長はようやく顔をあげ、これでもかという表情で対している。

帝も、この報せに、早速、心のこもったお手紙をおよこしになり、使いにさまざまな唐渡りの高貴薬を持たせてよこされた。

「あなたがほんとうに私を愛してくれているということが、これで証明されたような気がします。私が賢子のところにばかり入りびたると、能長などは随分不満のようだったが、私は子供が好きなので、ついつい子供の母にひかれることが多いのです。あなたが生んでくれる子は、きっとあなたの天性の高貴さと、美しさを持った輝くような皇子でしょう。しっかり養生して下さい。しかし、動くのも苦しくなる前に、悪阻《つわり》がおさまり次第、顔を見せて下さい。母になった女というものは、女の中で一番美しいものです」

帝のこまごまと情をつくした手紙を読みながら、道子は胸がとどろいてくる。

医師の診立てを聞く前に、もしやとは思っていたものの、三十五歳にもなってはじめての子供を妊るということが空恐ろしいことのように思われて、まさかと思う気持の方が強かった。

帝との間に、これまでにはなかった激しい愛の交歓があったことが、かえってあきらめきっていた心に火をよみがえらせ、父の邸に帰って以来、毎夜のように夢に見るのは、三ヵ月の宮中の、帝との寝所の想い出ばかりなのだった。

連理の枝、比翼の鳥の誓いも、人のつくった大げさな物語詩だとばかり思っていたけれど、本当に身も心も燃えたつ夫婦の間では、そんな恐ろしい誓いもかわしあうものだと、身にしみて覚えたのだった。

軀が燃え、毛穴という毛穴から、炎がふきだすかと思われて、思わず深夜の床におき上り、庭にしのび出て胸乳に月光をあて、身熱を冷やしたこともあった。

脚の燃えたつ熱さを、はだしで夜露をふみ、さました夜もあった。

そういうかつて覚えのなかった悶えがわくのが浅ましくつらく、いっそ、この三ヵ月の想い出を胸に抱きしめて、世を捨て奥山に入って、仏に身をゆだねきってしまおうかと、今までにもまして出家への憧れを強く感じてきた。

悪阻の苦しさにさいなまれはじめた時は、恥ずかしい悩みのむくいかと、いっそう、身を恥じ、いよいよ、どこかの高僧に頼って、髪をおろしてしまおうと考えていたくらいだった。

思いもかけなかった事態になり、道子は自分の運命にとまどってしまった。まだ自分の体内に新しい生命の芽生えているという実感が湧かない。もし皇子ならば、万一、帝位をつがないともわからないのだ。賢子の生んだ一の宮がいたところで、道子の皇子が誰の目にも才たけていたとしたら、弟宮が皇位につくという例もないではない。

喜びのあまり、能長がこれまでにもましてあらゆる寺社に安産の祈願をしているうち、日はあわただしくすぎていった。

月日とともに、道子の健康はもとに復し、顔色もよくなってきた。

帝が、中宮と共に御所に入られたということも聞こえてきたが、道子には軀をいたわるようにとの便りがとどいたきりで、後は音沙汰はなくなった。

寵のあつい后たちが妊《みごも》られると、帝は、里へ帰すのをいやがり、ぎりぎりの臨月まで御所にひきとめておかれた例がこれまでの歴史にも多かった。里に帰られた身重の后を、帝がひそかに見舞われて、愛寵がすぎ后の命が危くなった例さえあった。

懐妊が理由とはいえ、せっかく帝の御心が道子にそそがれはじめた時、またこうして疎遠になってしまってはと、身近の女房たちは、いっそ、道子の今度の慶事をうらめしくさえ、ささやいたりもする。

それでも、能長の采配で、出産の用意を早々とはじめているため、女房たちの動作や声も、いきいきとなっていた。

道子は春がすぎてから、写経に専念しはじめた。

出家を心に願ったとたん、思いもかけず、さずかった子供のために、写経でみ仏に感謝することを思いついたのだった。

朝早く起き出し、静かに香をたきこめた部屋で、写経に専念していると、雪のように花吹雪が舞いこんでくる。二羽の蝶が、朝日に翅《はね》を輝かせながら、何かの前兆のように、意味ありげに、道子の机のまわりで、もつれあったり、離れたりしてちらちらと舞いめぐる。かと思えば、小さなまるいてんとう虫が、ゆっくりと紙の上にしのびより、まるで墨の雫《しずく》のように、ぽつりと、黒い点をおとしたりする。

道子には、目に映るもののどんなささやかないのちにも、今年の春は、改めて目を
みはる想いであった。
ついじの上の青草のめばえも、道の草かげのすみれの小花も、これまでの春には、
当然のように見すごしてきたものが、いのちの不思議さとして、光りと艶をもち、目
にも心にも沁みついてくるのであった。

花が花の色をたたえ、虫や鳥が、それぞれの形をうけ、光りも、水も、つきること
なくこの世をうるおしている。これらのすべてのいのちの根源はどこからとどけられ
ているのだろうか。

写経の手を休める度、道子は深いいきと共に、世の中のすべてにむかって、いの
ちの不思議と尊さにむかって、思わず手を合わせたくなってくる。

すると、わが身のうち深く、日々に育ちはぐくまれているものの生命が、その問い
に応えるように、ほとほとと、道子の軀の奥から小さないじらしい手で扉を叩いてい
るような感じがしてくる。

――あなたは、生きているのね、あったかい、くらいところで、たったひとりで生
きているのね――

自分の内にむかって呼びかける時、道子はささやかないとしい生命がせつなくいじ

らしく撫でさすってやりたいような哀憐《あいれん》の情にむせかえってくる。

帯の祝いもすぎて、道子の腹がいよいよ、目立ちはじめた初夏の頃から、その年、赤裳瘡《もがさ》が流行りはじめた。まるで、赤い妖しい魔風が駈けすぎるようなす早さで、この病気は、たちまちのうちに京のなかの大路という大路から、どんなささやかな小路のすみまでも蔓延《まんえん》していった。

赤裳瘡は、あきらかに伝染性で、ひとりがかかると、その家中、親といわず子といわず、老いも若きも区別なくかかり、一度とりつかれると、たちまち、枕も上らなくなって寝ついてしまった。

全身灼《や》きつくような高熱にうかされ、顔といわず手足といわず、赤い吹出物が、小豆《あずき》を植えつけたように吹き上ってくる。

加持僧や、祈禱師は、引っぱり凧《だこ》で、金銀をつんでの迎え車に追いまわされている。そういうあらたかな金のかかる祈りもたのめない庶民たちは、日に日に鰻《うなぎ》登りする薬などにも手の出ようがなく、ただ、高熱にうなされ、赤い不気味な湿疹のかゆさに、気も狂いそうにうなされながら、悶え苦しんでいた。

「こんな恐しい裳瘡の流行は、三百年来のことだそうな」

「末法の世に入ったとはよくいったものだ。これが地獄でなくて何だろう」

人々は、病いにうつるのが怖く、出仕にも脅えて、ひきこもっている。人の足音も車のわだちのひびきも絶えてしまった都大路には、病いの苦しさのあまり、迷い出た病人が野垂れ死して土を摑みながら息たえていた。そんな屍体が折り重なり、やがて腐臭を放ち、その腐肉に青蠅《あおばえ》がむらがり集り、蛆《うじ》がわきうごめく。

まさに地獄絵さながらの惨状だった。

御所の中まで、病いはしのび入り、後宮でも、ひとりの女房が倒れると、つぎつぎ病いはうつっていく。

中宮賢子が、早くも七月にはかかられ、あわてて、一の宮敦文《あつふみ》親王は師実の邸に移したのに、もうすでにその夜には、赤い湿疹が首すじにあらわれていた。

帝におうつししてはというので、賢子もすぐ、一の宮のあとを追い師実の邸へひきあげていった。

「今こそ、参内のいい機会でございます。幸い、神仏の御加護で、こちらだけには不思議なほど、赤裳瘡もしのびいってはまいりません。早くこの間に参内して、中宮にかわって、帝の御心をひきつけてしまいましょう」

知恵のまわる年かさの女房がそんなことを能長に進言したが、道子は一向に腰をあげようとしない。

能長もこうなれば、帝の御寵愛争いなどより、せっかくの御子のお命を守るのが急務と心得て、家中の者は誰一人、門外へ出さず倉のたくわえの食物のつづくかぎり、社会と交通を絶って、赤裳瘡の侵入を防ぐことに心を定めていた。

邸の奥深く塗籠《ぬりごめ》の中に道子を入れ、食事も、すべてそこに運びこみ、その入口では終日、叡山の高僧をひきとめ祈禱をつづけさせていた。

夏もさかりになると、悪病の勢いは衰えるどころか、いっそう猖獗《しょうけつ》をきわめてきた。

式部卿の宮をはじめ、能長の実弟の堀河《ほりかわ》中納言能季《よしすえ》や、右京大夫道家《みちいえ》、兵衛佐《ひょうえのすけ》惟実《これざね》、蔵人《くらんど》実家《さねいえ》などがつづいて死んでいった。能季や惟実のところは夫人も共に倒れて夫と前後して逝去している。

これという女房たちも、つぎつぎ倒れていくし、まだ、美しい花の盛りの命を縮めるのが痛ましいかぎりだった。

何の祟りか仏罰かと、人々は怖れおののき、もう生きた心地もなくなっていた。

八月に入って、一の宮敦文親王が、師実の邸でなくなった。ありとあらゆる祈禱や、薬湯を用い、人事の限りを尽した看病の効もなかったのは、寿命とはいいながら、まだ四歳の可愛らしい盛りのいとけない年頃なので、あきらめきれないものがあった。まして、生母の賢子にとっては、はじめての男皇子《みこ》ではあり、当然、天子の位を継ぐべき皇子として、守り育てていただけに、その嘆きは一通りではなかった。

賢子自身も、高熱にあえぎながら、幼い遺体にとりすがって泣き沈んだ。

「私の命とひきかえに、宮を生きかえらせて下さい。宮を助けて下さい」

かきくどく賢子は日頃のおっとりしたつつましさも忘れ、高熱に蒸された顔を夜叉《やしゃ》のようにひきつらせ、

「こんな、罪とがもない蟻一匹殺したこともないいとけない者の命を召しあげるなんて、神も仏もあるとは思えません」

といって泣きじゃくる。

ようよう、嘆き疲れて失神した賢子を、人々が遺体からひきはなし、野辺送りをすませてしまった。

帝は一の宮のなくなったことを聞かれると、格別、可愛がっていられただけに、中宮の嘆きにも劣らないほど力を落とされたが、それにもまして、この打撃で、中宮がいっそう軀を弱らせるのではないかと、案じられた。

「いくら嘆いても、宮の命が帰らないものなら、せめて、心をあわせて、二人で菩提《ぼだい》をとむらってやろう。それが一の宮の魂を慰めることにもなるだろう。喜びをわかつ

だけが夫婦ではあるまい。悲しみや苦しみこそ、ふたりでわけあって慰めあうための夫婦ではないか。一日も早く、入内して、私のこの淋しさを分っておくれ」

こまごました手紙を書き、毎日のように使いを送り、賢子に後宮へ帰るようにすすめるけれど、賢子はまた、病いを重くして枕も上がらないという返事しか出すことが出来ない。

噂では、幼い皇子の魂が、夜な夜な賢子を誘いに来ているというようなことまでまことしやかに流れていた。同時に、能長が、敦文親王の死を聞いて、小躍りしたとか、いっそう皇子誕生の祈禱を華々しくはじめたとかいう噂まで、まるで見てきたようにまことしやかに伝えられていく。

塗籠《ぬりごめ》の中にこもりきりの道子の耳にだけは、そういう汚れは一切遮断されていた。

一の宮の死後、四十日ばかりたって、九月のなかばすぎ、月満ちて、道子は怖れていたよりは、はるかに安らかに皇女を産み落した。

白一色にした産屋の中は、まるで雪で清めたようにすがすがしく輝いていた。その朝、陽のさしこむ産屋《うぶや》の中に、元気な赤子の泣き声がひびきわたった時、能長は思わず揉みつづけていた数珠をひきちぎりそうなほど、力をこめて身を乗りだしていた。

「お美しい内親王さまです」

と、興奮した命婦《みようぶ》がつげるのを聞くと、能長は、乗りだしていた軀を見栄も忘れてどすんと尻餅つかせ、

「姫……宮だったのか……」

と、がっくり肩まで落した。

不機嫌に歪む顔をつくろう余裕もないほど能長は落胆していた。

口には出せないものの、それだからいっそう心の中では道子の産むのが皇子であるように祈っていたし、一の宮の思いがけない死も、道子の将来にようやく陽のむいてくる前兆かと考えてもいた。人のいい能長は、いとけない一の宮の死を喜ぶ心が、自分の胸底にひそむのを恥じもしたが、やはり、この際、道子の産む御子のためには、新しい曙光を見たように思わずにはいられなかった。

道子はさすがに疲れきって、半日は声も出なかった。思ったより安産だったとはいっても、三十五歳の秋になって、はじめての子を産むのであるから、心身ともに力をしぼりつくしていた。

陣痛の途中では、苦しさのあまり、二度ばかり失神していた。いっそ、おなかを断ち割って、赤子だけでも助けだしてほしいと、気力の霞む中で願ったように思う。

夢の中の声かと思った赤子の泣き声が、力強く正確に、次第に近づいて来るのか、

こちらの耳が、その声に慕いよっていくのか、けじめもつかないうちに、

「ほんとうに、光る玉のようなお姫さまでいらっしゃいますよ」

という声が聞えてきた。

目の前に、女房が桃色のかたまりを捧げるように見せてくれたけれど、それをしっかりと見ようとする努力にまけて、またしても、後頭部が霞み、ふうっと意識を失ってしまった。

気のついた時は、もう赤子は、きれいに産湯で清められた軀を、純白の練絹《ねりぎぬ》の産衣に包まれて、小さな、片掌の中に入ってしまいそうな顔に、細筆でいたずら描きしたような可愛らしい目鼻を、ちんまりとつけ、すやすやと眠りつづけていた。

どうしたのか、あたりに人気はなく、ほんのしばらく、この部屋には、道子と赤子だけが寝かされているようだった。

道子は、そっと首をめぐらせて、赤子の方を眺めた。

人形のような小さな赤子の頭に、黒い髪がべったり吸いつくようにはりついているのが、無気味なほどなまなましく、赤子がたしかに生きているという感じを与える。

道子は手をのばし、指先で静かに赤子の頬にふれてみた。ほのかなあたたかさと、柔かさが、指先に伝ってきた。道子は、不思議な感動につき動かされ、いそいで赤子の

手を需めた。

堅く握りしめたこぶしの小ささに、道子はあやうく声をあげそうになった。拇指を中にして、しっかりと握りしめている細いいじらしい指を一本一本、花びらをはがすようにひろげさせていくと、宝珠でも握っていそうな力みかたにもかかわらず、掌の中からは桃色の皺くちゃの皮膚だけしかあらわれてはこなかった。

道子は、まるで、つくりもののように精巧な小さな掌や指を眺めつづけて飽きなかった。

そんな小ささの中にも貝殻をはめこんだような爪が具《そなわ》っている。道子は唇を近づけて、その指を口にふくみこんだ。なまぐさい匂いが口中にみちて、舌にふれる赤子の指は、あまりにもやわらかく、思わず、嚙みちぎってしまいそうなあやうさを感じさせた。

この生きものが、自分の血と自分の骨と肉をとってつくられているのかと思うと、くすぐったいような笑いがこみあげてくる。

「いとしい子」

道子は自然に口をついて出て来た自分のことばに愕かされた。

かつて、誰に対しても感じたことのない熱い想いが、そのことばのあとから、ふきこぼれるようにわき上ってきた。

早まって出家しなくてよかったと思った。

この子が皇子でなかったことも考えようによっては幸福なことかもしれない。道子にはそんな気持ちがなくても、この子が男ならば、能長やその周囲の者たちは、当然、帝位を望むだろうし、そうなれば、賢子との間に、醜い争いを生じずにはおかないだろう。

帝位をめぐっての浅ましい争いは歴史がいくつも示している。この子が姫宮だったばかりに、そういう争いの中心にならないだけでもよかったと思う。

道子は、ほっとしてこの小さな者の幸福を身をもって守り通さねばならないという勇気がみちてくるのを感じていた。

能長は期待を裏切られた無念さに、二、三日、不機嫌にこだわっていたが、そうもしていられず、やがて、姫宮の生まれたことを披露した。

しかし御所も、世間も、まだ赤裳瘡《あかもがさ》の騒ぎで、姫宮の誕生など大して気にもとまらないほど上ずっている。

いつもなら、祝いの客や、見舞い客でごったがえす筈の邸内に、おとずれる人もなく、ようやく使いのとどけてくる手紙には、

「家中に重病人がありまして」

　とか、

「一家中枕を並べて臥《ふせ》っておりまして」

　とかいういいわけのものばかりだった。

　道子は、急に、この悪疫の感染を恐れるようになり、自分がこもらされていた塗籠の中へ、赤子をいれ、乳母もとらず、自分の乳で、養うことにした。

　湯をつかわすのも、健康な皐月ひとりにさせ、他の誰も赤子に近づけなかった。

　三十五歳にもなるのに、道子の乳房は、幸いに張り、赤子の手がふれただけで、しゅっと、真白い乳が、勢いよくほとばしる。

　姫宮には善子《よしこ》内親王という名が帝から届けられてきた。

　姫宮は、日ましに目鼻立ちもくっきりと整い、顔の黄疸《おうだん》の黄味もとれてしまうと、すきとおるような桜色の美しい皮膚があらわれてきた。

　髪は、不気味なほど黒く多く、年頃にはどんなにかつややかな美しい髪になるだろうかと想像される。

　赤子にしては高すぎるほどの鼻と、やや、張った顎《あご》の線に、まぎれもない帝のおもかげを濃く伝えている。清らかな額《ひたい》つき、切れ長の瞳、ふくよかな頬などは、あくまで、母ゆずりだった。

まだ物の形も定かでない筈の瞳を、黒々と見開いているのが、かぎりなくいじらしい。

能長は、もう夢中になって、終日、姫宮の顔ばかり覗いている。

帝から、一日も早く、顔を見たいからつれて参内するようにとお使いが来るのではないかと心待ちしているのに、一向にその気配もない。

「少しはこちらから、お便りをさしあげなくては……女は、すべて情のやさしく頼りないのが男にいじらしさを感じさせるのですよ、あなたのように、聡明すぎると、とかく冷たく思われて損をします」

武骨な能長が、柄にもなく、男女の手ほどきめいたことをいいだすのも、気を揉みぬいてのあげくだった。

道子は一向に、帝からの便りのないことなど、気にならないふうに、姫宮のめざましい成長ぶりに、心を奪われているようだった。

能長は参内して、気にかかることばかり見聞きしてきた。

帝は、道子の産んだ姫宮に興味も愛も示さないどころか、早くも賢子を宮中に呼びもどされていた。しかも、可愛いらしい盛りの媞子《ていし》内親王を賢子は一緒につれての参内だった。

帝が、一の宮をなくされた賢子に同情して、せめて媞子内親王をおつれするようにと、たってのお達しでそうなったのだと、宮中では噂している。

生まれてはじめて、悲しみということを知った賢子は、これまでの、華やかさに、愁いのかげがそい、かつてはなかった色気がにじみでるように見えた。

帝は、まだ嘆き沈み、すぐ涙ぐむくせのついた賢子を片時も見放せないように、昼間は御局にいりびたり、夜は夜毎に、賢子ばかり御召しになって、陽の高まるまで、お慰めになり、なかなか帳台の中からお出ましにならない。

即位以来、こんなに、政務をかえりみないこともはじめてだと、近臣たちは顔を見合わせている。

道子にようやく運がむいてきたと思われたのも、これならば、つかの間の夢だったらしい。よくよく、幸福な星と、不運な星の許に生まれついた御二方なのだろうと噂されているのも、能長には辛く、うらめしいのだった。

帝は一の宮を失った賢子の嘆きを慰めることに心を奪われていた。

道子の初産《ういざん》が、無事で、生れたのが女宮だったという報せに、内心ほっとするものがあった。

一の宮のかわりに、生れたと思えば、男宮の方が帝にとっては喜ばしい筈なのに、今度は、そういうことになれば、賢子をいっそう嘆かせるだろうと、内心気を揉んでいたのだった。

人の噂というものは、戸をたてようもなく、一の宮を呪咀する祈禱を、能長が秘かにしていたなどということが、まことしやかに流れている。

一の宮の死と、道子の初産が一ヵ月にたりない差だったことも、そうした不吉な噂をまことしやかに匂わせるのだった。

いつの時代も、こういう例は多く、たいていの場合、それは当人たちの意志にかかわりなく、廻りの者たちの先まわりした行為が伝わって、思いもかけない争いの根をつくっている。

帝は、聡明なだけに、そうした歴史にも明るく、うかつに人の噂に迷わされるようなことはなかった。

それでも、師実のまわりでは、その噂に尾ひれをつけて、事を構えようとする不穏な空気もないではない。

貴船《きふね》の明神の奥の渓《たに》で、人型に呪いの釘を打ったのを見つけたという者まで出て来て、捨ててもおけない空気になりかかっていた。万一、道子に皇子誕生の吉報でもあれば、いよいよ師実一派の不穏な空気には火がつきかねまじい。

そんな時だっただけに、帝には内親王の誕生が平和の使いのように思われて有難かった。

道子からは、自分の喜びを秘めて、賢子の不幸を見舞うゆかしい便りが届いただけだった。

帝は、いつの場合も、決して取り乱さない道子に安心すると、一の宮の死で、まるで消えも入りそうに嘆き沈み、前後の分別もなくなっている賢子の頼りなさが、いっそういじらしくなってくる。

媞子内親王は、可愛いい盛りで、一の宮の死の意味もわからず、物心ついてはじめての宮中生活を珍しがり、女房から女房の手に渡って、はしゃぎきっている。

ふりわけ髪がまるい頬にちりかかり、足元もまだあぶなっかしいのに、ちょっと目を放せば、犬ころのようにかけまわるので、危くて油断も出来なかった。

帝と中宮がこもりきっている帳台の中へも、この姫宮だけは、傍若無人に、何の前ぶれもなくとびこんでいく。

「まあ、はしたない。乳母はどうしたのかしら」

中宮が、頬を赤らめ、あわてて、袿をひきかぶり、無邪気な瞳の前から軀をかくすのをかばって、帝はす早く媞子をひきよせ、広い胸の中に小さな頭を抱きこんでしまう。

「この子はこんなに幼いのに、もうあなたとそっくりな艶な目つきをしている」

帝はこの小さな、無邪気な姫宮に、なくなった宮の分まで愛情を注ぎこみ、もう、一日も手許から放したくないようないとおしみぶりであった。

悪疫の流行につれ、人心が乱れきっているためか、さまざまな流言も、巷《ちまた》には流れているようであった。

夜になると、鬼が出て、未婚の美しい娘たちがつぎつぎさらわれていくという噂などは、野火のようにひろがって、もうこの頃では、日暮れになると、ばったり人通りもと絶え、京は荒野のような淋しさにおおわれている。

その上、日頃から淋しい西の京あたりでは魔の火のように火事が多く、たださえ、荒れはてている西の京が、地獄のはてのように思われてきた。

火事は付け火だといわれているが犯人は一向にあがらない。

娘をさらう鬼も、どうせ、野盗のしわざと思われるけれど、それも、犯人は捕えられない。京を守る警吏たちが、病いと、賊を恐れて、ひたすら、家にひきこもっている状態なので、京は荒れるにまかされていた。

その上、宮廷でも、一の宮の死を痛むあまり、上から下まで悲愁に沈んでいるのだから、いつまでたっても、暗雲にとざされていて、しめっぽかった。

帝は、こういう空気を一掃することが、緊急だと考え、折から、竣工なった法勝寺《ほうしょうじ》の建立供養を盛大に行なうことを思いたった。

白河殿と呼ばれ、宇治へいった頼通が、長く領していた邸跡に、天狗が出るなどという噂もあったところに、御堂を建立したもので、法勝寺と呼ばれていた。

ここ、二年ばかり、その造営にかかっていたのが、ようやくこのほど完成を見たのだった。

白河の流れに近く閑静な地域に建てられた法勝寺は、規模も壮大で、七間四面瓦葺の金堂には金色の三丈二尺の毘盧遮那《びるしゃな》如来像がおさめられているほか、数多くの仏像が安置されていた。

仏像はほとんど、天下の名工といわれている円勢《えんせい》の手になったものである。円勢は、名工の誉高かった仏師定朝の孫弟子に当たっていたが、帝は殊の外、円勢の手腕を買っていた。

いよいよ承暦《しょうりゃく》元年十二月十八日には、法勝寺の竣工供養が行なわれることになった。この日は快晴に恵まれ、ぬぐったような青空に、ひとかけらの雲も見られず、風もなく、まるで春先のような、のどかな日和だった。

中宮は、まだ半病人のような気の沈み方で、晴れがましい供養などには出たくもないとむずがられるのを、

「これで世直しをするのです。一の宮だって、いつまでも私たちが嘆いていては安らかな冥福がのぞめないだろう。とにかく、気をひきたてて出席しなさい」

いつになく、きつくいさめられ、中宮もようやく出席することになった。

法勝寺の庭には、参列の女房の出し衣の色どりが七彩の虹をかけたように華やかな上、新しく塗りたてた舟塗りの柱や、緑の廻廊や、金色まばゆい本堂の飾りなどがきらめき、極楽を見るようなまばゆさだった。三百人の僧が美々しく着飾り、衆僧など加わった数は千人を超えていた。まだお若く、帝位についてほどもないのに、何という尊い行事をされるものかと、寺の外に集まった民衆たちはこの日の帝の行事をふし拝んでいた。

法勝寺供養の華々しさは、当分、京の語り草になった。

人々は顔を合わせると、のぞきみたその日の盛大な行事のさまを口々に語りあった。出席した女房たちの衣裳の美しさに目をみはった者もあれば、居並ぶ殿上人の立派さに、心をうたれた者もあった。花を持って行列にしたがった児童たちの可愛らし

さが極楽を思わせたという者もあれば、獅子、狛犬《こまいぬ》に扮した舞人の舞が、何より面白かったという者もある。

けれども人皆が口を揃えて感嘆したのは、はるかにながめた白河帝の、落着いた気品の高さと、人の世の愁いを識って一段と美しさの加わった女盛りの中宮の目ざめるばかりの艶やかさであった。同時に、僧侶たちの威容についての反感だった。「あんな美々しい衣をきせてもらい、ただ行列につらなって歩いているだけで、りっぱなときにもありつけるというのだから、坊主のなり手が年々歳々《さいさい》増えるのももっともさ」「しかし、天子さまは、何でああまで、寺や坊主を大切になさるのかね。坊主たちの増長がますますひどくなるばかりじゃないか」「あいつらが、わしらのしている苦しい課役を何ひとつ果たしていないと思うと、あの盛大な供養をみるにつけ、腹が立ってならなんだわい」「ああやって、とりすましていると、さも立派そうに見えるけれど、あいつらが、強訴して乱暴狼藉の限りをつくし、騒ぎだすことを思うと身の毛もよだつわ」

人々がくやしがるのも道理があった。

遠く大宝律令《たいほうりつりよう》の定めによって、僧侶たちは農民にとって、最も辛い課役を免除されている。その上、昔は、僧侶になるためには、何の身分的制約さえなかった。

したがって、農民の息子たちは、こぞって僧侶になりたがった。朝廷は、農民がどしどし僧侶になり、課税をおさめる者が急激に減っていくのを怖れて、そのうち、出家する者に対しては一定の修行をつませるようにした。修行の終わった者を国家が公認し、その公認を得られない者は僧侶になることが出来なくなった。

しかしそのうち、東大寺をはじめ、大寺院が続々と並び建つようになって、急に僧侶の需要が多くなり、一時に数千人も出家させる必要にせまられてきた。

そんな事から、いつのまにかまた次第に、国家の統制がゆるみはじめ、各宗、各寺院では、年々一定数の者を出家させて僧侶にする年分度者《ねんぶどしや》の制度が出来た。当然、僧侶の質は低下していった。

この年分度者も、はじめは二年の沙弥《しやみ》（見習僧）としての修行をもとめられたが、それも次第にすたれて、受戒の時に、いきなり頭をまるめ、にわか坊主を誕生させるのが普通になってきた。

十四歳以下の年少者でも、すぐ受戒《じゆかい》させるようになり、受戒の後で修行するという形にいつのまにか定まってきている。

一時は、天下の人民の三分の二は皆禿首《かむろくび》（坊主頭）だといわれるほど、坊主志願が多くなった。百姓は、苦役を逃がれ、租、調を免れたいためだけに、自分で頭をすり落し、法衣をまとってしまうのだった。

こうして僧侶たちは、すべて寺院に入っていった。寺院には貴族から寄進された多くの所領があったし、貴族は絶えず、彼等自身の悪業の影におびえてむやみに祈禱を頼みたがる。その度、莫大な布施がおさめられるのだった。

大方の寺院は富み栄えていた。

世の中が末法に入ったというこの頃では、いっそう貴族たちは仏力《ぶつりき》にすがりたがり、自分たちの運命を他力によって幸運に近づけようとする。悪疫の流行も、天災の多さも、すべて、人々は仏にすがってその禍から逃がれようとした。

女たちは女たちで、恋の成就も、出産への希《のぞ》みも仏にすがるよりなかった。家庭の不和も恋の秘密も、女たちは僧侶に打ちあけ、心の支えにしたがった。そうした悩める貴族の女たちの布施は、なみなみのものではない。

寺院の生活は、世間に悩みがはびこる時ほど、豊かに楽になっていった。

あり余る金をかけて、寺院の荘厳美はよりいっそう演出されていく。僧侶の衣は年と共に華美に豪華になっていった。

大寺院では三千人余の僧侶をかかえていることも珍しくはなかった。

僧侶たちは、こうして次第に質が低下しながら生活は楽になるので、一向に反省の色はなく、ますますその暮しは堕落していく。

家に妻子を貯え、口には生ぐさものを食し、形は沙門《しゃもん》に似て、心は人でなしのようだと、世間では、彼等を評して、口惜しがるが、どうする手だてもなかった。

その上、皇族や貴族の子弟が出家して寺院に入り、彼等の実家の権勢だけで、普通の僧侶が数十年もの修行の果てにようやく手に入れる別当や僧都《そうず》の地位に楽々と坐すようになった。

普通の僧侶はそれをみて、真面目に修行する熱意をそがれ、ますます、怠惰におちいっていった。

寺院はもはや、仏道修行の道場ではなく、より安楽な生活をするための場でしかなくなった。

彼等はひたすら、利害にだけ鋭敏になり、自分たちの利益を守るためには、たちまち結束し、徒党を組み、暴力に訴えた。

道長の時代にも、すでに興福寺《こうふくじ》の三千人の僧が、寺領の事で騒ぎ、左《さ》馬允《まのじょう》為頼《ためより》の私宅におしよせ、放火するというような狼藉を働いている。

寺院内でも、利益に反することがあれば、同僚はもとより、別当や座主でさえも、暴力で追い出すなど、当然のように行なわれはじめている。

僧侶は、読経にいそしむかわりに、腕力を鍛えることに熱中していた。その外堂衆と呼ばれる雑役夫《ぞうやくふ》が結集すると、これまた僧侶以上の力を持った。彼等が大挙して、あげく不満を持つ貴族の邸に押しかけ、門をこわし、塀の下に穴をほり、乱入して、放火するなどという乱暴を働きはじめると、貴族の養っている兵力などではどうしようもないことが多かった。検非違使《けびいし》も彼等の暴力の前には手をこまぬくほどになっていた。

白河帝は各地の霊験あらたかな神社仏閣に対して、天下泰平の祈願書を書きつがれた。

天下が乱れ、天災が相つぐのは、天子の不徳の報いといわれても仕方があるまいと近臣にもらされたということなどが伝わり、かえって関白以下大臣方が恐懼《きょうく》していた。

「賢帝の後に帝位をついだものは、相当のことをつとめても、とかくよくはいわれないものだ。まして先帝は、賢帝の中の賢帝といわれた方だけに、私が相当の政をしいたところで、民は当然のことというだろう、その上、この、一、二年来の、京都の洪水、火事、雷の相つぐことといったら、近来に例を見ない。まだ赤裳瘡《もがさ》の衰えも油断出来ない。これで一の宮が死んでいなければ、私はどれだけ民から怨まれただろう。

思えば、敦文親王は、あの幼い身を犠牲にして、私への世のそしりの楯になってくれたようなものだ」

そういう述懐を賢子にもらされるにつけ、賢子は、なくなった宮の類いまれな美しさや賢さが思いだされ、なぜ神仏は私を身代りに召しては下さらなかったかと身をもんで泣きくずれる。

それにつけても、自分ひとり、帝の愛を独占している様な状態が、民のそしりや、神仏の怒りにふれているのではなかったかとおそれ、道子を早くよびよせ、善子内親王との対面をなさるようにとひそかにすすめることもある。

帝はそういう賢子のことばを聞くと、かえって賢子の心情があわれまれて、道子を呼ぶことさえ遠慮したくなるのだった。

「今だからいえることだが、私は先帝の御遺言にそむいても、現東宮のつぎには、故宮を帝位につけたいと考えていたのですよ。故宮は稚いながら、その容貌、才気に、並々ならぬものがあり、ひそかに占わせたところ、帝位につく相だといわれてもいたのです。先帝は現東宮のつぎに、三の宮輔仁親王を帝位につけようと考えられていたが、そのお気持ちをはかれば、結局、先帝の晩年、最も愛された中宮基子の腹の皇子に帝位を譲りたいという単純な父性愛のような気がする。一応、先帝は、藤原氏の外戚としての地位を防ぐ目的のため、藤原氏腹ではない私の異腹の弟たちに位を譲るのだという大義名分をたてていられたが、どういうものだろうか。先帝にそれをいわれた時、私にはまだわが子も生れていず、肉親の親子の情の深さというものが理解出来なかった。今となってみれば、自分の故宮に対する愛情の深さから、先帝の遺志が実によくわかるような気がする。しかし、私ははっきりいうなら、やはり、自分の弟より、自分の子供に、それもあなたというこよなく愛している女の産んでくれた皇子に帝位を譲りたくなっているのですよ。それなのに、あなたは泣いてばかりいて、いっこう、私のために、もう一度いい皇子を産もうという気持ちを持とうとはしないのですか」

帝のかきくどくことばを聞くにつけ、賢子はいっそう故宮の俤《おもかげ》がしのばれてくるようであった。

（下巻につづく）

本作品は一九七五年九月に講談社文庫で刊行されたものを、本文組み、装幀を変えて、新装版として刊行したものです。当時の時代背景に鑑み、原文を尊重しました。

|著者|瀬戸内寂聴　1922年、徳島県生まれ。東京女子大学卒。'57年「女子大生・曲愛玲」で新潮社同人雑誌賞、'61年『田村俊子』で田村俊子賞、'63年『夏の終り』で女流文学賞を受賞。'73年に平泉・中尊寺で得度、法名・寂聴となる（旧名・晴美）。'92年『花に問え』で谷崎潤一郎賞、'96年『白道』で芸術選奨文部大臣賞、2001年『場所』で野間文芸賞、'11年『風景』で泉鏡花文学賞を受賞。'98年『源氏物語』現代語訳を完訳。'06年、文化勲章受章。また、『いのち』は、大病を乗り越え95歳で書き上げた「最後の長篇小説」として大きな話題となる。近著に『あなただけじゃないんです』『青い花　瀬戸内寂聴少女小説集』『花のいのち』『愛することば あなたへ』など。また、秘書・瀬尾まなほ氏との共著に『命の限り、笑って生きたい』がある。

新装版《しんそうばん》　祇園女御《ぎおんにようご》(上)
瀬戸内寂聴《せとうちじやくちよう》

講談社文庫
定価はカバーに
表示してあります

2019年1月16日第1刷発行

発行者——渡瀬昌彦
発行所——株式会社　講談社
東京都文京区音羽2-12-21　〒112-8001
電話　出版（03）5395-3510
　　　販売（03）5395-5817
　　　業務（03）5395-3615

デザイン—菊地信義
本文データ制作—講談社デジタル製作
印刷———豊国印刷株式会社
製本———株式会社国宝社

Printed in Japan

ISBN978-4-06-514337-7

講談社文庫刊行の辞

二十一世紀の到来を目睫に望みながら、われわれはいま、人類史上かつて例を見ない巨大な転換期をむかえようとしている。

世界も、日本も、激動の予兆に対する期待とおののきを内に蔵して、未知の時代に歩み入ろうとしている。このときにあたり、創業の人野間清治の「ナショナル・エデュケイター」への志を現代に甦らせようと意図して、われわれはここに古今の文芸作品はいうまでもなく、ひろく人文・社会・自然の諸科学から東西の名著を網羅する、新しい綜合文庫の発刊を決意した。

激動の転換期はまた断絶の時代である。われわれは戦後二十五年間の出版文化のありかたへの深い反省をこめて、この断絶の時代にあえて人間的な持続を求めようとする。いたずらに浮薄な商業主義のあだ花を追い求めることなく、長期にわたって良書に生命をあたえようとつとめるところにしか、今後の出版文化の真の繁栄はあり得ないと信じるからである。

同時にわれわれはこの綜合文庫の刊行を通じて、人文・社会・自然の諸科学が、結局人間の学にほかならないことを立証しようと願っている。かつて知識とは、「汝自身を知る」ことにつきていた。現代社会の瑣末な情報の氾濫のなかから、力強い知識の源泉を掘り起し、技術文明のただなかに、生きた人間の姿を復活させること。それこそわれわれの切なる希求である。

われわれは権威に盲従せず、俗流に媚びることなく、渾然一体となって日本の「草の根」をかたちづくる若く新しい世代の人々に、心をこめてこの新しい綜合文庫をおくり届けたい。それは知識の泉であるとともに感受性のふるさとであり、もっとも有機的に組織され、社会に開かれた万人のための大学をめざしている。大方の支援と協力を衷心より切望してやまない。

一九七一年七月

野間省一

講談社文芸文庫

中村真一郎
この百年の小説　人生と文学と

解説＝紅野謙介

漱石から谷崎、庄司薫まで、百余りの作品からあぶり出される日本近現代文学史。博覧強記の詩人・小説家・批評家が描く、ユーモアとエスプリ、洞察に満ちた名著。

978-4-06-514322-3
なJ3

中村真一郎
死の影の下に

解説＝加賀乙彦　作家案内・著書目録＝鈴木貞美

敗戦直後、疲弊し荒廃した日本に突如登場し、「文学的事件」となった斬新な作品。ヨーロッパ文学の方法をみごとに生かした戦後文学を代表する記念碑的長篇小説。

978-4-06-196349-X
なJ1

須藤靖貴　抱きしめたい
須藤靖貴　池波正太郎を歩く
須藤靖貴　どまんなか(1)
須藤靖貴　どまんなか(2)
須藤靖貴　どまんなか(3)
須藤靖貴　おれ、力士になる
鈴木仁志　司法占領
須藤元気　レボリューション
菅野雪虫　天山の巫女《みこ》ソニン(1) 黄金の燕
菅野雪虫　天山の巫女《みこ》ソニン(2) 海の孔雀
菅野雪虫　天山の巫女《みこ》ソニン(3) 朱烏《あけがらす》の星
菅野雪虫　天山の巫女《みこ》ソニン(4) 夢の白鷺
菅野雪虫　天山の巫女《みこ》ソニン(5) 大地の翼
鈴木大介　ギャングース・ファイル〈家のない少年たち〉
鈴木みき　日帰り登山のススメ〈あした、山へ行こう!〉
瀬戸内晴美　かの子撩乱
瀬戸内晴美　京まんだら(上)(下)
瀬戸内晴美　祇園女御(上)(下)
瀬戸内晴美　花怨

瀬戸内寂聴　新寂庵説法 愛なくば
瀬戸内寂聴　人が好き［私の履歴書］
瀬戸内寂聴　白道
瀬戸内寂聴　寂聴相談室 人生道しるべ
瀬戸内寂聴　瀬戸内寂聴の源氏物語
瀬戸内寂聴　愛する能力
瀬戸内寂聴　藤壺
瀬戸内寂聴　生きることは愛すること
瀬戸内寂聴　寂聴と読む源氏物語
瀬戸内寂聴　月の輪草子
瀬戸内寂聴　新装版 寂庵説法
瀬戸内寂聴　死に支度
瀬戸内寂聴　新装版 蜜と毒
瀬戸内寂聴　新装版 花《か》怨《えん》
瀬戸内寂聴・訳　源氏物語 巻《まき》一《いち》
瀬戸内寂聴・訳　源氏物語 巻《まき》二《に》
瀬戸内寂聴・訳　源氏物語 巻《まき》三《さん》
瀬戸内寂聴・訳　源氏物語 巻《まき》四《し》
瀬戸内寂聴・訳　源氏物語 巻《まき》五《ご》

瀬戸内寂聴・訳　源氏物語 巻《まき》六《ろく》
瀬戸内寂聴・訳　源氏物語 巻《まき》七《しち》
瀬戸内寂聴・訳　源氏物語 巻《まき》八《はち》
瀬戸内寂聴・訳　源氏物語 巻《まき》九《く》
瀬戸内寂聴・訳　源氏物語 巻《まき》十《じゅう》
関川夏央　子規、最後の八年
先崎学　先崎学の実況! 盤外戦
妹尾河童　少年H(上)(下)
妹尾河童　河童が覗いたインド
妹尾河童　河童が覗いたヨーロッパ
妹尾河童　河童が覗いたニッポン
妹尾河童／野坂昭如　少年Hと少年A
瀬尾まいこ　幸福な食卓
関原健夫　がん六回 人生全快
瀬川晶司　泣き虫しょったんの奇跡 完全版〈サラリーマンから将棋のプロへ〉
瀬名秀明　月と太陽
曽野綾子　透明な歳月の光
曽野綾子　新装版 無名碑(上)(下)
三浦朱門／曽野綾子　夫婦のルール

蘇部健一 六枚のとんかつ
蘇部健一 六とん2
蘇部健一 届かぬ想い
曽根圭介 沈底魚
曽根圭介 本ボシ
曽根圭介 藁《わら》にもすがる獣たち
曽根圭介 TATSUMAKI〈特命捜査対策室7係〉
zopp ソングス・アンド・リリックス
田辺聖子 川柳でんでん太鼓
田辺聖子 おかあさん疲れたよ(上)(下)
田辺聖子 ひねくれ一茶
田辺聖子 愛の幻滅(上)(下)
田辺聖子 うたかた
田辺聖子 春情蛸の足
田辺聖子 蝶花嬉遊図
田辺聖子 言い寄る
田辺聖子 私的生活
田辺聖子 苺をつぶしながら
田辺聖子 不機嫌な恋人

田辺聖子 どんぐりのリボン
田辺聖子 女の日時計
谷川俊太郎訳 和田誠絵 マザー・グース 全四冊
立花隆 中核VS革マル(上)(下)
立花隆 日本共産党の研究 全三冊
立花隆 青春漂流
立花隆 生、死、神秘体験
滝口康彦 一命
滝口康彦 粟田口の狂女〈レジェンド歴史時代小説〉
高杉良 労働貴族
高杉良 広報室沈黙す(上)(下)
高杉良 会社蘇生
高杉良 炎の経営者(上)(下)
高杉良 小説日本興業銀行 全五冊
高杉良 社長の器
高杉良 祖国へ、熱き心を〈東京にオリンピックを呼んだ男〉
高杉良 その人事に異議あり〈女性広報主任のジレンマ〉
高杉良 人事権!
高杉良 小説消費者金融〈クレジット社会の罠〉

高杉良 小説新巨大証券(上)(下)
高杉良 局長罷免-小説通産省
高杉良 首魁《しゅかい》の宴《うたげ》〈政官財腐敗の構図〉
高杉良 指名解雇
高杉良 燃ゆるとき
高杉良 挑戦つきることなし〈小説ヤマト運輸〉
高杉良 銀行大合併〈短編小説全集(上)〉
高杉良 エリートの反乱〈短編小説全集(中)〉
高杉良 金融腐蝕列島(上)(下)
高杉良 銀行大統合〈小説みずほFG〉
高杉良 勇気凜々
高杉良 混沌《こんとん》新・金融腐蝕列島(上)(下)
高杉良 乱気流(上)(下)
高杉良 小説会社再建
高杉良 小説ザ・ゼネコン
高杉良 新装版懲戒解雇
高杉良 新装版虚構の城
高杉良 新装版大逆転!〈小説三菱・第一銀行合併事件〉
高杉良 新装版バンダルの塔

高杉　良　新・燃ゆるとき
高杉　良　管理職の本分
高杉　良　挑戦　巨大外資(上)(下)
高杉　良　破戒者たち〈小説・新銀行崩壊〉
高杉　良　第四権力〈巨大メディアの罪〉
高杉　良　巨大外資銀行
高杉　良　最強の経営者〈アサヒビールを再生させた男〉
竹本健治　新装版 匣《はこ》の中の失楽
竹本健治　囲碁殺人事件
竹本健治　将棋殺人事件
竹本健治　トランプ殺人事件
竹本健治　狂い壁 狂い窓
竹本健治　涙《るい》香《こう》迷《めい》宮《きゅう》
竹本健治　新装版 ウロボロスの偽書(上)(下)
竹本健治　ウロボロスの基礎論(上)(下)
竹本健治　ウロボロスの純正音律(上)(下)
高橋源一郎　日本文学盛衰史
高橋源一郎 山田詠美　顰蹙文学カフェ
高橋克彦　写楽殺人事件

高橋克彦　総門谷
高橋克彦　北斎殺人事件
高橋克彦　歌麿殺《さつ》贋《がん》事件
高橋克彦　蒼《あお》夜《や》叉《しゃ》
高橋克彦　広重殺人事件
高橋克彦　北斎の罪
高橋克彦　総門谷R 阿黒篇
高橋克彦　総門谷R 鵺(ぬえ)篇
高橋克彦　総門谷R 小町変妖篇
高橋克彦　総門谷R 白骨篇
高橋克彦　星封陣
高橋克彦　炎《ほむら》立つ 壱 北の埋み火
高橋克彦　炎立つ 弐 燃える北天
高橋克彦　炎立つ 参 空への炎
高橋克彦　炎立つ 四 冥き稲妻
高橋克彦　炎立つ 伍 光彩楽土〈全五巻〉
高橋克彦　白妖鬼
高橋克彦　降魔王
高橋克彦　鬼

高橋克彦　火怨〈北の燿星アテルイ〉(上)(下)
高橋克彦　時宗 壱 乱星
高橋克彦　時宗 弐 連星
高橋克彦　時宗 参 震星
高橋克彦　時宗 四 戦星〈全四巻〉
高橋克彦　天を衝く (1)～(3)
高橋克彦　ゴッホ殺人事件(上)(下)
高橋克彦　竜の柩 (1)～(6)
高橋克彦　刻謎宮 (1)～(4)
高橋克彦　高橋克彦自選短編集〈1 ミステリー編〉
高橋克彦　高橋克彦自選短編集〈2 恐怖小説編〉
高橋克彦　高橋克彦自選短編集〈3 時代小説編〉
高橋克彦　風の陣 一 立志篇
高橋克彦　風の陣 二 大望篇
高橋克彦　風の陣 三 天命篇
高橋克彦　風の陣 四 風雲篇
高橋克彦　風の陣 五 裂心篇
高樹のぶ子　飛水
田中芳樹　創竜伝1〈超能力四兄弟《ドラゴン》〉

講談社文庫　目録

田中芳樹　創竜伝2〈摩天楼の四兄弟《ドラゴン》〉
田中芳樹　創竜伝3〈逆襲の四兄弟《ドラゴン》〉
田中芳樹　創竜伝4〈四兄弟《ドラゴン》脱出行〉
田中芳樹　創竜伝5〈蜃気楼都市《ミラージュ・シティ》〉
田中芳樹　創竜伝6〈染血の夢《ブラッディ・ドリーム》〉
田中芳樹　創竜伝7〈黄土のドラゴン〉
田中芳樹　創竜伝8〈仙境のドラゴン〉
田中芳樹　創竜伝9〈妖世紀のドラゴン〉
田中芳樹　創竜伝10〈大英帝国最後の日〉
田中芳樹　創竜伝11〈銀月王伝奇〉
田中芳樹　創竜伝12〈竜王風雲録〉
田中芳樹　創竜伝13〈噴火列島〉
田中芳樹　魔天楼〈薬師寺涼子の怪奇事件簿〉
田中芳樹　東京ナイトメア〈薬師寺涼子の怪奇事件簿〉
田中芳樹　巴里《パリ》・妖都変〈薬師寺涼子の怪奇事件簿〉
田中芳樹　クレオパトラの葬送〈薬師寺涼子の怪奇事件簿〉
田中芳樹　黒蜘蛛島《ブラックスパイダー・アイランド》〈薬師寺涼子の怪奇事件簿〉
田中芳樹　夜光曲〈薬師寺涼子の怪奇事件簿〉
田中芳樹　霧の訪問者〈薬師寺涼子の怪奇事件簿〉

田中芳樹　水妖日にご用心〈薬師寺涼子の怪奇事件簿〉
田中芳樹　魔境の女王陛下〈薬師寺涼子の怪奇事件簿〉
田中芳樹　タイタニア1〈疾風篇〉
田中芳樹　タイタニア2〈暴風篇〉
田中芳樹　タイタニア3〈旋風篇〉
田中芳樹　タイタニア4〈烈風篇〉
田中芳樹　タイタニア5〈凄風篇〉
田中芳樹　ラインの虜囚
田中芳樹／幸田露伴 原作　運命〈二人の皇帝〉
田中芳樹／土屋守　「イギリス病」のすすめ
田中芳樹ほか文／皇名月 画・文　中国帝王図
田中芳樹／赤城毅　中欧怪奇紀行
田中芳樹 編訳　岳飛伝(一)〈青雲篇〉
田中芳樹 編訳　岳飛伝(二)〈烽火篇〉
田中芳樹 編訳　岳飛伝(三)〈風塵篇〉
田中芳樹 編訳　岳飛伝(四)〈悲曲篇〉
田中芳樹 編訳　岳飛伝(五)〈凱歌篇〉
高田文夫　誰も書けなかった「笑芸論」〈森繁久彌からビートたけしまで〉
高任和夫　江戸幕府 最後の改革

高任和夫　貨幣の鬼〈勘定奉行 荻原重秀〉
谷村志穂　黒髪
高村薫　李歐《りおう》
高村薫　マークスの山(上)(下)
高村薫　照柿(上)(下)
多和田葉子　犬婿入り
多和田葉子　尼僧とキューピッドの弓
多和田葉子　献灯使
高田崇史　QED〈百人一首の呪《しゅ》〉
高田崇史　QED〈六歌仙の暗号〉
高田崇史　QED〈ベイカー街の問題〉
高田崇史　QED〈東照宮の怨〉
高田崇史　QED〈式の密室〉
高田崇史　QED〈竹取伝説〉
高田崇史　QED〈龍馬暗殺〉
高田崇史　QED ～ventus～〈鎌倉の闇〉
高田崇史　QED〈鬼の城伝説〉
高田崇史　QED ～ventus～〈熊野の残照〉
高田崇史　QED〈神器封殺〉

講談社文庫　目録

高田崇史　QED ～ventus～〈御霊将門〉
高田崇史　QED〈河童伝説〉
高田崇史　QED ～flumen～〈九段坂の春〉
高田崇史　QED〈諏訪の神霊〉
高田崇史　QED〈出雲神伝説〉
高田崇史　QED〈伊勢の曙光《あけぼの》〉
高田崇史　QED ～flumen～〈ホームズの真実〉
高田崇史　毒草師〈QED Another Story〉
高田崇史　試験に出るパズル〈千葉千波の事件日記〉
高田崇史　試験に敗けない密室〈千葉千波の事件日記〉
高田崇史　試験に出ないパズル〈千葉千波の事件日記〉
高田崇史　パズル自由自在〈千葉千波の事件日記〉
高田崇史　化けて出る〈千葉千波の怪奇日記〉
高田崇史　麿の酩酊事件簿〈花に舞〉
高田崇史　麿の酩酊事件簿〈月に酔〉
高田崇史　クリスマス緊急指令〈～きよしこの夜、事件は起こる！～〉
高田崇史　カンナ　飛鳥の光臨
高田崇史　カンナ　天草の神兵
高田崇史　カンナ　吉野の暗闘

高田崇史　カンナ　奥州の覇者
高田崇史　カンナ　戸隠の殺皆
高田崇史　カンナ　鎌倉の血陣
高田崇史　カンナ　天満の葬列
高田崇史　カンナ　出雲の顕在
高田崇史　カンナ　京都の霊前
高田崇史　鬼神伝　鬼の巻
高田崇史　鬼神伝　神の巻
高田崇史　鬼神伝　龍の巻
高田崇史　軍神の血脈〈楠木正成秘伝〉
高田崇史　神の時空《とき》　鎌倉の地龍
高田崇史　神の時空　倭《やまと》の水霊
高田崇史　神の時空　貴船の沢鬼
高田崇史　神の時空　三輪《みわ》の山祇《やまつみ》
高田崇史　神の時空　嚴島《いつくしま》の烈風
竹内玲子　永遠に生きる犬〈ニューヨーク　チョビ物語〉
団鬼六　悦楽王〈鬼プロ繁盛記〉
高野和明　13階段
高野和明　グレイヴディッガー

高野和明　K・Nの悲劇
高野和明　6時間後に君は死ぬ
高里椎奈　銀の檻を溶かして〈薬屋探偵妖綺談〉
高里椎奈　黄色い目をした猫の幸せ〈薬屋探偵妖綺談〉
高里椎奈　悪魔と詐欺師〈薬屋探偵妖綺談〉
高里椎奈　金糸雀《カナリア》が啼く夜〈薬屋探偵妖綺談〉
高里椎奈　緑陰の雨　灼けた月〈薬屋探偵妖綺談〉
高里椎奈　白兎が歌った蜃気楼〈薬屋探偵妖綺談〉
高里椎奈　本当は知らない〈薬屋探偵妖綺談〉
高里椎奈　蒼い千鳥　花霞に泳ぐ〈薬屋探偵妖綺談〉
高里椎奈　双樹に赤　鴉の暗《くら》〈薬屋探偵妖綺談〉
高里椎奈　蟬の羽〈薬屋探偵妖綺談〉
高里椎奈　ユルユルカ〈薬屋探偵妖綺談〉
高里椎奈　雪下《せっか》に咲いた日輪と〈薬屋探偵妖綺談〉
高里椎奈　海紡《つむ》ぐ螺旋《らせん》　空の回廊〈薬屋探偵妖綺談〉
高里椎奈　深山木薬店説話集〈薬屋探偵妖綺談〉
高里椎奈　孤狼と月〈フェンネル大陸　偽王伝1〉
高里椎奈　騎士の系譜〈フェンネル大陸　偽王伝2〉
高里椎奈　虚空の王者〈フェンネル大陸　偽王伝3〉

講談社文庫　目録

2018年12月15日現在